2025 年度杭州市高新区(滨江)文化精品扶持项目

不可辨识的生命影像

王音洁 著

广西师范大学出版社
·桂林·

图书在版编目(CIP)数据

不可辨识的生命—影像/王音洁著. -- 桂林：广西师范大学出版社，2025. 8. -- ISBN 978-7-5598-8524-1

Ⅰ. I206.7-53

中国国家版本馆 CIP 数据核字第 2025NY9947 号

不可辨识的生命—影像
BU KE BIANSHI DE SHENGMING—YINGXIANG

出 品 人：刘广汉
策划编辑：魏 东
责任编辑：魏 东
装帧设计：佚舒玉晗

广西师范大学出版社出版发行
(广西桂林市五里店路 9 号　　邮政编码：541004
网址：http://www.bbtpress.com)
出版人：黄轩庄
全国新华书店经销
销售热线：021-65200318　021-31260822-898
山东京沪印刷科技有限公司印刷
(山东省淄博市桓台县唐山镇中心大街 3871 号-1　邮政编码：256401)
开本：787 mm×1 092 mm　1/32
印张：11.625　　字数：150 千
2025 年 8 月第 1 版　　2025 年 8 月第 1 次印刷
定价：78.00 元

那些特别善于表达自己观点的女人

音洁邀我给她新书写序，推辞不过，心里却有些忐忑。这位眼光独到、言语犀利，又不乏理论功底的女学者，谈起文学作品或电影，角度总令人眼前一亮，对话时若跟不上她一浪接一浪的话锋，不知不觉就会被甩出几条街，给这样的女友写序，还真不是件轻松的事。

与音洁相识是在杭州的一次读书会上，我们共同作为嘉宾，起初彼此只是偶尔联系，随着我去杭州次数增多，就熟稔起来。尤其近几年，生活被骨感现实搅动得毫无章法，蛰伏不下去，却又不能肆意宣泄内心，时常需要一个可以对接的出口，后来发现我们在很多事物的评判上观念非常一致，交流随之密切深入，可以酣畅淋漓，直抒胸臆。

四年前在杭州天目里的茑屋书店，看见显著位置放着一本《那些特别善于表达自己观点的女人们》，我被封面上的名字吸引：帕克、韦斯特、阿伦特、麦卡锡、桑塔格……随即买下。读她们就像是赴一场女性沙龙，这是一群带着思想光芒、出离于大众的女人，一个个高光闪耀、桀骜不驯又坚定犀利，个性独特令我着迷，在面对批评对象上，她们笔下毫不留情，甚至是针尖麦芒的论战，我深感那才是文艺批评应有的式样。作者说："被我写进书本的这些女性在各自的生活中都拥有同一个被视为褒奖的标志：她们都曾被形容为'锐利'。"

当下看到太多的流量评论都浮于皮毛、隔靴搔痒，山头评论就更不用说了，基本上就是相互吹捧，彼此抬轿，甚至不惜丧失批评者应有的尺度，令人大跌眼镜。真正能在智性和深度的社会层面上挖掘作品的批评者不算太多，但音洁的批评无疑属于后者，锐利、深刻正是她的风格，读她的文章，会让我联想起前面提到的那些女性。

我常说音洁是属于优点和缺点都特别突出的人。所谓缺点，也不过是她眼里不揉沙子和直言不讳的个性，对自己的感受从不掖藏，爱憎分明如女侠一般。用现在流行的话，就一个字：飒！她的快人快语加上敏捷犀利，没点体量的心脏恐怕会一时难以招架。前几天我就旁观了她针对我们共同的朋友、作家萧耳写的一篇文章进行的讨论，当时我正忙于手上的事儿，没有加入，只是有一搭没一搭地观望，看她一句接一句气势如虹的"逼问"，我竟心疼起萧耳来，私下提醒："你太咄咄逼人了，温和一点不行吗?”她回复一句:“我就是被这么训练出来的。”随后不再搭理我的担心。好在萧耳接住了她的“重锤”,对话开始变得流畅,也完美弥补了文章中的缺憾。

一旦站到“批评”领域,音洁的原则是不会让步的。当年 H. G. 威尔斯在《自由女性》报上读到丽贝卡·韦斯特写的一篇针对他的小说《婚姻》极度贬损的文章,威尔斯作为时下最受尊敬的作家之一,并没有气急败坏,反而邀请韦斯特到家中喝茶,两人后来竟成为情侣。有人评价说,韦斯特最有魅力的时候,恰恰是她不认同对方观点的时候。可见一个真正的批评者,在面对批评对象时,能保持不被身份、关系等因素干扰,是难得的。这一点我很惭愧,谈论朋友作品,时常要夹带一些感情私货,所以我作为批评者,远不够格。

法国文学批评家蒂博代在《批评生理学》中,将文学批评分为自发的批评、职业的批评和大师的批评,引用于宽泛的文艺批评,主要体现为欣赏作品的趣味、对作品进行明白易懂的建设以及对作品进行继续或对立的创造。这是批评的不同实践方向,各有自身价值。暂且不将音洁的批评归类,但她选取站在精神视角审视作品,秉持理性和锐利,正是知识分子批评应有的态度,用以引导读者建立审美和价值判断的坐标——“就是那种居于艺术最深处的批评”。用她的话说,批评的对象不管轻盈或窒息,都应该朝向真,而不是那种朝向掩饰和不真的作品。

这些年，她正是以系统性的文艺理论和哲学功力，与文艺事实进行反复盘磨，因而可以管窥她批评中智性表达的强烈意图，旨在将读者引入深度视阈。

身具艺术史博士、策展人、剧场导演等多重身份，音洁这几年一直在进行跨文化实践，从 2020 年到 2023 年，连续出版了《复象与镜像》《被悬置的演出》《无地的剧场》。她不断拓展的文化实践，很好地诠释了她对艺术与现实的“外剧场”理解，她“激活了古往今来一脉相承的真人本人‘文人表演’，让我找到我在‘隐修剧场’中暂付阙如的一种知识社会的‘剧场创制’”。（张献《文人剧场的崛起》）她在四十多场对话中，为来自不同群体的参与者构建了一个共同的文人行动剧场。

我们曾就“行动剧场”这个问题交流过，从古希腊“广场”的原初意义谈到阿伦特因此产生的对公共生活的观念。然而现代社会的诸多限制，已令个体在公共空间能发挥的作用极其有限，对此她说，一个人需要不时地震响和拨动自己，不能放弃，不然会腐朽得太快。

这话很“王音洁”。在一众女友中，她的个性很容易被认为是鲜明的女性主义者，而实际上不难发现，对女性问题的高度关注浸润于她的艺术实践。从她编导戏剧《游园 · 今梦》、做电影《妈妈！》的顾问、对艺术家文慧做的舞蹈剧场评论，到与文慧共同创作《乡祭 · limits》、独立编导稻田剧《乡祭 · 丰》，都在不同纬度为女性生存困境提供沉浸思考的场所。在“潮新闻”的一则访谈中,当被问到作为女性艺术家,如果和上野千鹤子来一场对话,最想交流的是什么时,王音洁回答说:“出于自己职业的原因,最想和她探讨学者之路,简单以蔽之,我好奇在于:一个有分量的女性学者是怎么养成的——这纯粹出于我个人的好奇和需要。”

音洁并不忌讳我给她冠以“女性主义”标签,但她宣称她意在对很多女性主义观念的偏差进行“拨乱反正”,一定程度上,她属于反女性主义的女性主义——这有点绕,但也许是对的:反对将女性主义当成一面用来呐喊的大旗,因为它势必会令人偏离环境或复杂事实而寻求外在化的“正确”。

这种女性视角我持赞同态度,她是想深度透视女性反抗“约定俗成”这一行为本身,继而诘问艺术创作中对此进行浪漫化叙事的倾向,她更想追问的是:我们究竟更应该看到什么?体悟什么?

对女性受害人心理的警惕和对伪女性主义者的警醒一样,都是更加在意女性在复杂语境下,应当具备的精神自觉。女性受害人心理会导致浪漫化或挪用较弱者的视野。在她看来,“女子本弱”是一种应当纠偏的主体认识。谈到电影《妈妈!》时,她以“不贩售苦难,把‘妈妈’变成一个动词”取名,去跨越极度理想化的女人与女人、人与人的体恤和怜惜,看到的是女性在命运发生不可控的方向改变时，表现出的欣然领命，将“苦难”淡出叙事，又在事实的苦难中把“妈妈”变成一个动词。“你可以将这态度归咎于她们不‘底层’，然而人能否拿得出一种主动生活的态度，与经济基础的有无之间，不是一个绝对的等号。我更愿意相信，是导演把这一自觉的勇气，慷慨给予受过良好教育的知识群体，那是她对知识的礼敬。”

自觉的勇气，是女性主义议题中最值得关注的，并非读一本《第二性》就能被激发出来，它需要从更深更广的层面展开，并在最日常的生活中落地。将女性悲情化、苦难化的叙事，本质上是一种畸变的浪漫化，甚至过度沉湎于苦难经历，将生活整体收编在苦难语境中，再对这一语境下的悲情产生莫名眷恋，很容易掉进斯德哥尔摩综合征陷阱。

2023 年 5 月，万玛才旦导演突然离世，在电影界引起不小震动，也是那时起，我发现音洁开始了对这位导演的研究，并陆续发表了几篇文章。我看万玛才旦导演的电影不多，但对西藏地区非常熟悉。“2004 年起，先后十几次和影友一起自驾进入西藏，除却高原风光，我更喜欢拍人文，因此有很多深入西藏人民生活的经历，也与不少西藏僧侣和普通藏族人成了朋友，他们也是多杰、格桑和卓玛……”或许因为拥有这样的生命经验，我被文章触动，那是我经历过、看过和理解过的文化。

《不可辨识的生命-影像——论万玛才旦的尘世剧

场》一文，分别“从物象消退后的欲望生产、模糊美学里的同一性否定、苦痛隐喻下的欲望提纯三个维度展开论述，最终阐明万玛才旦的影像是如何将不可辨识之欲望编织为本质的力量，是如何穿行于尘世而将苦乐之姿向他者敞开，又是如何成其为生命-影像”。这种从感性的图像背后提纯到哲学层面展开分析，作者不仅需要具备极强的共情能力，更需要以独到的眼光，拨开挡在前面的藤蔓枝叶，从最根本的部分进行表述。

文章中有一段万玛才旦就文化环境与个人观念的表述很触动我：“在过去的二十年，每一次重新踏上高原，都会明显感到那种不同：不仅是路途中藏寨、县镇在风格上的变化，包括我那些西藏的朋友的谈吐和行为也发生着变化。我偶尔还会怀旧，怀念早期进藏时途经的风情，想到深处则会生出些惆怅，这大概也是万玛才旦导演在电影中投射的，他自身的情感和矛盾。而这变化又是如此不可避免、难以抗拒，巨大的内在冲突，就这样外化为电影欲言又止的张力。”音洁用三组电影将时间线拉开，让隐蔽的现代性暗流浮现出来。我在想，倘若导演没有突然离去，往后的十年、二十年，他又会如何来呈现西藏人民、西藏地区呢？

但是，没有倘若。导演没给我们留下关乎未来的想象，就好比我们不知道塔洛未来将会如何。正如他的短篇小说集取名《故事只讲了一半》，他人生的故事也只讲了一半，这离去便带上了些悲剧色彩。不过我所说的悲剧色彩和音洁在《姿势 · 情感 · 命运——赵延年悲剧诗》中谈论的悲剧有所不同，她是从赵延年先生早期的鲁迅作品插图创作到转型后的《海》《噩梦》这几组作品研究，站在更严肃的角度上谈论悲剧。

赵延年先生曾说："美术家不仅要当编剧，还要当导演和演员，要经过作者的思考、提炼和加工，要听凭自己的合理调度。"编剧固然要看重强烈冲突，音洁称之为"戏剧性"，并且提出"假若我们稍加留意考证，就会发现，戏剧性的背后站立着'悲剧'二字"。"悲剧以人的失败告终，剧中人物被一种既不能被完全理解，也无法用理性的严谨来克服的力量摧毁。"

这力量是什么呢？文章借《噩梦》系列，隐晦又清晰地回答了这个问题。她从赵延年的道德勇气出发，凸显人类在遭受苦难时，依然存在着对尊严的坚韧诉求。赵延年以极为严肃的态度对无法承受之命运进行再现，这种再现是残酷的，同时要超越对自身利害的恐惧与悲悯，这也是一种彻悟。然而音洁提出：照中国的命运观，个人意志和行动表面上好像比较自由，因为命运之网虽然不漏，却是稀"疏"的。在命运的洪流里，无穷和无情变化着的是高高在上的天道，天道之下，人的存在就有如蜉蝣一样短促渺小。

这无力感似乎令人悲观，可在最后一节《迎向光芒的狂人》里，她写道："江月年年，人生代代，即便经验的肉身已然消逝，但对真相的觉知和人们曾经全然承担过他的苦难的尊严样貌，会通过艺术家求真之实践传递下去。哪怕艺术家也被遗忘，后人蓦然一瞥之间，图像依然充满生机。"——这又令我为之一震，仿佛即刻就要化身狂人，转过身去迎向光芒。

谢谢音洁的呈现。

念 青

目 录

第一部分 不可辨识的生命-影像

第二部分 艺术-小说:创作的平滑面

第三部分　物的消退和人的隐喻：关于剧场性

第一部分

不可辨识的生命-影像

不可辨识的生命-影像

——论万玛才旦的尘世剧场

2024癸卯年底，距离万玛才旦导演逝世八个月又八天，我开始就他的电影创作写下文字。这一次的中心议题是万玛才旦导演电影世界中的人，那些他最为爱护的同胞。在他的镜头或者笔下，他给予故乡的人们最仁慈悲悯的注目。多杰、卓玛、塔洛、格桑……他们的高亮或日常，性灵或愚钝的人生，是高原故事的永恒主体，也像那片高原上翻涌的嚣尘，骚动复又沉寂。我试图通过对万玛才旦电影中人物影像的分析，在这些万玛才旦导演寄予深情的藏族人物身上，透视那些超越地域、民族、身份等极为顽固而刻板的标签下的存在之欲念，那是不属于这个日渐对立分裂的媒介时代的特质，那是流光岁月中永不褪色的游牧之歌里本质的生命强度。正是这些鲜活且带着蓬勃生命状态的呈现，使得他的电影具有打破既有景观，倒逼出差异之存在的可能。

从2003年第一部电影《静静的嘛呢石》到2024年上映的《雪豹》，不仅仅是奇幻的高原风景，亦不仅仅是迥异的民俗风情，令我们一再兴趣盎然地跂望那些熟悉又陌生的人的生活。每一个人物既是万玛才旦自身的投射，又是他不动声色的对故乡的观察。那些形象既温和又激烈，既鲁莽又讲究，既安静又喧闹，既深沉又天真，既招摇又压抑……那些形象都清晰又驳杂地指向一个名字：万玛才旦。在他不依不饶，一路寻找自己的语言讲述塔洛们的命运故事的历程里，我们也客观地看到当中的保守和偏差，稳固与动摇。在现代与传统、精神与世俗的冲突中煎熬翻滚或安然穿行的藏族人，经他耐心沉着的镜头凿刻，坦然展露着欲望之流变，而非欲望之匮乏。在苦痛到不能成形的孤独深渊里，万玛才旦采撷出凝结为时间晶体的人性舍利——存在的力，它们被影像永远镌刻，如散落在高原的嘛呢石，如无常召唤着塔洛们，也救赎着我们。莎士比亚说："世界是个剧场，当中男女穿行，都是演员。他们上场有时，下场亦有时……"遥望着那片高原剧场，本文尝试从物象的消退后的欲望生产、模糊美学里的同一性否定和苦痛隐喻下的欲望提纯三个维度展开论述，最终阐明万玛才旦的影像是如何将不可辨识之欲望编织为本质的力量，是如何穿行于尘世而将苦乐之姿向他者敞开，又是如何成其为生命-影像。

电影《静静的嘛呢石》剧照

物象的消退：欲望的生产

在所有万玛才旦电影的讨论里，一个核心的主题是：他展现了当代西藏在传统与现代夹缝中的困境。被电视搅动了心弦的小喇嘛，寻找失联恋人的女孩，不再上演藏戏的村庄，被围猎的藏獒，遭遇欺骗的牧羊人……以致我们一想到他的电影就陷入一种现代性的有罪推定：被现代吞噬的淳朴家园。但常识亦告诉我们，传统与现代的撕扯，从来不专属于“少数民族”，它十分平等地降临在当代世界的每个角落。人们在宗教与世俗、本土与外来文化之间经受震荡，这样的经历并非只属于西藏地区。虽然导演自己也认领了这个普遍性处境，但构成具体戏剧冲突的动力装置千姿百态，除了明显的对立关系带来的矛盾表层之外，是什么驱动着人们去做出行动呢？

《静静的嘛呢石》和《老狗》在剧作结构上有相似之处，用一样新事物搅和着旧模式。新事物分别是电视机和值钱的藏獒，它们的介入使得普通藏族人民生活中的各种关系自然产生了变化。这类剧作里的冲突感非常明显甚至可说简单，而不简单在于万玛才旦对其中关键事物的处理方式。在《静静的嘛呢石》里，好不容易在寺庙里看上了《西游记》的小喇嘛，却被师父差遣送碟片，奔波在小活佛和师父家两个放映点之间。整部电影，他与电

《静静的嘛呢石》剧照，小喇嘛戴着孙悟空面具

视之间总是隔着停电、作息、父亲、师父和电视机本身(屡次被父亲用作关机理由的发烫机身),总不能尽兴享受。《老狗》则更明显,引发戏剧冲突的核心物象“狗”被导演撇在一边,几乎没有特写,甚至对老人与狗的情感戏也没有专门的镜头展现。导演对此有过解释:“我……不会像商业片一样,将故事聚焦在某种冲突的、有一些表面张力的细节上……我希望通过另外的方式来讲述,做成另一种电影,强调它内部的一些张力,极致一点,纯粹一点。”[①]取代情绪高潮场面的通常是人物的行动,关键人物在关键场景里,我们看到的也只是对人物行动的白描(小喇嘛的跑动,老人牵着狗的走动),而非人物与关键事物直接接触的描写。两部电影都在运用外在之物撬动内在的生活板块,如果在前一部的世界里,新事物和老东西之间,万玛导演认为是“互相依从”[②],后一部里就直接是一种冲突了。想收买藏獒高价倒卖的投机商和想保护老狗的老牧民,已是水火不容。这种描述关键戏剧性的方法来自导演的认知——“人物身上最本质的东西都隐藏得更深,这些描写根本触及不了。所以,我更愿意抓住被藏得很深的那些东西”。[③] 更深的是什么呢?《静静的嘛呢石》和《老狗》的回

---

① 徐晓东:《遇到万玛才旦》,杭州:中国美术学院出版社,2017 年,第 114 页。

② 同上书,第 109 页。

③ 同上书,第 243 页。

答，是物象的隐退，以主观意念的消退来呈现。照思辨实在论的说法，如同我们无法直接通达人类自体，我们与物也是永远无法直接打交道的。物分成实在物和感知物，前者是我们无法接触到的；后者是在实在物的基础上，使人能够感知、触摸和思及的。我们接触到的永远只是感知的部分，而物的实在的部分，它的自主性，我们只能通过艺术，通过隐喻，去接近不可触及的触及。[①] 万玛是位小说家，深谙修辞之妙用（比如他说人们怨怪施舍妻儿予人的智美更登是坏人，那是因为不懂修辞[②]）。所以面对叙事核心，他一样以隐喻应对具身化描述，这种隐喻还不尽然是他自己在访谈里提到的符号学意义上的"隐喻"，而是那些间接的暗指、暗示或暗讽手法。那些不是出于使用事物的创作行为，才使得它们中断了创作者的投射，成为图像、概念、观念或症状般的存在，让它只是自身的影子或轮廓。比如小喇嘛总不能尽兴观剧，老人也从来没有与老狗濡沫相亲。然而当小喇嘛在与驮着电视机的父亲告别时，无论如何也要留下《西游记》VCD的封皮，老人最终因保护无望，亲手杀了老狗——这些场景的处理单单归于"间接叙

① Graham Haman, *Object-oriented Ontology: A New Theory of Everything*, London: Penguin Random House UK, 2018, p. 82. 中文版见《新万物理论》，翻译为艺术能够触及这些事物的执行的内向性——这意味着一种"无接触的接触"，王师译，上海：上海文艺出版社，2022年，第67页。

② 徐晓东：《遇到万玛才旦》，第213页。

事”不足以阐明隐喻的效果。隐喻带来的是事物/事件消退在它的感性特质后面之后，与人的感知之间产生的剧场性美学效果。[①] 事物的消退不是消失，它消融在间接的叙事中，却更能引导观众进入它的实在本质。

这种不直接诉诸感性经验的创作方式得以奏效的原因何在？万玛导演说这是突出电影内部张力，想极致一点，纯粹一点。回到上文提到的消退后的剧场性效果、剧场性，“意味着不光包括演出本身，还包括剧场过程和观众之间有意为之的相互作用”。[②] 如何才能不侵占、不消费事物，做到无接触的接触，则需要创作者抵押上他的求真意念和胆识判断，使用精心调度的镜头语言，借用时空环境，勾连出戏剧人物、叙事过程和观众之间，最终和事物的实在本质之间，那个全新的弗兰肯斯坦式的复合物。我们在这样的复合体里，感受到小喇嘛的惆怅、老牧人的颓丧，以及他们在难以抵抗的外力前试图保有尊严的努力。电视机成了欲望生产的通道，它使寺庙的周遭气流湍动，这股流动之欲念促成了师父带上小喇嘛去往拉萨朝圣之行；老人的欲望则是留住老狗，不使它被非法偷卖，但在强大的哄抢力量面前，他最终愤而杀狗。(《老狗》导演版

---

① Graham Haman, *Art and Objects*, Cambridge: Polity Press, 2019, p. 24.

② 王音洁：《论减去文本的剧场性——谈俄罗斯话剧〈叶甫盖尼·奥涅金〉及剧场性问题》，《同济大学学报(社会科学版)》2022 年第 2 期，第 75 页。

电影《老狗》剧照

结尾）他用最决绝的方式反抗资本的收编，释放生命的压抑。这是对自我主体的解码，老人就是老狗，老狗就是老人，他为自己的情感和生活找到一条从资本辖治下逃逸的理想路线。“欲望不是匮乏，而是馈赠。”[1]德勒兹（Deleuze）在《反俄狄浦斯》里将现代资本世界里的“欲望”，从依赖客体的匮乏物转变为具有生产力的意志。欲望不再是背负道德贬义的名词，而是成就人的多样性的法门。在感知复合体里，创作者、作品人物、观众都感受到剧场性的召唤，绽放自己的真挚欲望，与客体一起组合为新的联合实在。万玛才旦以物象之消退引动欲望的生产，使电影超越了现代与传统、世俗与精神的对立。电影打开习语闸门，彰显人的生机，它带来影像内外世界万物的联合，带来戏剧的命运之爱。

影像的凸显：解蔽与遮蔽之间的模糊美学

有学者指出，“也许正是他电影中的模糊性——文化危机与现代性的相遇并不像人们想象的那样归咎于一方——为他在国内外赢得了众多好评”。[2] 暂别质朴的影

① Deleuze and Parnet, *Dialogues*, New York: Columbia University Press, 2007, p. 91.

② Zoran Lee Pecic, “Boxed within the Frame: Tibetan Masculinities in Transformation in Pema Tseden's Jinpa”, in *New Cinemas: Journal of Contemporary Film*, 2023, 19(1–2), p. 9.

像后，万玛才旦拍出《撞死了一只羊》(2018)和《气球》(2019)。两部电影以极富形式感的构图、突出的意象、强化的视觉冲击力，拉开了与他以往纯粹简单风格作品的距离。那些诱惑又迷幻的镜头，那些增强的超大景别长镜头的运用和对冲突的悬置，使人很难不意识到导演风格的转变。

一部关于复仇，一部关于堕胎，两部电影都直面生死的命题，又与藏传佛教的轮回信仰相关。《撞死了一只羊》影片一开头，就打出谚语："康巴藏人有个传统，就是有仇必报；若有仇不报，就是耻辱。"早在2009年，安多地区女导演仁青卓玛的《司机与喇嘛》就讲述过一个寻仇故事。性格孤僻的藏族卡车司机被父亲遇害的童年记忆折磨，上路复仇，但最后司机放弃了报仇。这两部电影都带着同样的矛盾：过去的信仰和价值观与自我认识之间的偏差。与《司机与喇嘛》的单一情节不同，在《撞死了一只羊》里，导演借金巴情人之口对复仇这件事发出质疑："现在的社会谁还敢随便杀人？"看似无心的快语，替我们这些来自常识世界的观众说出心声。这句疑问，是对承托人物姿态的信仰、传说、民俗等整套生活方式的提问。放弃报仇，更是对维系和彰显男性气概的重要手段的放弃，并隐隐带着对文化根基的威胁。影片结尾处，天葬台上的秃鹫振翅一飞，下一秒是一架飞机划过天际，蒙太奇将现实与传奇糅合为一体。这是电影的编制法则，以设定的框架去编排万物，而不是如同《静静的嘛呢石》《老狗》《草原》等片，就地取材，随形赋彩。《气球》触碰的问题更加敏感，意外怀孕令女人卓嘎在生与不生之间踌躇，刚离世的公公来投胎的说法更是悬压头顶。丈夫要留，妻子想弃。在生命的去留之间，妻子甚至对信仰质疑："有时候，上师也会出错。"妻子的妹妹则因情伤而出家为尼，她不再像《静静的嘛呢石》里的小喇嘛那样，是源自生活的风俗皈依。"卓玛出家不是来自大家庭的安排，按照卓嘎的话说，'当初若不是你一意孤行，我真不想让你出家当尼姑'，这是与康巴文化完全相异，反而是内地颇为常见的思维方式，即出家是一种另类、小众的选择。"①两部电影中的冲突性指向了内化于日常生活的价值信念与宗教信仰，呈现出一种非常明确的否定性力量，甚至直面他们敬畏不语的领域。在《撞死了一只羊》里，变化了的是使复仇不成立的现实图景；在《气球》里，变化了的是使无条件生育不成立的当代藏族女性。而穿梭在这两部电影中的，是阿多诺（Adorno）意义上对"同一性"的否定。阿多诺认为，自古希腊以来直至近现代哲学所寻找的那个世界的本质、基础和第一性的东西并不是一个真实的存在，而只是一个抽象的、虚幻的概念。那些隐藏在现象背后的共相其实是人类创造出来的抽象概念，是对事物

① 郑少雄：《藏地新浪潮 2.0：边疆知识分子的主位意识衍变——万玛才旦及其晚近的三部电影》，《开放时代》2023 年第 6 期，第 212 页。

和现象的抽象命名。万玛才旦质疑的，正是构建了杀手金巴和主妇卓嘎及更多藏族人民信念根基的那个“一”。一种至上的观念，经由这两部电影第一次遭到了抵抗，而否定性的力量后面，是带有反思性的个体观念的解蔽。

从1992年由藏族电影人拍摄的第一部电影，到十三年后万玛才旦、仁青卓玛、松太加、拉华加、西德尼玛等众多藏族电影人的作品，现代与传统的紧张关系一直是他们的电影产生戏剧冲突的主要动因。但《撞死了一只羊》和《气球》两部电影蕴含的否定维度，与过去直接作用在生活现象上的冲突不同，它是自系统之外对逻各斯系统的叛逆。在解构传统这个问题上，万玛这样回应：“我是在那样一个文化氛围之中长大的……生命轮回这样一个观念，是佛教的基本认知，在那样一个文化环境中耳濡目染，我基本上也是相信这个东西的。但离开了那样一个文化环境，尤其像我可能就受到了各种世界观的影响，唯物主义的、唯心主义的，等等，这些就会迫使你对自己原有的文化做一些反思，我觉得《气球》里面就有一种反思在，但也没有到一些人说的反佛教的地步。”①在《寻找智美更登》里，借着剧中导演寻访藏戏演员的遭遇，观众已

---

① 仲伟志：《万玛才旦：穿梭在两个平行世界的“牧羊人”》，经济观察网，http://www.eeo.com.cn/2022/0530/537022.shtml，访问日期：2023年1月26日。

电影《撞死了一只羊》中的杀手

与变化的现代藏族人民打了照面，他们不再相信智美更登这样宣扬施舍与仁慈的故事，但依然有人在努力，用“拍电影”这种现代媒介手段追寻传统。而到《撞死了一只羊》和《气球》，导演就直接用反思的否定来结构剧情了。虽然它并不彻底，正如导演提及，“没有到那个地步”。

西奥多·阿多诺说，“同一性是一种幻觉”[①]，但这两部绽露否定性的电影，比以往更依赖幻觉来推进，大量梦幻和意识流的镜头处理，使解构之力被另一种同一性淹没。作为修辞术，它们使电影的冲突质料匀齐，把关键场景里的关键问题填进戏剧高潮的空缺。《撞死了一只羊》运用《疯狂的麦克斯》或赛尔乔·莱昂内（Sergio Leone）的意大利西部片的美学元素，让司机身着“现代”服饰，而乘客则穿着传统服饰。[②] 影片运用四种色光来叙事，“现实时间线上有两种，大部分是青苍的冷色，直到司机金巴

---

① ［德］阿多诺：《美学理论》，王柯平译，成都：四川人民出版社，1988年，第516页。

② Zoran Lee Pecic, “Boxed within the Frame: Tibetan Masculinities in Transformation in Pema Tseden's Jinpa”, in *New Cinemas: Journal of Contemporary Film*, 2023, 19(1-2), p. 9.《疯狂的麦克斯》(*Mad Max*)是澳大利亚导演乔治·米勒(George Miller)执导的一系列后启示录题材的澳大利亚动作电影。第一部《疯狂的麦克斯》于1979年上映，由梅尔·吉布森(Mel Gibson)主演。这一系列电影以一个荒凉、废土的未来世界为背景，讲述了一位名叫麦克斯的警察在一个崩溃的社会中奋战生存的故事。这一系列电影的成功使其成为动作电影的经典之作，并且对后来的电影和流行文化产生了深远影响。

遇到情人，色调一下子顺着火苗暖起来。回忆部分用了黑白，虚化的周边……仿佛打通时空隧道。而梦境部分有一种夸张的艳丽色彩，用了一个特殊的镜头，能让画面边框变得模糊，就是那样一个很不确定的感觉”。[①] 司机或者杀手金巴与仇人遭遇的场景由彩色至黑白，戏剧化情绪在虚化边框的镜头里打转，最后落幅在酥油茶中旋转近四十秒的两片茶叶梗里。这是个巧妙的象征表达，这样的场景我们在鲁迅高度寓言化的小说《铸剑》里也见过，眉间尺与王的两个头颅在金鼎中完成复仇决战。而《气球》在生育矛盾冲突到不可开交之际，镜头跳开了人，随孩童手里逃蹿的红气球攀升，一连串的俯拍扫过每个人物仰望天空的脸庞，复又聚焦于渐渐融入蓝天白云的气球……在近乎完美地给人生困境画上句号的同时，那份来自藏族人民个体的否定性力量随之消融于天际。杀手金巴与司机金巴、藏语《我的太阳》与意大利语《我的太阳》、黑白与彩色、杀人与不杀、梦与非梦，这些对称性符号都像卡车上的双面吊牌，成为导演手中翻用的装饰色调。它们和《气球》里的种羊、避孕套、气球等形成符号矩阵，似乎指向什么，却又把指称的深度转化为可阅读的意义平面，未能进入更复杂的维度。被溢出的符号团团

---

① 林冠：《专访万玛才旦：世相荒诞，以梦慈悲》，https://m.douban.com/movie/review/10138490/，访问日期：2023 年 1 月 26 日。

电影《气球》剧照

包围的眼睛，已无暇展开自己的观看了。

让-弗朗索瓦·利奥塔（Jean-François Lyotard）在《话语，图形》里写道，存在着两种空间：文本性空间和图形性空间。[①] 文本性空间是意义空间，意义则稳定并可以反复编码，编码相互关联最终联结成一个可以被解读的空间。图形性空间则是未被格式塔结构所编码的世界，事件散乱漂浮，未被固化，也不能被轻易编码和解读，因而引动无数可能性。利奥塔是以绘画艺术为例，讨论形象世界的创作问题。他论述的形象是图形世界的一种特殊

① [法]让-弗朗索瓦·利奥塔：《话语，图形》，谢晶译，上海：上海人民出版社，2011年，第255页。

情况，"'形象的'一词指出这样一种可能性：从'实际'原型出发，通过一串连续的迁移，得出绘画对象"。① 德勒兹就此向利奥塔借用了形象的概念，来阐释弗朗西斯·培根（Francis Bacon）的绘画。在《感觉的逻辑》一书中，他以形象的绘画来定义培根在绘画上的创新，那是自足的，不需要与其他对象关联才获得自身意味的创作。他将艺术创作视为解构日常陈腐经验的感性公式，那些无法被意义捕获的形象，正是打开新的感知力的利器。两位哲学家都以图形性空间作为艺术创作的本位空间，这是解构主义非常核心的一个意图：为无意识正名，为梦境和无序找到不被总体化的可能。但很多图形在大量的使用中，它们具有的那种所指的能指，早已是被锁死的符号，如若不加以破坏或变形，就依然被逻各斯之手死死握住，俯下身去认同秩序。所以利奥塔提醒说，并非全力拥抱非理性就能表现出欲望-真理的在场，非理性不能是创作的路径依赖。电影《老狗》中，老人杀死/放生（指导演拍的两版结局）藏獒之前，带着它在铁丝网圈围的牧场放羊。拒绝了狗贩子的要求后，他起身带着老狗走向景深处。这个长镜头里，观众目送老人和狗渐渐离远。但镜头没有停，我们看到一只才翻出了铁丝网外的羊，见大部队远去，恐慌中努力要翻墙追随。"摄影师觉得不符合

① ［法］让-弗朗索瓦·利奥塔：《话语，图形》，第255页。

预设的场景与故事需求，想关掉摄影机，我按住他的手，阻止了他，一直等到那只羊穿过铁丝网，走进羊群，然后关机。"[①]这个长达两分四十秒的镜头里，电影起飞了，观众被这一令人措手不及、不明就里的中段吸引了。"到底什么意思？"观众的自我意识回归了，他们在自我发问的真实时间里逗留片刻，复又追上核心叙事。离题思绪戛然而止，中断和重启的叙事让人跌入上下文的向心力之中。"闲笔"就此作为一个有效的美学手段，让我们在老人压抑和挫折的经历里获得一个意外、即兴、足以分神的窗外风景。导演也非常满意这个镜头："这个镜头就是这样，感觉特别符合老人之前的情绪和马上要发生的这个故事的结局，甚至，这只小羊的情状跟老人与老狗很接近。"[②]这个镜头里体现的，是失序和有序之间高度默契的嬉戏，是理性和非理性的激发和唱和。而图形性空间并不是指拒斥话语文本，把话语变成真理的反面。相反，图形立场的成立，形象真理功能的实现，必须以话语的在场为必要条件。"是话语与图形的共同在场，在它们以互相遏制、互相侵犯为方式的互动中，真理才会向我们凸显。"[③]异质性的共存才是创作的真义，仅仅遵从一种思维，那是逻

① 徐晓东：《遇到万玛才旦》，第 213 页。
② 同上。
③ [法]让-弗朗索瓦·利奥塔：《话语，图形》，第 20 页。

各斯的自欺，它遮蔽住了思想。向心力与离心力互为依存，在无序与有序间交织击打出的创作节奏，带来同一性与差异之间的张力。那是人类自从掌握语言、离开自然节奏和无名状态的动物世界后，自我流放的永恒乡愁。

要点从来不是类型片、资金、电影工业化语言等问题，要点是对话语和图形这两种空间的理解运用，是与逻各斯中心、客体化对象之间的博弈与协商。没有这些，再有反思能力的议题，也会被定型为装饰的花边。那究竟是什么原因使万玛才旦停止了他那种以隐来显的探索手法呢？万玛曾说，他想“写虚幻的东西，时间和空间上的魔幻……那些目前只存在于我的小说里”。[①] 2018 年以后，它们在电影里实现了。在《撞死了一只羊》里男性气概遭遇的危机渗入了《气球》，万玛导演让藏族女性第一次说出“我们女人来到这个世界，又不是为了生孩子”。丈夫和儿子为了阻止卓嘎人工流产，闯进了乡卫生所手术室，儿子还和手术台上的母亲进行了一场情绪激动的对话。“这是一个极度冒犯藏族习俗禁忌的场景。传统上藏族农区妇女独自躲在畜栏里分娩，其隐含的意味是，生育必须回避家庭内部绝大部分成员。随着观念的转变和生育医疗的普及，这一极端的回避习俗不再常见，但是旧观念的影响并不会彻底消失。让江洋及达杰与卓嘎在

---

① 徐晓东：《遇到万玛才旦》，第 110 页。

手术室里面对面地谈话，是万玛才旦呈现在观众面前的对藏族习俗的一场公然挑战。”[①]我们很难揣测采用这种冒犯方式的原因，它带来的结果是，需要花费更大力气去填补常识上的亏空，这也是影片以众人随气球升空行注目礼这一大众认知度极高的抒情手法作为结尾的原因。龙仁青提到，“万玛才旦的作品受到了始于藏族文化背景的被改写，并在忠实于藏族的这些民间文化的基础上，被发展地、富有想象力地出现和引用的”。[②] 如果把民间文化的影响纯然当作常识经验对创作者能力的背书，就他的电影来说，就造成一种现象：在以民间真实生活感为依托的作品里，电影节奏松弛从容；在强化形式感的电影里，则紧张乃至刻意。杀手故事里对仗的工整和过多的符号已损害了感性表达的准确，这种符号形式遇到《气球》这样极具现实感的议题时，损害性被放大。回到“模糊美学”的讨论，在万玛导演的艺术信念里，“模糊比清晰更重要”。然而，并非每一次模糊化处理冲突都能成为叙事的必需。模糊究竟是风格，还是应对现实处境的策略，我们已经无从知晓。但《气球》里模糊美学再启，影片不交代女人的决定，堕胎问题带来的激烈冲击被搁置，红色

① 郑少雄：《藏地新浪潮 2.0：边疆知识分子的主位意识衍变——万玛才旦及其晚近的三部电影》，《开放时代》2023 年第 6 期，第 214 页。

② 龙仁青：《民间叙事背景下的文学艺术诉求》，《东吴学术》2015 年第 4 期，第 62 页。

气球飘向蓝色高空，这个通俗的象征意象带着定制的升华感倒灌进富有激进色彩的思辨空间。人们上扬的脸被凝视入侵，生成之流被锁死。放大到极致的景象，充满意义地推向观众，观众则被观看驯化和囚禁。一个结结实实的文本性空间被浇筑了起来，而那一座即将核爆的感知反应堆，就此封存了。

寻找与逃离：苦痛的隐喻或欲望的行为

“问题不在于语言（所有角色都说同一本地方言），亦不在于宗教（宗教在世俗之中），问题在于，就如藏戏《寻找智美更登》及其他个人故事之间产生的对立性一样，社会与文化价值实在是冲突的中心。”①方文莎在《万玛才旦的〈寻找智美更登〉：创造“少数电影”》一文中，认为该片是对外界给予西藏他者定位的挑战，是重新思考藏族身份的一部具有世界共通性的电影。她的观点代表了大量研究万玛才旦电影的方向：藏族人身份意识的解构和重建。但她同时也提到，万玛才旦本人“曾在多个场合表示，他的目标不是要拍摄一部表达民族身份诉求的‘本土’电影，而是要讲述当代西藏的多样性和矛盾性。

① ［比利时］方文莎：《万玛才旦的〈寻找智美更登〉：创造“少数电影”》，《东吴学术》2015 年第 4 期，第 60 页。

这位电影人更喜欢‘藏语电影’这个词,他关注的是电影主题的文化而非政治层面”。[①] 在学者和导演的分岔处涌现的是什么?是创作者的主体意识?是影像呈现的感知经验?是投射于电影之上的异谛牢结?探寻这一切交构成的那个复杂织体,是我想通过《寻找智美更登》和《塔洛》两部电影来完成的。《寻找智美更登》的英文片名为“The Search”,“塔洛”在藏语里的意思则是逃离的人,语意的差异在此组成了寻找与逃离的微妙互文。

正像前文提及,很多西藏地区的电影主题都在感叹现代性面前纯真和文化确定性的丧失。比如 1992 年帕姆扎西的《渴望》讲的是年轻藏族人来到城市生活,四年后回乡,未婚妻已与别人订婚。2004 年万玛才旦第一部短片《草原》里有偷了放生牦牛的年轻人和秉持传统信仰方式的老人。2006 年西德尼玛的《珊瑚项链》既展示了一个年轻的游牧妇女与她的弟弟在草原上天真无邪的生活,也展示了她的牧民父亲去城镇为她买项链时面临的艰难选择。西藏农村文化被表现为天真无邪的女性,面临着来自现代性和物欲的破坏性威胁。这些问题和应对的方法在万玛才旦的第二部长片《寻找智美更登》中以一

① Vanessa Frangville, “Pema Tseden’s The Search: the Making of a Minor Cinema”, Volume 10, in *Journal of Chinese Cinemas*, 2016,10(2), p. 118.

个新的和令人惊叹的创造性水平得到了解决。在《静静的嘛呢石》之后拍的《寻找智美更登》，通过一位在本土乡野里找寻传统藏戏《智美更登》演员的导演步履，临时的一个工作小组（包括制片人、摄影师、找恋人讨说法的女孩／女演员），就这么驱车行经几乎整个安多藏区。“我希望还原藏区全貌，有村庄，有城镇，有学校，有寺庙，有公路，有文艺团体，有知识分子，有爱情的失落者，有爱情的解脱者。”[①]在上一部电影里制造了紧张关系的现代设备，在这一部戏里则积极参与了文化生产，乘客中的摄影师从不说话，只是用数码相机跟随记录。时代变化太快，上一部还是35毫米胶片电影，到了这一部则完全是数字电影了。上一部里造成冲突的现代科技，这一部里已成为藏族人保护传统生活的好帮手，人们以主体的姿态放松而游戏地和现代技术相处。

西藏地区的电影里道路、车辆和旅程作为公路片的结构性隐喻，并非万玛才旦首创。2007年热丹嘉措的短片《凶猛的绿松石》，2009年仁青卓玛的电影《司机和喇嘛》中都有运用。但万玛才旦将这个结构往实验性里推进了一大步，使《寻找智美更登》成为重新建构西藏的重要创新成就。电影的中心人物，是寻找前男友的女孩。当对自我、对民族文化身份的重新探讨和多元定义发生

① 徐晓东：《遇到万玛才旦》，第156页。

电影《寻找智美更登》剧照

电影《塔洛》剧照

时，导演选择了女性作为重要的表征资源。在藏族人拍摄的电影里，还没有专门且比较深入地探讨过女性角色的。早在二十年前藏族现代著名作家顿珠嘉的短篇小说《没有良心的媳妇》（1982）里曾描写过农村妇女的生活。但在《寻找智美更登》中，女性被视为文化的载体，她们即使不是文化本身，也是最具有价值和面临最大风险的那部分。《寻找智美更登》中的女孩很特殊，她答应出演王妃，但提出要搭车去县城寻找负心汉。这是西藏地区电影首次出现了敢于提条件的女性。她虽然深为情苦，却不被动，不顾“危险”（男性世界常被视为危险）去实现自己心意。整个旅程中，女孩始终蒙面沉默。导演着力打造她的孤独，让她与周遭一切疏离，无论何时，都居于视线边缘，在热闹场面里也只留下一个孤单的背影，“她一副奄奄一息的样子，被爱情所苦”。[①] 这是个正被无法言喻的痛苦狠狠折磨着的人。再来看《塔洛》：会背《为人民服务》全文的牧羊人塔洛，因为办身份证去拍照，从山上来到城镇并有了一段艳遇。在诱人恋情的激发下，塔洛卖了所有的羊奔赴女人与新生活。但这段艳史以美发店女老板杨措卷款潜逃，他空手返回山上小屋结束。一场奔忙，塔洛还是和以前一样，是一个没身份证的孤儿，只是这一次连羊也没了。这是一系列西藏地区电影中失意的男性群像里最

---

① 徐晓东：《遇到万玛才旦》，第 156 页。

为失意的一个。被欺骗后，他只落得在返回的路上放炮自戕。导演没有赋予塔洛反抗的机会。他放弃了身份证，相应放弃的，是下山寻仇或融入现代生活去到远方的可能。

反抗的女性和放弃的男性，两位人物的共同点是都带着不可言喻的苦痛感，被抛弃、被欺骗、被羞辱和无法抵御的孤独，驱使他们做出自我流放或自我惩罚的行为。这种痛苦感，伊曼努尔·列维纳斯（Emmanuel Levinas）认为是无用的，所有的恶都与痛苦有关，它是生命与存在的僵局，此中的痛苦并不只是以某种方式无辜地为意识"染上"感情色彩。可以说，痛苦的恶，有害的执着，是荒谬的爆发及其最深刻的表达。因此，列维纳斯说："关于痛苦，我们至少可以说，就其本身的现象而言，它在本质上是无用的：'一无所有。'"[①]痛苦指向来自生命主体心灵深处的脆弱性，所以德勒兹在阐释斯宾诺莎时指出，"悲苦不会令人明智，在悲苦中，我们是无药可救的。正是出于这个原因，当权者需要臣民身陷悲苦。痛苦绝非是一种富有理智或生机的文化游戏，每当你承受着一种悲苦的情动，就有一个物体/身体作用于你的身体，一个灵魂作用于你的灵魂，使你身陷困境，陷入一种与你自身的关系不

---

① Emmanuel Levinas, Translated by Michael B. Smith and Barbara Harshav, *Entre NousEssays on Thinking-of-the-Other*, New York: Columbia University Press, 2000, pp. 93-94.

和的关系之中”。[①] 不过弗洛伊德却认为，“失去，比如说失去了一个喜爱的物件会引起基本层面的心理运动，‘激起反抗成为合理的行为’。反抗可能会变得非常激烈，以至于颠倒了现实，产出一种幻觉性的狂热欲望，要仍然持有该物件……在失去面前，合理的反抗行为可以创造出一个与他的欲望相适应的新现实，而不只是承受由欲望带来的空虚的、幻觉上的满足”。[②] 也就是说，悲苦感除了导致丧失主动性的消极，也会引发主动的反抗。因为在生命现象学家米歇尔·亨利(Michel Henry)看来，自我体验到的痛苦，以及痛苦带来的被动性，就是情感作用于你本身的时刻，“就是构建主体的时刻”。[③] 米歇尔·亨利的意思很明确：“主体性就其根本而言是情感性的，主体性是某种类型的遭受，与我们的受苦、我们的欢乐处在同一秩序之中。这种情感基调就构成了原始的给予，最初的经验，我以前称之为绝对主体性，现在我称之为生命。”[④]

---

① 参见吉尔·德勒兹《德勒兹在万塞纳的斯宾诺莎课程(1978-1981)记录——1978年1月24日情动与观念》，姜宇辉译，收入汪民安、郭晓彦主编《德勒兹与情动》，南京：江苏人民出版社，2016年，第17-18页。

② [法]乔治·迪迪-于贝尔曼：《欲望所致——何以让我们揭竿而起》，陈旻译，《新美术》2018年第2期，第42页。

③ [法]米歇尔·亨利：《走向生命的现象学：米歇尔·亨利访谈录》，邓刚译，北京：东方出版社，2024年，第163页。

④ Michel Henry, *L'essence De La Manifestation*, Paris: universitaires de France Presses, 2011(1963), pp. 593-595.

万玛才旦通过《寻找智美更登》，把反抗命运的权利，交到藏族女孩手中。这个被动的女孩，沉默但并不服从，不服从被抛弃的命运。在旅程的闲聊中，在另一个同行者痛苦的情感史里，她照见自己痛苦的底色，跳出了在异性恋结构化感情模式里的愁苦框架，真正走向自己的情感生活里去。最终女孩离开了，她超越了受伤害感。影片对女孩的塑造虽带有凝视格式，蒙面的粉红头巾有如《迷魂记》里金发女人脑后的旋转发髻，带着沉默冷峻的客体小光晕，但这依然是当代电影里西藏新女性形象的开端，要到十年以后，才有敢于冒犯世俗观念考虑堕胎的女性出现。而另一个被"情人"抛弃的羊倌塔洛，他似乎人财两空一无所获。但是万玛才旦不这么看。在某次关于《塔洛》的研讨会上，有学者形容塔洛在山上的生活是离开了社群，会后万玛说，"塔洛在山上怎么没有社群，羊就是他的社群"。[1] 在游牧社会里，牧人从来都是引导者，是神、国王、领导者的隐喻。[2] 这是一个拥有自己的王国的牧羊人，在群山中照看羊群，给羊羔喂奶的塔洛，"就

① 杨慧仪：《怀念万玛才旦》，https://mp.weixin.qq.com/s/y_IO7U4sRcd9Lt6Q67L2gw，访问日期：2024年1月26日。

② ［法］米歇尔·福柯：《自我技术：福柯文选Ⅱ》，张凯译，北京：北京大学出版社，2016年，第320页。

像个国王”①,他能够令现代管理体系绕行于他：因为艳遇,没有身份证也能在城里住下。当被要求重拍照片再领身份证时,他直接放弃了。这也意味着他再次脱离了行政体系的收编,而走回自己的王国,回到游牧的命运。这场痛苦使得羊倌开始疑惑,从不问“我是谁”,到“我知道我是谁不就行了”,再到“我现在是个坏人了”的自问,再到炸响炮仗的自戕,观众看到,追求情爱失败的塔洛变得不再黑白分明地简单了。万玛才旦把塔洛抛进了命运的迷宫,重新组装了他。在最孤独的影像时刻里,导演特意加了塔洛艳遇后返回山上几日的生活细节,每一样过去寻常的劳作现在都发出自己的声音：他打水,水井的水由清转浑;他解闷,收音机里也只放“拉伊”(牧民求爱小调);夜深了,狼一声紧一声长嗥……万玛让塔洛开始与自己分离了,开始学习表达他的孤独,直至解决他的孤独。导演在这段影像里发明了自己的时间,创造了塔洛而不是牧羊人塔洛,这是塔洛自我认知开启的神性时刻。期待爱情,这是一条由幸福通往欲望的单行道,超越功利算计将欲望推进到底的行动是我们对欲望的提纯,而此中的缺失和有限则是更为深层地构成主体的先验条件。真正的终极性源于意愿,当我们认知到主体的有限性,那

① 这是题于《遇见万玛才旦》一书关于《塔洛》的篇章内第 191 页剧照旁的标注文字。

正是我们确证到了自己的“存在之力”，这种能量构成了当下本质。“欲望的力量永不耗尽，除非面对死亡。因此，它不会阻止行为源源不断地为它提供新的形式。”①而这种源源不绝的动力，恰是人能够跨越受害人心理，走上享受自己的命运的提纯之路。

一种不竭的游牧状态，流动在万玛才旦电影的许多人物身上，小喇嘛、刻石人、师父、老牧人……也流动在藏族电影群体塑造出的人物里。正是这些质朴微小的人物，以一种本质又成熟的苦难力量，既承担着他们的命运，也以承担来改写着他们的命运。不需要从外在的符号去寻找和定义西藏，就像《寻找智美更登》一样，人们放下了寻找，那一路的多样和丰富性，那些载承着欲望之流的游牧赤子，就是我们知道的所有。

结论：生命-影像

“电影不只表现影像，它还要让世界包围影像。为此，电影很早就在寻找那些日益扩大的循环，把现实影像与回忆-影像、梦幻-影像、世界-影像统一起来。”在展开

---

① ［法］乔治·迪迪-于贝尔曼：《欲望所致——何以让我们揭竿而起》，陈旻译，《新美术》2018年第2期，第54页。于贝尔曼写道：“存在之力”，这种不可摧毁的能量，来自我们的欲望的能量本身。

"时间-晶体"论述的时候,德勒兹这样说道。当感觉与回忆、真实与想象、身体与心理,或者它们的影像如何在更大范围内,围绕一个不可辨识点,不断地彼此传承,彼此赛跑,彼此呼应,这个不可辨识点就是晶体-影像,是现实影像与它自己的潜在影像结晶成为内在小循环。德勒兹用这个影像概念分析电影,让人们通过晶体看到时间的分解,看到"时间的永恒基础,即非时序时间。它是Cronos而非Chronos。[①] 世界被强大的无机生命紧紧控制着"。他以晶体-影像的时间分解,标示一种"不会被组织和被结构的、纯粹的原初生命,与被组织和被结构好的有机生命形成鲜明对比"。[②] 偏爱景深镜头的万玛才旦似乎深谙此道。他在拍摄《静静的嘛呢石》时,特意找到地势较高处作为小喇嘛的家,因为"有个纵深的调度,可以看到一个完整的空间。前景是他家房子,画面偏左,远景中,村子里的房屋错落有致,父亲和小喇嘛沿路走来,由远至近"。[③] 而在《老狗》中,万玛才旦特意选择一处更有景深感的房屋作为老人的家,"他家门口有一条跟小镇连

---

① 克洛诺斯,古希腊神话中的时间之神,宙斯的父亲;柯罗诺斯是古希腊语中表示时间的词语。

② [法]吉尔·德勒兹:《时间-影像 电影2》,谢强、蔡若明、马月译,长沙:湖南美术出版社,2004年,第106、127页。

③ 引自董树宝《从柏格森到德勒兹:生命-影像何以可能?》,《电影艺术》2024年第1期,第9页。

起来的道路,不仅使调度成为可能,而且也在故事上给予了很大的空间”。[①] 巴赞希望赋予景深镜头以一种纯真实性功能,万玛才旦想必也是一样。他电影里的这些景深镜头,连同那只努力翻墙的羊羔,都是用场景取代了镜头,让叙述时间和真实时间同时到来,搅拌分解了柯罗诺斯。状写伤痛的《寻找智美更登》和《塔洛》里则频频使用镜像,当越野车中的女孩被车内反光镜注视,被透过车窗凝视,我们隐约触及了她沉默的心事;当塔洛初次与发廊老板杨措遭遇,我们跟着杨措的目光透过店里朝向街道的镜子,透过镜子里的玻璃门,看到塔洛投向杨措的那踌躇不安又充满欲望的眼睛。观众眼前弥漫着由人物的现实和潜在的意识交构的知体,情感的症状在散播,它的能量充溢在影像的空间里,时刻想要爆破自己,想与镜头断杀,直至打碎镜像。结晶的影像,不可辨识的点,它们正是释放出原初生命的影像,“是一种驰骋,是戏剧向生活开放,向生活倾斜的一种方式”。它令人不封闭于悲情,提醒人想起身外川流不息的人生洪流。这股子生命力的运动正是属于“生命-影像”的时刻。“生命-影像”,柏格森在《材料与记忆》中探索影像本体论时这样命名。“他抛弃西方传统哲学将影像(image)置于再现论或意义论、主体性或精神的解释框架,对影像进行全面考察和重

① 徐晓东:《遇到万玛才旦》,第107页。

新界定,并从影像的角度审视和洞察生命。在他看来,'影'是物质的实存,一种被定位于'事'和'表象'之间的实存。柏格森用它来解释超越概念的思维运动。他认为生命本身就是一种自由与创造的运动,其中生命冲动是这一运动的核心主角。在这种运动中,他将生命冲动视作一种'生命-影像',以影像的运动隐喻生命和演化的现象。"[①]这也同样是文本性空间和图形性空间互动和组装的隐喻。

"我为什么一直在表现藏族而不是汉族,那是因为,那个地方跟我更有关系。不一定是建立在经验上的关系,更多是建立在情感上。"万玛才旦曾这样说。[②] 他也承认,"在故事的建构上,藏族人的天真还是很明显,人间的复杂性还没有呈现出来。可能我心里对此有一些抗拒"。[③] 这份情感令他对电影中的人物和素人演员们满怀牵挂。他感叹小活佛的圆寂,小喇嘛的变化,藏戏的消失,老人演员的离世,塔洛的压抑与孤独。直到 2023 年 5 月 8 日,他也意外离开了我们。但如同方文莎提到《寻找智美更登》时说的,万玛才旦和伙伴们要寻找的,并非想象中的过去,亦不是基于宗教教条所建构的本质化的

---

① [法]吉尔·德勒兹:《时间-影像 电影 2》,第 136 页。

② 引自董树宝《从柏格森到德勒兹:生命-影像何以可能?》,《电影艺术》2024 年第 1 期,第 3-5 页。

③ 徐晓东:《遇到万玛才旦》,第 180 页。

西藏身份，而是一种“未来社群”（指向因为自身处境而缺席，等待被召唤的正在·到来民众）。[1] 虽然导演说他只呈现电影主题的文化，但是阿兰·巴迪欧在《剧场狂想曲》中以古希腊剧场为例，谈论戏剧的隐藏与显露。他提到在那个女性在政治上缺席、在社会上受限制、在哲学上处于野蛮背景之中的希腊社会，剧场中却涌现出众多强大的女性形象。因为戏剧活动带有一种本质的差异性活动，“艺术创造就是无意识欲望被崇高化的最完美例子。人类主体在艺术中认识到了隐藏的欲望痕迹那难以抵挡的力量……戏剧将这个过程带上巅峰，因为它给我们提供的是欲望运动展现出来的各种原型冲突，它从底层，从各种驱离的泥淖中，从没有被象征化的主观真实里来获得能量”。[2] 通过对万玛才旦导演六部长片的分析，经由对欲望的生产的论述、对模糊美学的辨析和对苦痛隐喻的探究，我们终于可以说，是人物的差异和生命的冲动，才带给我们“生命-影像”的实存。在万玛才旦（以及其他数位藏族导演）创造的尘世剧场里，欲望-真理之洪流冲破各种框架，起伏涌动在那些秉持着尊严，卑微而天真的个体身上，以他们的缺席，宣告着在场，生生不息。

---

① ［比利时］方文莎：《万玛才旦的〈寻找智美更登〉：创造“少数电影”》，《东吴学术》2015 年第 4 期，第 56 页。

② ［法］阿兰·巴迪欧：《戏剧颂》，蓝江译，桂林：广西师范大学出版社，2021 年，第 80 页。

不贩售苦难，把“妈妈”变成一个动词

——评电影《妈妈!》

“妈妈。”

“哎，我是你妈妈。”

“你真像我妈妈。”

“嗯!”

这对话来自电影《妈妈!》。六十五岁的阿尔茨海默病患者冯济真，突然在早餐桌上喊出一声“妈妈”。她认出对面的妈妈蒋玉芝了？没有。她只是认出了一种气息，察觉到有某种东西此刻正俯身在她眼前的桌子上，那东西像“妈妈”。这样一想，就理解了对面老母亲那种欣慰的笑容，我们松下一口气，转而为她俩由衷地感到高兴，为人世间的情意感到满足。原来深切的情感不会被辜负，它只会换种形式，该出现，就还会出现。餐桌上的一声“妈妈”，是神的清吹。

“日常生活中有一种悲剧因素存在，它远比伟大冒险中的悲剧更真实、更强烈，与我们真实的自我更相似。”1896年，梅特林克写了《日常生活的悲剧性》一文。他接下来解释道：“因为那里面有本质的、超出了欲望的斗争，超越了责任与激情冲突的悲剧因素。这种因素的职责在于向人们揭示——生活本身有多么美妙，它照亮了灵魂在不停息的无限空间之中的独立存在；它使理智与感性的交谈安静下来，以便在喧嚣骚乱之上，能听到人与命运那庄严的、不间断的低语。”

秉持这样一种态度的梅特林克认为，那些过于激越的复仇、情杀、阴谋情节不值得特别推崇，因为“从那些没有时间生活的人那里，我们能学到什么呢”。这其实是梅特林克面对整个现代主义大潮的到来而发出的深切呼唤，自此以后，人们对待历史的眼光变了，不再只盯着头顶的神明和高阶的人物。

电影《妈妈！》毫无疑问就是这样一种创作。有谁会去关注一对65+老年女性的生活？除了卖养生产品的、卖保险的、卖墓地的、卖养老房的……你听听这一桩桩落满暮气的事项，它们哪一件能构成你发朋友圈的内容？两位老年女性知识分子，清教徒一样寡淡地生活着，没有婚配和伴侣，没有戏剧性的际遇，不出意外的话，女儿给妈送了终，然后自己也安安静静地，熬到油尽灯枯，消失了。

唯一的戏剧性来自女儿的病，阿尔茨海默病。不过又怎样呢？这个岁数了不也正常？只不过，命运的弦突然间被拉紧了，本感时日无多的老母亲，开始分外惜时，她由受照顾者换位为照顾他人者，责任感令她一夜逆袭二十年光阴。她时刻担心着，如果自己走了，女儿怎么办。

是什么被压制在宁静之下

这些还只是表面现象。

这个家更深层的悲剧因素，隐藏于女儿病发前那些静止而宁谧的居家生活场景，两个人的日常都是重复和可控的，近乎静止。这样的静止是真实的吗？我们真的只有面临岌岌可危的绝境，才能一睹真实面目吗？

导演杨荔钠不是这么想的，不然她就不会用那么多镜头来勾勒这种安宁。镜头一帧帧，轻抚过她们的早餐、她们的小院、她们的书柜、她们书桌上的那盏台灯、她们的旧沙发、她们的药片和猫，她们那么轻微而又审慎地划在岁月上的痕迹，都被导演照亮显形。这些宁谧典雅的居家镜头，会令你一径想到李安的台北人家、小津的东京人家、哈内克的巴黎人家。

有什么东西正在这些个安静的屋子里来来又去去？是那个早年死去的父亲吗？作为考古学家的他留下太多

印记了，比如手指尖划过烧着的蜡烛，比如打响指作为“我爱你”的暗语，比如他的考古手稿，比如那些遗落在西溪路56号、茅家埠通利桥、女儿少不更事时对爸爸犯的过错……在那些平静的日子里，历史在人物心里纳下的密密针脚，正以理性这一真正神奇而疯狂的力量为名，被母女日复一日地压制下去，减淡下去。在这样一等一的良好生活里，恰恰存在着比激情的法则更为有力和庄重的法则，它以缓慢深沉的方式运转着，难得导演听得到。

这不是导演第一次躬身聆听生命深潜的低语。早在拍于2013年的“春”系列三部曲之《春梦》里，她就瞄准了一位中产主妇优渥的全职家居生活；2019年的《春潮》里，她拍摄了东北小城母女孙三代一家的生活；加上这次的老年母女，摄影机的微光令我们看见了它，听见了它。我们看到的，是灵魂趋向真实不息而徒劳的努力，是人对生活内在的无意识声声的叩问。

更早以前，杨荔钠拍摄了成名处女作纪录片《老头》，聚焦一群聚集在小区一隅不起眼的老人。她似乎拥有巫术，能将内在和外在的表达调混成一种表达，能使日常生活在它平淡的表面下显得陌生、丰富进而不安。上一个镜头在喊妈妈，下一个镜头说“你真像我妈妈”；上一个镜头在听着聊天，下一个镜头伸手迎向仙人掌……这样的调度处理，使一部家庭伦理剧瞬间被一种新的不可描述的力量主宰，绽露出生活的神秘性。

旁逸斜出的激进一笔

我十分喜欢周夏这逸出的闲笔，恰恰是在主干叙事之外说出的话，这充满异质性的元素使主干的部分更为神秘和丰厚。冯济真为何要平白护佑这个小太妹？而小太妹又为何要带着自己的婴儿重返她盗窃过的这所房子？虽然导演不一定同意我的说法，但我想说，恰恰是周夏这个人物的设置，使得我们有机会去拥抱另一个乌托邦的神话，使这本来单纯属于亲情母爱的故事，辐射出大爱的光芒。

女性主义辞典里常提及的“姐妹情谊”，是一种“以松散却强大的网络把平等者联系在一起的关系”，它不承认任何领导、制裁，不沉溺于任何特殊的或秘密的仪式，它与男性的哥们儿文化有所不同，没有等级制度，没有口令，没有秘密的标志，它就是一种开诚布公的亲密关系。女性之间，可以通过分享共同的生命经验而获得这种弥足珍贵的结盟。片中使女儿能够跨越道德判断和个人安危做出爱护女生举动的，我想正是这种极度理想化的女人与女人、人与人的体恤和怜惜。这也是早年父亲自杀带给女儿的人生一课，父亲令她直面了人爱惜人之必要，人救赎人之必要。在这一点上，反而是这旁逸斜出的突兀激进的一笔，跨越了血亲神话。

电影《妈妈!》海报

虽然这是电影唤起大众观影热情很重要的基石，但是纪录片导演出身的杨荔钠在这里显露出摇摆，并没有彻底将意图推进下去。但周夏还在，说明导演没有被电影工业的程式化俘获，她始终是一个想被真理折腾的“女人”，一个天生的“他者”。

不必背负献祭的宿命

血亲的传说里带有太多宿命论意味的消极思想，但最伟大的歌声发自同情，而不是高扬的奉献。科技昌明的现代生活里，谁也不必背负被献祭给谁的宿命，创作者也不必再以活的人性来换取感动和歌颂。

《妈妈!》的观影体验并不压抑沉闷，遭逢女儿生病的蒋玉芝教授从未有一刻将自己放置于受害人心理定位上。突发事件未来临前，她吟诗饮酒，非常有形式感地对待自己的生活；变故来临，她欣然领命，把“妈妈”变成一个动词。你可以将这态度归咎于她们不“底层”，然而人能否拿得出一种主动生活的态度，与经济基础的有无之间，不是一个绝对的等号。我更愿意相信，是导演把这一自觉的勇气，慷慨给予受过良好教育的知识群体，那是她对知识的礼敬。

体面克己了大半辈子的冯济真老师，首先是因为爱护年轻女孩，就放弃了自己的清誉，认下被栽赃的盗窃嫌疑。接着又因为阿尔茨海默病，彻底放开了理性对自己的压制，她的脸上显露出从不舍得展露的娇羞、胡闹、任性，她演绎了经典名句“自由来自失去”。母女俩相互成全了彼此的衰暮岁月，是母女也是姐妹，是一起面对生死的至交。这么一种微妙的转变，使这部看似“悲催”的电影有力摆脱了贩售尘烟苦难之嫌，更使它对现实有了可为的空间。

影片结尾的镜头停留在母女在大海边自在地嬉闹上，她们是走向了大海，还是安然回返了陆地？眼泪并不重要，它滴落的那一刻，就说明导演已经成功用过去一秒还不曾存在的形象扩大了我们对生活的意识，增加了我们的感知资源。那是我们再也不能丧失的财富，是我们朝向亲密关系出发的动力。没有永恒之物的希望之乡，没有确定无疑的乌托邦，有的只是我们想爱的欲念和努力。

是去描绘，还是去还原

——评电影《瀑布》

春天，我骑行在湖畔。接到好友电话，和我倾诉老楼房外墙的圈围修缮之苦。为了躲避那种封围的压抑，她一大早出门，天黑回家。这境遇显然还不算最差，住在这样的房子里，还要因疫情被禁足，痛苦是封围的二次方。而要在封围的封围里与青春期小孩困守，那真是封围的“天花板”了。

台湾导演钟孟宏就拍了个发生在这种场域里的故事。他提到拍摄电影《瀑布》最初是因为多年不见的女同学从南美回台和他讲述丧女的经历，但更直接的触机，是在台北街头看到的那幢包裹着蓝色工程布的大厦，它令围困感有了生动的样貌。而修缮的大楼，这个反景观的景象又是多么普通，内嵌在我们现代城市建设的日常里。钟孟宏竟然能就此起“兴”，在施工现场托物寄情，拍出一段人生困境中母女相处的别样经历。

中学生小静(王净饰)正在躁动的青春期,不稳定的荷尔蒙使她多倍放大情绪,传送的对接口是母亲罗品文(贾静雯饰),外资公司高管,中年离异,原因不详,似乎是被抛弃,因为她对前夫说:“……还是因为你已经结婚了?我不知道为什么,我们两个分开那么久,我现在碰到你还是好有感觉。”看到这里,我们的脑中已经开启了某些先在的模式,失婚女人、单亲家庭、叛逆与控制、关于爱的挣扎。好吧,它们都是对的,它们总是对的,不过令它们成立的那些东西,远比成立本身更重要、更迷人。对,这可能就是我想说的重点,还原一种有痛感的情境,比起描绘痛苦,更具有挑战性。这就要谈到一个重要的分野,可能是来自电影形式语言的建立方式。王小鲁指出过娄烨的“感伤癖”,他以深得文青之心的余虹(郝蕾饰)形象为例说:“我不喜欢娄烨的悲观和撒娇主义。余虹只因大学时代发生的某事,人生从此被毁了,人格发展也停滞了,生命中唯余恸哭。当中偶尔平静几天,也是为几天后的打雷滂沱做准备,这是撒娇派的人生观。”为了达到这种悲观主义,娄烨发展出一套比叙事更重要的形式系统,用电影技术强行将观众带到某种地步,给予观众很少的情感自主发展空间。典型的场景,比如余虹在干涸的泳池底部痛苦迷醉,同时旁白响起:“有一种东西,它会在某个夏天的夜晚像风一样突然袭来……”镜头对着女演员的身体、面颊贪婪地摄取,我们也在恣意的摄取带来的海量修辞中放肆地玩味痛苦。

类似这样的处理，在电影史上不胜枚举，比如那个最为人称道的《阿黛尔·雨果的故事》。结尾处阿黛尔着白衣，伫立海边微抬下巴，眼神痴迷狂热却坚定执着，“千山万水，千山万水，去和你相会，这样的事情只有我能做到”。风灌满她的衣袍，然而她毫不在意，充满了蛊惑人心的悲情。拉康将安提戈涅作为欲望主体最古老的原型，他称之为“血腥样本”（bloody sample），这些血腥样本构成了一个辉煌的悲情谱系，它的固定搭配是男导演和他们的缪斯。这种感知表达的模型力量极为稳固，稳固到自然化为一种制度性的表达，因此镜头一对准女性，它就在捕捉沾着脆弱的蜜霜的花蕊。其实镜头并不独偏女性，但是常在以女性为主角的电影中大面积爆发，它带来了对于脆弱痛苦的刻板印象：她是混乱的，但有能力；不稳定，但有才华；承受痛苦，最终“获胜”。

加入这个表达模式中的女导演也越来越多，碧翠斯·罗伊萨最近的影评认为，《钛》的导演朱莉亚·迪库诺就是这样的典型，《钛》包裹着女导演对极端的迷恋，是一部浮于表面的激进电影。国内的导演也有同样对准女性人物的“激进”影片，比如李玉导演的《苹果》里的范冰冰，郑陆心源的《她房间里的云》里的赵木子，杨荔钠导演的《春潮》里的郝蕾。《春潮》结尾处郝蕾有近五分钟的独白，情形类似她塑造余虹时的表演。据说这段戏的拍法是演员自己的主意，这就更说明那个刻板印象已经多么内化，可以贯穿一个演员的表演经历，成为她的定式。

《瀑布》中的罗品文，在新冠隔离中被隐性停职，慢慢呈现精神分裂（思觉失调）症状，治疗、出院、换工作（从高管到超市员工）、换住所（从高层公寓到老楼房），与女儿相依相靠，逐渐转换人生的轨道。整个过程导演始终冷静相待，没有给我们一次纵情痴望的机会，坚强而早慧的小静在风波中成长，照顾起弱势的母亲，在一场非常重要的宣泄戏码里，我们更能看出钟孟宏坚守的底线。卖了房的小静与父亲在街心公园对话，父亲听闻她们母女搬家而表示抱歉，希望女儿理解大人世界的无奈。小静回击："你可不可以不要再用你们大人那些狗屁理由啊？为什么我要承受你们的烂婚姻？为什么我要去承受一个我根本不认识的妈妈？为什么我要去承受一个我根本不知道的弟弟？为什么我要去承受你的谎言？为什么，为什么是我？"

这是一个戏剧性的高潮，女孩当面发起弑父意味的质问，然后转身走了。镜头没有跟着她的脸，没有追上她远去的脚步，而是停在父亲的位置，讪讪然望向女孩。据导演说，女演员其实泪流满面，非常入戏，但是他没有把机会留给面孔，他选择展现情境而非展现痛苦：一个女孩终于扯下父权的遮羞布，砸开失语的空白，平等地与父亲进行了对话，父亲和远去的她之间，横亘的正是这要命的空白。而如果我们沉溺在女孩痛苦流泪的面孔，那份责任缺失的沉重，就转变成了悲情美学的材料，它只会帮助电影机器塑造出一个完美受害者形象，完美到与她所遭受的一切打击高度结盟的状态。以至于那种伤害感，是 after party 的助兴，它只会钝化我们对真实伤害带来的严重后果的感受能力。对痛苦细节的描绘投入越多，越会推远我们对现实世界的认同；相信虚构的东西越多，可能越难捕捉到真正的现实和需要。这正是我此前提到的分野——是去描绘痛苦，还是去还原情境？

建立从痛苦的边缘和深处看问题的能力是很重要的，但这其中也有一个严重的危险，它会浪漫化或挪用较弱（伪弱）者的视野，同时又声称是从他们的位置在看。可是弱者的立场并不全然是一个无辜者的立场，局部抽离而非沉溺的视角反而能够保证客观的视野，比如从父亲愧疚的眼里望出去的女儿无声的背影，才是真正给被伤害者赋权的行为，我们替孩子们看到了父母不能担待的无奈，也可能是自私，是开脱，是阻隔人与人情感的不可思议的黑洞……

没有举行任何的交接仪式，台湾电影悄然完成了导演的接力。当钟孟宏以《一路顺风》《阳光普照》《瀑布》接连不断占据台湾影坛 C 位，当一群中生代、新生代导演在这两三年里高频次拿出优质的作品，我们不能说新浪潮已经过去了，但至少可以说，下一个激荡的篇章已然开始。交接的当然不只名字和年龄，也包括说话的口吻，这种口吻的差别，从黄信尧的《大佛普拉斯》开始凸显，虽然钟孟宏在之前的作品里不太明显，但是到了《瀑布》则有非常特别的显现。侯孝贤、杨德昌等台湾新浪潮导演对于小民生活的体贴打量一如既往还在，而他们没来得及随时代浪潮推进的那些后全球化视野下的新话题，则交到了“钟孟宏、黄信尧、阮凤仪们”的手上，徐徐展开。

在黄信尧对底层拾荒人荒唐的死亡里（《大佛普拉斯》），在阮凤仪对转回到故土生活的少女尖锐的青春里（《美国女孩》），都能看到这种弱势的美德：陪伴着弱者，但并不能使人成为英雄，也无法使人高尚，它只是帮助人活在人世间无数的灰色地带，而不至于完全绝望或者彻底堕落。从头到尾，它都是情境的产物，来自每一个微弱的人身处的具体困境。在陪伴中，每个人释放出自己的生命能量，不再仅仅是被痛苦圈困，被自毁的快感圈困，被任何自欺的幻觉圈困。

让人活出来吧，在陪伴中舒枝展叶去活出来，这不仅是女人的事，也是男人的事，是让每个人从困境里走出来的尝试，否则痛苦美感带来的暴力和死亡会杀掉所有人。分裂已经大大超标了，眼下我们急需谅解的陪伴，通过陪伴走向谅解。在显性或隐性的隔离中的我们，比任何时候都需要它。

爱不是落不下影的白塔，而是无限的那道光

——评《白塔之光》

赫拉克利特说，人不能两次踏进同一条河流，但是我做到了。一年之中，我为同一位中国导演的小众艺术电影贡献了两次票房，两次都很失望。张律导演在接连拍完的两部电影《漫长的告白》和《白塔之光》中，延续了很多共同的元素，比如失意中年男与年轻女生的暧昧怨伤情，比如相同的男演员（辛柏青），相同的主曲调（《秋柳》），这两个故事似乎是同一组人物生活的不同延续，因此我也似乎很不争气地，两次踏进了同一条河流，把自己伤害得明明白白。

为了迅速摆脱这种受害人心理，我决定从自己身上找原因。首先，我为什么会去看这些电影？大概是因为不相信国产类型片，但对国产艺术片还有那么一点由第六代培养起来的迷思，还试图在那里找到独属于当下中

国的体验。同时,长期通过电脑观影的不良习惯导致了我有一种只想延续那种与影像的私密关系,节奏缓慢,画面细腻,又带点浪漫气息的电影,是满足我在影院里舒缓地坐两小时,与电影耳鬓厮磨一阵的好方法。所以在上午时段选择一部文艺片,好生生用大银幕过一遍瘾,是我比较乐意做的观影选择。然而,事与愿违。在这部号称以美食博主职业谋生的绝对男主角电影中,我竟如同《饮食男女》里患上味觉丧失症的大厨一样,连一丝食物的滋味都体会不到,更别说爱情的况味了。没有滋味的电影,是它最大的特点。

主人公是一个中年男文人,美食博主,有一个长期缺席、背负流氓罪名的老父亲,有一个闯入离异生活的年轻女拍档,一个乖巧伶俐的女儿被姐姐抚养着,不耽误单身生活。这是多么精巧的人生设定啊,有中年男人全部的loser美学,却不用背负沉重的loser负担。年轻时代荒唐一场的后果,一点都不危及中年生活的种种,甚至成为虚颓中年的绝佳装饰——“这可是一个有故事的男人!”——恋父情结深重的女生也许会叹,然后忍不住走近规模不等的“秀才”身边,在那些创伤中填位,当作自己的存在感。哦不,起码《白塔之光》里的男女还没有完全依从那套由王朔、冯小刚揭橥而起的九十年代中年男创伤美学,但他们只是更新了版本,追随时代进阶了职业(自媒体)和调情方式(City Walk、美食小馆),内核还是一样的,是对中年男性的困顿、逃避、排不尽的荷尔蒙春情一往而情深的背书。导演煞费苦心地排除了这条道路上一个又一个障碍。离婚了,原因呢?妻子背叛——为不可多得的道德豁免权点赞;有孩子没有?有,但有贴心贴意的扶弟魔姐姐接盘。为了成全主角,甚至不惜把姐夫写成疑似不举(他们没有孩子,片中丝毫未提原因,但夫妻俩视弟弟的女儿如己出)。有奶爸之名而无须日常消耗,继续为完美的养育豁免权点赞。最后,经济状况怎么交代?哦,刚好祖上有房,自住又出租,因此能够以美食博主闲职为正业,自给自足,悠游余裕;小女友有麻烦不?偏是一个机灵又懂事的京漂女生,主动带着男人开房却言明啥也不想干。因为是女生不想干,所以也就取消了对男主角性能力的质疑,徒留坐怀不乱之美誉。坚持 City Walk,坚持小酒馆搞文艺,最后又主动离开中年男投身前男友怀抱。挥一挥衣袖,不带走一片云彩,她是感情世界的田螺姑娘,适时地来给北京秀才搞搞纯爱版情感卫生运动。这样看来,男主角应该有好不容易穿越了婚姻家庭性欲囚牢获得的解放感,何来失意之说?遗憾的是,我们确实看不到解放感,满眼只看到男人失落、寡淡、沉闷的生活步调。他一人住一间像病房一样的平房,他作为美食博主对各种吃食全无所谓的冷淡感,他那眼底掩藏不住的幽怨星光……

失意来自哪里?过往拙劣的编剧会给男主角配一个

情趣迥异的发妻，让他有被人同情的利好（比如那些“冯男郎”）。在这个自媒体进阶版里，编剧果然更新了这个旧时代烂梗，取代它的是分量吃重的父子和解戏。父亲在很早就缺席于家庭了，因为在公车上猥亵女性而判刑，并被母亲逐出家门，居住在北京近旁北戴河。他是家庭不体面的污点，但关于这个污秽的疮疤着墨很少，只几句事务性交代。他在此片中的存在，似乎并不是为了展现那种不体面感的伤害性，而只是为了构成这出戏最重的一个深刻符码，裹着时间的历程和社会的变化糖霜的华丽丽的忧伤，那个男主角不可纾解的要命的忧伤。必须要有吗？当然！必须要有一个令我们信服的理由，说服当下的观众接受一个不用考公考编、不用996、不愁房贷、不必鸡娃、不问大事、有恋爱可谈却要搞到借酒浇愁、做过诗人的男人（“诗人”，这个字眼何其不幸，就算时代再不同，只要中年男性美学出场，它都得被征用）。父亲，犯罪分子父亲，被冤枉的犯罪分子父亲，就是最好的闭环，竟可以永踞受害者高地，不论时代地拥有那淡淡的忧伤权，理所应当的姿态就跟女性主义的芭比似的。看到被设定为这样身份的父亲出场时，我不禁为编剧的高明一键三连，并用力扯了扯自己上扬到抽筋的嘴角。好了，到此生而为中年失意人所有会遭逢的伦理困境都解决了，下面开始，咱们得憋个大招，匹配这样深刻的人生了！糟糕的事情发生了，我们发现，我们做不了什么了。失去了伦理的困境，失去了足以令人挣扎矛盾的苦斗，失去让普通人咋也越不过去的那些必须交代的人生课题，就失去了令我们想去爱、会去痛的驱动力。太光滑的境遇，让我们一路滑下去，滑下去，顺利滑溜到他与几十年未见的老父亲跳起的华尔兹里。我舞步飞旋，心里却和辛柏青的表演一样，荡不起波澜。这对父子隔着几十年岁月握住的手，一丝涟漪也不曾在我心中泛起。我看不到阻挡人物和解需要突破的人性障碍，只看到作为功能性阈阀的父亲角色，到了电影后半程，仿佛从上级那里领命，“该你了同志，开动吧”。于是阀门一扳，父子汇流。父亲积累了多年的孤独，就这么白白充了公，为了给中年儿争取表现，被导演征用了“嘤嘤嘤”（为田壮壮老师的表演洒泪）。

影片临近尾声，一声惊雷乍响。男主角对片中女性发起了直逼灵魂的叩问：“你和××睡了吗？”睡觉这个问题，相信对张律导演来说是个非常重要的人生命题，不然难以解释为何在《漫长的告白》里，辛柏青就对倪妮扮演的女主角同样发出此问：“你和他睡了吗？”张导演对男性的性格设定很关键的词是“客气”，此刻真是一点都不客气啊，张口就来这样毫无边界感的问题。不知道《论演员的基本素养》里教不教怎样演这种场面，但是在《论性别的基本素养》里一定会写着：“如果有别的问题，建议更换，如果不能更换，建议直接删除。”该清晰的不清晰，该

电影《白塔之光》剧照

含糊的却偏去冒犯，这样一种编织情感戏的思路，确实令人费解以至误解为“厌女”。异性恋男女睡觉确实是一个事，但它更是建构一种存在情境的事件，我们通过情境走向爱这件事，走向一种真理的可能性。而“你和谁睡了”这种将男人一秒打回至抠脚大汉的发问，既不说明所属权归属，也不导向爱的事件。拉康说性爱是来补救爱情的，性爱是爱的乏力。只在意性爱所有权的男人，已经把人这个概念搞到和徐州董某民一样狭隘不已，更把情感搞得小到透不进一丝风去。情感是来让世界向我们敞开的那种东西，而不是使自己沉溺在无能为力的哀叹中的事物。如果不能将我们哀怨的姿态变成行动的力量，打开我们与世界缠斗的死结，你手握一本睡觉的花名册，也无法逃脱你自己这个集中营。“白塔集中营”狠狠地堵住所有触摸到无限通道的机会，由此也堵死了观众的通道。人们在导演拍的一系列陈旧图像里，再也无法排练出一个新的自己。如何将人那点性的归属权之痛转化为本质的爱的欲望，使那种无能为力（客气）转变为解放力，使自己不闪不躲，直愣愣放开去爱，将情绪（affect）变成行动力（action）呢？也许第一步，需要世故的导演先敞开自己，把自己毫无保留地，拖拽出自己之外去，取消自己情感的免疫力，拽进情感的原始状态里去。不要和我提电影的审查，拍一部简单老实谈谈情爱的文艺片，比如《爱情神话》，并不需要多么客气的障眼法。在那个没有受害者也没有施害者的原始地带，让男人女人们先厮杀一番，通过厮杀出来的光影，发明出一个新的中年男人来吧，让人这个 flag 因电影而成为更浩大如风的经幡。

到底为什么，一个女人会爱上一个男人？会爱上一个毫无性张力的男人？就靠导演也是男人吗？我们如果不能去老老实实清晰化对情感的关键表达，不能去满是下水沸滚的浓汤里结实炖煮，靠着预制的料包，在没烧开的水里煮沸头，这人性的腥臊气就全闷在肉里，不能及时打开分子结构成就别致风味了。这风味和观念无关，和年纪无关，和性别无关，和失意得意也无关，哪怕在根本性缺失性别观念的年代，我们也见证了无数丰富而立体的男女，艺术的创作本该坦然领受世间的差异。谷文通（男主角）的人生因为没有需要克服的问题，竟空洞到连卤煮都无味。这位美食博主，充其量只是患着味觉丧失的预制菜秀才。但导演可能不知道，从安徽到京城，最近秀才太多，“秀竞”激烈，这一人设掉粉厉害。顺便提一句，近期看的两部优秀的青年导演电影，《一个和四个》（导演久美成列）和《河边的错误》（导演魏书均）都是男人戏，和女性没啥关系。我希望那只是偶然的巧合，而非隐然的耦合，更希望等他们到张律导演的年纪，他们作品中的爱不会再是落不下影的白塔，而是令我们去接触到无限的那道光。

消失在历史中的阳具女人们

——评电影《兰心大剧院》

上海真是个绝妙的存在！这城市肯定不是为戏剧故事所建，但它几乎成为当代华语导演的试金石，过关者寥寥。这个十月，两部与它有关的华语电影，由两位华语电影圈重量级导演搬上大银幕。《兰心大剧院》和《第一炉香》使上海和它包孕的子民再次成为热题。

遗憾的是，它们的热议程度恰和它们的受追捧程度成反比，在我观影的场次里，我都是唯一的观众。有的时候，这种包场待遇是你受领好品位奖的典礼现场；有的时候，它只是你被贴上"文艺×年"的坑。显然，十月的观影经历属于后者。

《兰心大剧院》和《第一炉香》都是以女人作为主角的大戏，并且都算是年代戏，年代戏自带的时代氛围和美学风格带来了某种非常有利于导演的发挥空间，它担保了一定程度的观看愉悦。事实也是如此，两部关于二十世纪初上海人生活的戏剧,在怀旧的情绪氛围下拉开人物活动的空间,给予他们行动的动因。但有趣的是,作为电影绝对核心的两位女性,巩俐饰演的于堇和马思纯饰演的葛薇龙,她们随着电影剧情的推移展开的命运坠落——于堇为情赴死,薇龙为爱苟且——却并不令人动容。相比两位导演之前奉献给观众的一些女性人物,如余虹或者阿娥,虽有时代的悲情助力,似乎也未能给人物增添更多复杂的刻度,以供观众沉吟不忍。

是什么原因导致这种观影的失落呢?照理说,一位是孤身杀敌,周旋于各方势力之间的孤女间谍,另一位是初涉人世,以一己之力搏豪门红尘里安身地的女学生,人物的设定非常讨巧,具有十足的戏剧性了,她们可以替观众自然地楔入最传奇亦最有差异的故事里,展开她们的命运。这么做虽然不创新,但足够确保观众有得“看”。对一部国产片,本来我们也没有准备太多。只是当观众发现,设计得如此精巧的楔子居然还是卡不进泥坑一样的故事里,每个毛孔都涂抹了悲情姿态的女人也还是无法迎来她悲剧的高光,那么导演精心安排的这些经受伤害与侮辱的女性,就成了苦难情爱美学的摆设,或者是贩卖苦难情爱商业的同谋。载不动票房,也带不动同情,无论以哪方面来衡量,这两部电影都算失败了。

女英雄之“女”被英雄叙事抹杀

当然失败各有各的论道。《兰心大剧院》被指责剧作不行，拼合了虹影的小说《上海之死》和横光利一的小说《上海》，塑造了一位在珍珠港事件爆发前夜只身回到“孤岛”上海探取情报的大明星。大明星被法国养父收养长大调教为间谍，此次回沪要以酷似日本情报军官亡妻的皮相窃取重要战争情报。她果然得手了，利用纯情得一塌糊涂的日本人对亡妻生死两茫茫之深情，套到了情报。

这是一位导演着力塑造的女英雄，从来独立行事，懂得善用人的善意。问题是女英雄太搞得定这险恶奇情的一切，既拿到影响世界的情报，又瞒报了它，全身而退去演一场为爱奔赴的大戏，为了痴情的爱人，将逃脱的机会拱手让出，与恋人一同倒在日本人枪下。而全片唯一的性爱，并不是和男人，却为她拣选了一位女粉丝来缠绵。挪用当时的世界-历史背景来戏说没有问题，挪用女性的性心理来过国内外的审就是个大问题。女英雄之“女”被英雄叙事给抹杀了，如果将她换成一位男间谍，敌人的亡妻改为亡兄，连性爱戏码都不用换，妥妥成立，这是一位“阳具”女人。一代乱世中人之身不由己的哀叹，被强硬塞进玩弄情感猫腻的游戏里，灌装成导演私制的安慰剂，安慰了个“寂寞”。

长期“文化精英和受难战士的心态”(引自《兰心大剧院:异质元素的装配与坚持》,石可)也许令导演创作力的发挥有一定变形,但“家国+情爱”的设定绝对是言说的好议题,传统中国文化凭借女性自我牺牲获得支撑力量,也收获不少可借鉴的传奇故事。到了二十世纪三十年代的上海,在一位已有自己身份的女明星这里,在巨大社会转变的时刻,我们应该能够看到传统崩落的痕迹和过程,而不是那么一个在每一处都与已存在的主流叙事同一,被主体学说遮蔽了的女性,她所有的理想依旧来自各种自我牺牲的戏剧化满足,这只能说是导演行动力的局限。那从《苏州河》以来一路发展的感伤美学,到了这部电影,就纯粹是一种自恋官能症的存在了,自恋终于闯出祸来。但为它背锅的——我摸了摸口袋里的手机和我自己。

人性局限的大搏杀成了用爱发电的佳人传奇

《第一炉香》惹引的嘲讽更甚。在如今这样一个女性意识高涨的时代,要让人们明白二十世纪二十年代一位羁留香港的上海女学生苟且为高级交际花,卖身养老公的故事实在是不容易。但这难度恰恰也是创作者的机会,差异性足够大到可以炮制出高能对撞机效果,把我们眼下的日常炸出黑洞来。在平庸的日常里无法自处的人们，正时刻抻着脖子等一个感动（震惊）的理由，好合法安全地拥有僭越的酸爽。这故事更深一层还隐约担着那么一丝责任，即不说清楚那时候的女生为了她可能的自我选择付出的代价，就无以知晓如今的女性发起“me too”运动的潜在缘由，以及到底面临怎样的一些障碍。那些障碍或以母性的牺牲，或以情爱的欲求，在历史长河里不时撞击出个人与家国、个体与群体之间高低不同的多重音调。

葛薇龙的故事里，不仅仅是一个动情以至付出自己的佳人传奇，那里有人性局限的大搏杀。女性一旦动了情，而又未能令对方也动情以回报，甚至还被拒斥，这是毁名节的大事。薇龙就此放下盘算，嫁了自己，彻底顺服了那条高级交际花的路。但促使薇龙的命运带上真正悲情的，不是她爱而不得，而是那来自主流社会要求，致使女性从内在情感上去促成自己放弃并毁灭的某种彻底的否定，更何况，张爱玲还给这自毁的到来描画了那么多缓慢幽微的细节过程，比如常让薇龙动心的那个瞬间：孩子似的把脸埋在臂弯里的英俊青年。

张爱玲写道：“那孩子气的神气，引起薇龙一种近于母性爱的反应。”“女性+母性+时代”，某种不可避免的自我局限以残酷的形式显现在张爱玲的小说里，合着热带潮湿天气里醉醺醺又繁茂的杀气腾腾的香蕉树、棕榈树、

电影《兰心大剧院》剧照

象牙红、淡巴菇……天空、大地、女孩的脸，任何一片叶子、任何一个活物，被破壁机搅拌，搅出一股汁水流溢在每个文字上，才使我们有了亲临之感——故事虽然奇情不寻常，却是我们眼睁睁见证的。

很遗憾电影未有一个镜头（有几个专门拍的物件，花盆、烟头或者绿宝石蜘蛛，都是按图索骥填空）给汁水流荡的可能，未能让天空大地、花草人狗作为细节统统参与这一场荒谬的人生大戏里，去玩味荒唐又真实的“受限”：薇龙的受限，梁太太的受限，乔琪乔的受限，战前香港的受限……爱情，爱情，爱情，一再切碎叙事的是导演给予薇龙角色的前置使命，用爱发电，照亮拉胯的叙事。

张爱玲展示的重点是个人的抉择，以及这种个人抉择可能的原因。这个过程有对当时社会生态的映射和观照，我们看到一个女人不得不为之下坠的通道，看到她以为没有任何工具帮助她兜住这种下坠的现实（这就更辛酸了），残酷正在于此。许鞍华和编剧的重点是女人为爱牺牲的精神，且不提薇龙，就算是电影里的梁太太这样人情练达的老江湖，在年轻男人面前也是一样。这就愈发显示出，自我牺牲的常规残余在怎样要求着中国的女性，无论是那时，还是此时的编剧和导演。

被征用的女性牺牲神话

过去的女人被当作了圣地，导演们用她们的牺牲神话献祭自己已经亏空的个人美学。哪怕再扯上家国大义，扯上豪门奇观和无尽的怀旧，都替代不了现代中国女性自我发声带来的个人性别美学的光芒。那份光芒在中国电影诞生初期就已经熠熠生辉。拍摄于 1931 年的《银幕艳史》，宣景琳饰演了一位由烟花地进入电影圈的女明星，红了以后息影做主妇，但很快梦碎被抛弃。于是再次鼓足勇气回到片场谋求经济自立，“你走你的路，我走我的路，没有男人不会饿死”。女人最后这样下定决心。拍摄于 1948 年的《小城之春》就更加“不道德”到让已婚的少妇春心萌动至夜闯旧恋人房间。早期中国电影里的女性早已抛开了牺牲神话，抛开了根深蒂固的父权思想分配的牺牲任务，与将“中国女性”当成纯粹本土传统牺牲品的命运做了切割。更何况是国族意义包裹下的“中国女性主义”。

导演们忙不迭把圣地征为己用，又用小资手法一通装修推出赢利。恰好赶上了移动互联时代的观众，除了为像我这样的吃瓜群众提供了制造弹幕的机会，不知还能用来做什么？无差别的自我遭逢不到她的“他者”，因此亦无法获得萨特说的真正命运感的“处境”——我的位置、我的身体、我的过去、我已经被他人的指示决定的立足点、我与他人的基本关系。她们顶着一种生理表象，既没有表现出充分的自异性（对自身矛盾和差异的觉知），也没有表现出十足的他异性（经由人的知觉感受到外部世界的真实性），作为阳具女人，消失在以她们为名的电影里，消失在历史中……

打破锁链：女性主义与纪录片的实践

2023年11月26日，“IDF国际女性纪录片论坛”在中国美术学院象山校区18号楼112NA阶梯教室举行。此次学术论坛的召集人为张献民、王音洁。研讨嘉宾包括：视觉艺术家杨圆圆、纪录片导演叶云、纪录片导演沈蕊兰、香港理工大学中国历史与文化系副教授潘律、浙江大学传媒与国际文化学院特聘副研究员严毓倩、上海交通大学媒体与传播学院教授杨弋枢、同济大学艺术与传媒学院教授贾恺、艺术家柴觅、美国加州圣克鲁兹分校电影数字媒体系艺术学院教授王亦蛮、《南方周末》资深文化记者兼影评人余雅琴。这十位嘉宾通过思想碰撞与交流，为观众呈现了一场精彩的关于纪录片与女性议题的学术论坛。

论坛正式开始前，论坛召集人之一的王音洁作了开场白。她说在一个有观影的活动里办学术论坛是十分具有挑战的，非常希望“IDF国际女性纪录片论坛”可以成为大家“心智间歇”的驿站，可以成为奔忙观影活动中沉思歇脚的时刻。作为论坛主题词之一的“锁链”，它具有着多重的含义，是界限、规则，也可以是需要跨越的门槛，它的含义由我们的生命经验来予以定义。王音洁介绍了此次论坛的发言规则和形式，首先由发言人展开主题讲述，随后由评议人进行延展和盘问，最后是开放性的观众提问。

主题发言

杨圆圆　用影像抵抗遗忘

杨圆圆出于身体原因，以线上形式完成了主题发言“用影像抵抗遗忘”，分享了自身生命中的四个和影像产生深刻联系的时刻。第一个时刻是跟翻看自己过去的家庭相册的体验相关，她由此对照片产生了具身的、特殊的情感。第二个时刻是在英国读大学期间，她在跳蚤市场上看到被别人“遗弃”的相册的体验。第三个时刻是当她从摄影师转向纪录片导演的工作时，和自身的被拍摄对象柯比之间的一次“对看”时刻。第四个时刻是当她成为母亲的时候，试图以拍摄影像的方式为未出生的孩子呈现关于生命的“前记忆”。在杨圆圆看来，这四个时刻构成了一种环形叙事，影像可以超越时间，让人在生命中感受到永恒性。

叶云　对看：在场与反复阅读

叶云从自身进行纪录片实践出发，分享了丰富的心得体会。从事纪录片的创作能够高度调动自身的注意力,这可以作为一种对于碎片化信息和注意力涣散时代的抵抗,这种体验就像徒手攀岩,需要身体和精神层面的高专注度。对于叶云而言,纪录片创作是她自身进行冥想和内观的方式,摄影之眼是和整个宇宙的万物联结在一起的,从事纪录片摄影的工作不仅仅是技术的问题,更应该具有某种人类学家、社会学家乃至哲学家的思维,才能捕捉到时刻处在运转中的生命时刻。叶云又以最近参与周浩导演关于美团骑手纪录片项目的经历来谈,尽管项目中时刻面临着动态的考验,但女性摄影师完全能够胜任影视业界的工作,女性的细腻、敏感和专注能给项目本身带来更丰富的感知力。

最后叶云谈到了自身在剪辑层面的心得体会,剪辑是一个不断阅读与对看的过程,不要太早地给主题设限,主观与客观之间存在着微妙的平衡,这需要参与实践过程中具体地体会。纪录片之所以珍贵,是因为它所记录的时间是回不去的,纪录片的创作者有更大的责任和使命来思考对于生活本身的呈现。

沈蕊兰　流动的身体,流动的影像

沈蕊兰关注纪录片中呈现出的“身体意识”。她在演讲之前,巧妙地引导观众进行了一次身体觉察:闭上双眼,随后按照引导,逐步感知身体的各个部分。接着,沈蕊兰分享了她在拍摄纪录片过程中的创作经历。在独自掌机拍摄的经验中,她领悟到身体在纪录片创作中的不可或缺性。她描述了在一次特殊场景中身体感知被打开的体验。对导演而言,摄像机不仅是工具,更像是第二个器官,通过摄像机,可以探索身体、空间和拍摄对象之间错综复杂的关系。

随后,沈蕊兰分享了一些自己的创作观。人类行为的动机是非常复杂的,涉及潜意识、过去的记忆、即时感受等层面。她避免设计一个固定的剧情,而是希望将纪录片拓展成一个具有广泛影像观的作品。

最后,她引用香特尔·阿克曼(Chantal Akerman)的话,"真实的时间是流向死亡的时间",摄像机替代了人不敢做的事情,摄像机是人和外部交流的一个媒介,克服了人自身的局限性。

评议人发言

潘　律

潘律首先感谢论坛提供了进行深入讨论的机会,这是她第一次有机会深入了解国内杰出的女性电影作者。她从一个相对概念和抽象的角度回应,提炼出了两个关键词:"记忆"和"凝视"。她寻求理论层面的支撑,并穿插着自身的创作经历来谈论这两个关键词。

听众闭眼冥想

在“记忆和图像”中，第一个问题涉及记忆的可靠性，图像是否能代替记忆，以及图像和记忆的真实性。她分享了和日本艺术家在合作中的经历，引出了图像在构建历史和记忆的过程中，经常需要根据实际的具体情境来平衡主观和客观的关系。第二个问题涉及图像的价值，历史与记忆的关系。潘律指出，历史是进入档案库的文件，而记忆则在边界徘徊，艺术家通过“拾得影像”来重新评估这一边界。艺术家在对比世俗世界与档案库的关系中发挥了重要作用，通过艺术媒介展示对记忆碎片化过程的理解，呈现出一种“反动机、反因果、反统一叙事、反结果先行”的艺术探索。

关于“凝视”这个概念，它首先是复杂的。凝视的主体和客体并非总是实在存在的，如监控录像机对人的凝视。凝视中蕴含着某种他者，涉及羞愧和对死亡的恐惧，但这个凝视的发起者并不一定是人类。凝视的问题也涉及“幽灵”这个概念，雅克·德里达将媒介、电影、摄影视为幽灵。在电影创作中，画面有时似乎在注视每个观众，人以一种幽灵的方式在媒介中回归。她认为拍摄是关于死亡的问题，生命从一开始就受到不在场和死亡的影响，图像和符号的过程是幽灵生产的过程，而拍摄对象也在注视着你。因此在拍摄过程中，并不仅仅是在进行一种沟通，同时也是在拯救自己的生命。

严毓倩

严毓倩总结的关键词是“身体”和“联接”。她关心媒介如何帮助建立人与人之间的联系,以及人之间边界的模糊性,同时认为三位导演的发言都引发其共鸣。在本科经历中,她观察到拍纪录片总是存在着伦理问题,尤其是当摄像机改变了权力关系时,拍摄对象和拍摄者之间的关系变得复杂。严毓倩提出了一个问题询问在场导演:女性导演是否需要对外强调自己的女性身份?

叶云认为需要强调这个层面,因为女性在感知层面经常能触及男性无法体会的领域。她在工作中明显感受到女性在职业发展层面的瓶颈,作为一名女性导演,有必要发声来讨论并改善女性在职业领域的工作环境,希望女性能够获得更多尊重和机会。

沈蕊兰表示每个人身上都有女性和男性的部分,难以确定女性应该具备怎样的特质。她指出,在现实中,许多行业都是由男性主导,女性获得的机会相对较少。大家可能对剧组工作存在刻板印象,这是需要克服的。女性的生理弱势并不代表她们不能胜任影视工作,她们可以通过放大自己擅长的方式,比如细腻柔软的刻画能力展现自己。对于纪录片,她认为存在着表达的多元性和开放性,也存在着多样态的纪录片。纪录片要追求“力量感”,这种习惯性的视角就值得深思和商榷。

主场讨论·之二
在地、游走与离散，突破框架的纪录片为女性主义赋权

杨弋枢　二元论视角之外：一个反思的起点

杨弋枢分享了最近在阅读考古研究作品的经验，出土的仰韶文化时期的女性骨骼和男性相差不大，但到了东周时期，由于权力分配造成的不公平的饮食分配，女性开始逐渐失去在生理和体型上与男性对等的地位。这背后体现了权力在性别问题上的介入和影响力。

她分享了自己在纪录片创作中并不总是以女性视角和意识来拍摄，有时采用无性别意识。性别不应成为一种营销手段，对于多元性别的探讨，或许也应该引起重视。在创作领域，有时需要一种“第三性别”的视角，来打破性别二元对立的框架。她以徐童和唐小雁的合作经验为例，男性和女性的结合有时候能以更全面和开放的视角来展现问题。或许未来在机器人和AI主导的时代，性别问题的讨论能够逃逸出如今比较尖锐的二元化取向。

贾恺　从再现现实到创造现实

贾恺主要从创作的角度出发，分享自己在拍摄过程中收获的心得体会，并融合理论进一步阐释。作为深入

参与过影像的前期和后期制作的电影创作者，她拿起摄像机时能感受到生命力的有机影像，在剪辑时，又必须放弃在现场有趣的元素，这使她开始质疑“再现的影像”的真实性。

她认为纪录片的任务是捕捉正在发生、生成中的现实，而非假定未描述的世界是稳定且可理性验证的。提出两个实现方式：首先是置身于事物中，超越主客体的二元视角，让自己成为世界的一部分，以感知而非抽离出来观察，回到事物的独特性本身，向生成性展开。比如在创作作品《游神考》时，将摄像机放在羊身上，使得影像产生出强烈的身体体验。其次是强调在拍摄纪录片时“出神”的时刻，即摄像机和被拍摄者的界限消失，体验一种合一的感觉，这是纪录片最让人神往的时刻。

最后，她强调纪录片的吸引力在于它超越了真实与虚构的对立，显示事物的不确定和未显露的部分，语言的运用需要超越表象的限制。

柴觅　一种广义的纪录观

柴觅首先分享了德勒兹概念中“根茎”和“生成”对自己创作的触动。她结合自身对土豆的观察，将根茎和土豆作了有趣的类比，强调一种生命力顽强，能在艰苦环境中生长，并蕴含着可能性的生命经验。

德勒兹的另一个概念是“游牧”，它同样导向一种可能性，同时有某种“自我放逐”的意味。随后她从家庭经历角度分享了对“游牧”概念的体会，并无意识地在生活和创作中践行了“游牧”。

柴觅介绍了自己的绘画项目《方圆见》和实验剧场项目《困生》。她通过动物园的走访和录像实践，在自身的行走和体验中逐步实践这个正在生成和变化的作品。她还介绍了实验剧场项目的“反应链”和底层规则，该项目同样具有在生成和改变中不断演进的特点。

最后，她介绍了双屏录像作品《1993–1994》，这部作品源于其父亲在中东工作时拍摄的录像，她结合自身的动画实践，并融合时事新闻等元素，创作出一部关于家庭、时光和文化的跨媒介作品，继续完成着自身的生成与创造。

评议人发言

王亦蛮

对于以上发言，王亦蛮总结的关键词是“身体”和“媒体”。身体既是媒体，媒体也可以获得身体。对于身体，我们需要警惕一种二元化的倾向。身体并不一定只是人类身体，也不一定只是女性身体。身体–媒体这一概念有四个维度。

第一，身体与媒体有连接彼此的物质性。

第二，身体-媒体也有其政治性及政治诉求。对于女性媒体和女性性别政治的理解必须与非二元性别与性少数研究交叉研究（intersectionality）。

第三，在地性。摄像机作为创作工具的在场，使得纪录片创作者能够深度融入特殊的场域。这不仅仅是一种物理上的存在，更是对当地文化、历史、社会问题的深刻理解。在这个过程中，摄像机不仅仅是媒介，更成为创作者与被记录对象之间的桥梁。这种在地性与创作者的游走、离散辩证结合，才能产生更加真实且具有深度的纪录片作品。

第四，历史性。对历史的思考不仅仅是关注大历史，更是对微观历史的敏感。家庭影像成为微观历史爆发点的契机，是对个体经历和家庭故事的重视。这种关注微观历史的态度使得纪录片有了更加个性化、亲切的观感。通过记录个体故事，纪录片能够触及更多人的内心，激发观众对自身历史的思考，实现了历史与个体记忆的共鸣。历史与当下个人之间可以产生互相期待（Anticipation）的关系。

她的最后一个关键词是“饮食”，这一点受到杨弋枢老师与柴觅老师发言的启发。这背后有一个被压迫群体的“饮食主权”（Food Sovereignty）的问题，出现在学术界对于美洲和澳洲的原住民研究中。

对于打破二元性别政治的定位，王亦蛮提出了一个非常关键的问题：在讨论女性的政治诉求时，我们应该超越仅仅谈论女性主体本身。这里可以进一步强调，性别政治的定位需要考虑更广泛的社会等级制问题，涉及处于被歧视的不同群体。酷儿研究、种族问题等都应成为性别议题中不可或缺的一部分。

余雅琴

今天的论坛让余雅琴深受启发，她想简要表达一种观点，今天这个场合让这个观点得到了某种确认，即纪录片作为一种影像媒介，其本质就应该是女性主义的，至少最为理想的纪录片，都应该是女性主义的。前面几位老师几乎都强调创作从生活经验出发，指出纪录片的具身性以及生成性，甚至可以超越性别二元对立，超越人类中心主义时，其实都是在说纪录片天然就具有女性主义的倾向。尤其是贾恺老师的《游神考》中羊的视角给予她巨大启发，这种视角为我们提供了崭新的观察世界的方式。

中国独立纪录片本身就是对抗权力的一种形式，更是一种自我赋权的行为，它证明了我们有能力记录和阐释自己的生活。这种反抗被诠释，自我记录的行为本身就有反抗权力和主流叙事的意味，彰显了女性主义的内涵。在具体的创作中，借由纪录片这样一种媒介，实现对真实的求索；对个体经验的暴露；对社会现象的记录甚至介入，不断地与主流意识形态进行对话甚至是竞争，对权力叙事进行瓦解，挑战各种意义上的一元论，在她看来，这就是一种女性主义实践。因此，纪录片作为一种有效的媒介手段，使多元的真相被呈现，打破了一种叙事的既定框架，让我们看到打破二元枷锁的可能性，丰富了我们对世界的理解，本身就是为女性主义赋能。通过对所处世界的记录，纪录片人不仅在反映现实，更在推动社会变革，为女性主义事业贡献力量。

Q & A

Q：我是个纪录片创作者，女性主义、酷儿理论和殖民主义对于权力关系的反思在理论层面看到很多，在创作层面没有看到太多。第一个问题，我们如何去相信和使用影像，从创作者的视角来建构对于女性主义的诠释？第二个问题，我们如何看待家庭影像的可靠性和公共性？

A（潘律）：记忆可靠性和家庭影像的主体性是我的创作涉及的问题。家庭影像承载着个体和家庭历史，但受到记忆主观性和变形的影响。这种记忆的相对性在纪录片创作中尤为关键，创作者需要认识到家庭成员对同一事件的看法可能存在着差异。

在广告中，对家庭影像的再现和表达往往集中在女性主体上，这背后有一种性别框架。在创作中重新想象女性主义，可以为我们创造一个更为开放和丰富可能性的影像空间。

A(沈蕊兰)：女性主义具有一种广泛性，不仅包含女性视角，还应该关注所有被边缘化的个体。纪录片有助于呈现世界各地不同人群的视角，甚至有可能解构传统的人类视角。通过这样的尝试，我们得以超越传统的权力和身份结构，为边缘群体赋予更多声音和视觉表达的机会。这种多元的关注和呈现方式不仅能够推动女性主义的发展，也有助于建立一个更加包容和平等的社会观念。

Q：德勒兹的游牧思想是否能成为女性主义反抗父权制的工具？纪录片创作是否能真正对抗父权制？怎样将女性主义与纪录片结合来进行反抗？

A(余雅琴)：我认为并不存在一个统一的思想来引领女性主义，前人的诸多思考都可以成为我们发展女性主义的思想资源，女性主义的不同流派之间也不存在高低之别。在我看来，理想情况中，纪录片本身就是女性主义的一种艺术实践，当然也涵盖和践行了多种理论。

在中国纪录片的发展史中，很重要的一部分就是对历史进行反思，不论是国家社会的宏观历史，还是个人的心灵史，都留给了我们关于现实的可贵记录。不断地反刍记忆也意味着对过去进行反思，即使近年来我们在影展看到很多作品都不约而同地将摄像机对准自己，通过自身的经验去探讨存在、身份和亲密关系等问题。但我依然相信,只要有这份对真实的追问,纪录片就具有可贵的反抗性。它让我们回望历史、审视当下、面向未来的时候都更加有勇气。

历史学家张灏提出了“幽暗意识”的概念,对我个人理解纪录片有很大启发,纪录片最可贵的地方恐怕也在于具备这种“幽暗意识”,敢于直面世界阴暗的部分。幽暗不仅仅是一般意义上所说的负面,更是那些没有被主流关注的地方,不能被广泛讨论的事务,以及内心不可言说的隐秘……我相信,好的纪录片是可以照亮这些地方的,纪录片人也是可以彼此照亮的。

Q: 我们从新加坡坐飞机过来,我是一位女纪录片导演,也扛着摄像机进行拍摄,我非常认可纪录片的这种方式。我想问一个广义的问题,在你们心中,纪录片的使命是什么?

A(叶云): 我在观看敦煌壁画时得到了深刻的启发,那些墓葬壁画以生动的方式展现了男女主人公的一生,这些壁画本质上是没有纪录片时代的“纪录片”,显示出人类以这种方式存在过。生命在当前瞬间是充满活力的,但随着时间的推移,这个瞬间将永远失去。我们会选择性地遗忘和解读,只留下我们相信的部分。纪录片提供了一种长时间的凝视,它本身是关于生命的意义的。

A(严毓倩): 当我在求学期间,在纽约的画廊实习时,我参与了各种上层社会的聚会,回到学校,我学习张

王音洁现场发言

真老师关于华语电影的课程，这时候感受到了自身被两种不同的现实撕扯。随后，我选择辞去画廊的工作，将注意力转向纪录片，后来我申博的方向也是中国独立纪录片。纪录片可以让人说出内心想说的话，这或许是我转向纪录片的原因，我听到了内在的声音。

总　结

王音洁

“女性”在这里只是一个思考时使用的概念工具，它是一个“去极化”的概念。任何极化（polarity）的可能趋势和观点，我们都可以从女性主义的视角中，获得思想资源上的助力去动摇、削弱它。我非常高兴在这里看到女性的创作者、学者和观众聚在一起这样整整齐齐地拉出一个扎实的界面来。经过这么些年来的教育和积累，女性群体做出了许多创作和学术的贡献。我们共同构建了一个互相交流的平台，虽然机会并不多，但真正产生了一个聚焦讨论的时刻，我要感谢纪录片论坛的主办者，感谢观众们，感谢服务的志愿者们。希望在将来的每一届 IDF 都能够继续这样的讨论。

《雪豹》：以电影为布施

——评电影《雪豹》

文学理论家帕斯卡尔·卡萨诺瓦在《文学世界共和国》一书中提出，在世界文学史的发展中，存在着主流的中心（大语种与主流文学），也存在着“小语种”文学，与实际的政治国家边界不同，文学世界的版图划定是根据与中心的“美学距离”、文学的“制造”和“祝圣”的行为（被文学世界中心认可的过程，卡萨诺瓦称之为“祝圣”）来完成的。比如乔伊斯的成功使爱尔兰文学获得世界影响，卡夫卡的成功使意第绪语文学获得重视。[①]

类似这样的状况在电影的世界里发生得更为普遍，因为文字语言需要翻译，视觉语言则可直接越过这一步

① 罗国祥：《译者序：文学世界的“格林尼治”》，[法]帕斯卡尔·卡萨诺瓦：《文学世界共和国》，罗国祥、陈新丽、赵妮译，北京：北京大学出版社，2015年，第5-6页。

传递给观众，达成情感联结。因此在电影的共和国里，中心与次中心的边界比在文学的世界中还要模糊和松动。那些通过电影的创作将一个微小的地域、民族、语言抬升为文化的中心或者说具有影响力的一极的例子不胜枚举。而万玛才旦就正是这其中非常具有说服力的导演，通过他长达二十年的努力，藏语和藏族地区的电影跃升为中国电影版图里很重要的一极，也是世界电影版图里独具魅力的一极，是我们知悉当代藏族人生活最重要的平台之一。塔洛、卓玛、金巴……无数藏族人形象经由他筑造的电影界面生动鲜活地涌现出来，与我们相遇相识相知。这一次，这份名单里又添一员大将，它就是《雪豹》。

2024 年 4 月 3 日，距万玛才旦导演遽然离世近一周年之际，他于 2021 年拍摄的电影《雪豹》公映了。电影源于一则雪豹闯入牧民家中伤害羊群的社会新闻，万玛才旦一瞥之下却再难忘，他于 2020 年疫情初期闭门闲居时，仅用不到十五天完成了《雪豹》剧本。

执行导演，万玛才旦的儿子久美成列形容键盘敲击声“非常均匀、快速”，预示着他处于一段非常酣畅的表达中。这段表达的结果就是《雪豹》这部对于万玛才旦来说非常特别的电影。这一次的主角是特效制作出来的动物，万玛才旦大胆尝试，使用 CG（Computer Graphics，即利用计算机软件生成视觉内容）技术展现雪豹与牧民之间一段激烈又柔软的遭遇。

国家一级保护动物母雪豹饿急了跳进羊圈吃了九只羯羊，牧民气急要杀了它，政府部门心急要保护，警察焦急要维稳……雪豹带来一个极为简单又牵动四方的冲突核心，银幕成为汇聚各种利益考量的界面。而宁静的暴风眼浑然不觉，因为它只是一只动物。然而这只动物因为生存在海拔四千五百米以上的地域，因为自身种群的凋零，被人类授予最高级别的保护礼遇。它，是如此重要。所以整部电影中不仅有人的视角镜头，也有雪豹的。好几个瞬间，在人和它突然遭遇的时刻，电影的镜头直接化身为雪豹之眼，透过豹眼触摸周遭。它，又似乎通灵。在被牧民抓捕后，记得人待它的敌友善恶，这才有闭关后极度虚弱的小喇嘛被它救助的情节，因为未出家前的小喇嘛曾放了侵犯羊群而被抓捕的同样年幼的它。万玛将这一切均设计在梦境般的前世里，特效在此发挥出极大的用场，观众通过动物视角看到了人的狂暴与善念。

在海拔四千五百米的高寒之地，人不是绝对的主角。万玛导演此次决意要跳出人单一的视角，借助高工业水准CG特效制作的雪豹，给予矛盾的另一端绝对的主观视角，用它去撬动或者转化坚硬的人本位思维。随着“谁闯入了谁的世界”的发问，绝对人类中心主义的价值观受到强力挑战。这种松动，这种恍惚，是异质性世界的存在给予人类的终极布施。执行导演久美成列说，父亲万玛才旦这次“就是想跳出一个他以往作品既有的现实主义维度，去呈

电影《雪豹》中雪豹画面

现一个天地人能够互相感应的世界”。[①] 这个借助电脑特效制作的“超现实”的世界，是万玛才旦导演的创造性表达，使一个具有魔幻现实主义风格的西藏初露端倪。接下来，我们定会迎来一个读《格萨尔王》长大的藏族人，在他以往西藏地区现实主义题材的基础上，用光影建造更为恢宏的史诗西藏的时刻。在这个意义上讲，《雪豹》当然是万玛才旦电影共和国里至为关键的一块拼图，是一个开端时刻。

在万玛才旦以往的作品中，也有许多担纲重要角色的

① 陆芳：《国产影史上最长的生物特效长镜头，万玛才旦遗作〈雪豹〉来杭路演》，https://mp.weixin.qq.com/s/Sy0dwZmju_hMaZ3rz8xAXQ，访问日期：2024 年 4 月 13 日。

动物，比如藏獒（《老狗》）和羊（《塔洛》《撞死了一只羊》《气球》）。但两者都是被驯化已久的人类帮手，而这一次与人类唱对手戏的是不可驯服的高原精灵。因此加大雪豹的表现比重，让雪豹大幅度参与剧情，是叙事的必然，也是他突破自己创作风格的重要切入口。在那片雪域高地上，不可被驯服的不只雪豹，还有彪悍的牧民金巴。雪豹是因为养育小豹子着急觅食来到牧人领地，它的规则是以尿液气味划界。而牧人看似是因为经济赔偿的问题，不依不饶不肯放走雪豹，实则深层意义上亦有被收缴了猎枪的牧人，与肆意侵犯自己领地的强劲对手——雪山王者尊严的较量。最后，随着力主放生的喇嘛弟弟的介入、政府执法人员的介入，以及警察的介入，雪豹被金巴放了，它走出羊圈，却一步三回，分别和小喇嘛、他们的老父亲还有对手金巴致意告别，然后疾速跑向雪山。这是万玛电影国度里的全新形象，一只承载人文精神的雪豹。同样是动物的告别，我们难免会想到李安的电影《少年派的奇幻漂流》。影片的最后，相互依存着经历了整段艰苦漂流的少年和老虎到岸时，少年满怀期待想迎来伙伴的告别，但是老虎兄弟飞跃下船，头也不回地投奔丛林。这个一度作为让他活下来的精神支柱存在的凶猛动物，就这样冷酷地从他的生命中倏然消失了。这或许才是人间现实的常态，付出常常得不到回应，而现实总在以它不可预测的方式教会我们放下对他物的情感投射，而和解如同戈多迟迟不能抵达。反观

《雪豹》结尾这场告别戏则温情脉脉，导演用了十几分钟的长镜头一镜到底，镜头的主角是 CG 合成的物象。为了做到足够令人信服，导演花费了一年多时间在特效制作上。是什么令万玛才旦要以温情到可能损伤艺术真实性的方式来结束《雪豹》的故事呢？我们已经无法求证，只能从导演过去的道白里寻找线索。在一段关于“残酷”的访谈中，访问者提到万玛才旦喜欢哈内克导演，他说：

> “喜欢归喜欢，我觉得哈内克还是太残酷了。”
>
> “这个世界本来就很残酷啊。”
>
> “但是，你可以放下啊。……我更喜欢放下，更喜欢举重若轻。”①

也许这就是答案，在万玛才旦的电影共和国里，创作伦理的第一要义是“放下残酷”。“我可能就比较单一。在故事的建构上，藏族人特有的天真还是很明显的，人间的复杂性还是没有呈现出来。我能够感觉得到人性与生活的这些复杂性，可能写的时候有意识无意识地回避掉了，拍的时候也回避。所以每一个故事都有点像寓言。现实那些微妙的、复杂的、深入的东西，电影里有是有，但还是不够。”②

---

① 徐晓东：《遇到万玛才旦》，第 193–194 页。

② 同上书，第 180 页。

正如他所言,在他的故事里,藏族人大多天真纯粹,塔洛、金巴等主要人物是这样,妈妈、老婆、老父等次要人物也是这样。他曾笑说在最早的长片《静静的嘛呢石》里“看不到一个坏人,仿佛藏(族)人的世界依旧是世外桃源的存在”。[①] 也许是故意的单纯化,但更大原因还是创作者秉持的伦理法则。它不是来自外界的立法,也非出于刻意的崇高化,它依循的是创作者内心的情感意志,是这份意志次次把我们挡在了人物彻底的结局之前。回看万玛才旦的电影,哪怕刨除审查因素,导演在他的每部电影里,似乎都停在了危急困境那一刻(《老狗》除外)。但同时,依然因为这份宅心仁厚,我们看到了《老狗》中忧虑的老人、《塔洛》里回不去的放羊倌、《静静的嘛呢石》里满怀童趣奔跑不已的小喇嘛,同时也看到了《老狗》里沉默的媳妇、《塔洛》里富有活力的发廊女、《寻找智美更登》里寡言但意志坚决的蒙面女孩……尤其在《雪豹》一片中,主角金巴的老婆,一位地道的藏族妇女,一个最无存在感的人物(存在感银幕内外同步),在她极为有限的出场镜头里,说出掷地有声但又绝然属于她的唯一一句台词:“事情归事情,吃饭是吃饭。不然说出去怎么行?你是看不起我们吗?”说这话的当口,她正随丈夫拎着热茶,执意要把肉食拿给对立面——前来调解矛盾,站一边哨

① 徐晓东:《遇到万玛才旦》,第 180–181 页。

着饼干的干部。这小小的充满力量又极幽默的闲笔透露出导演创作的底色,那就是他从一开始做导演就抱持的信念:对普通人的尊重。

普通人的生活,在他的镜头里不是标签化的功能,而是叙事的坐标。一个一个坐标构成了电影的结构,一个一个活的人,夯筑万玛才旦电影共和国的基石。他以仁厚之心给予共和国"子民"平等的注目,正是这份弥足珍贵的平等,这份善意的布施,无论篇幅短长,都能透出属于他们特质的人性光芒。这一束束光芒消解了那些宏大的词语,颠倒了柏拉图主义,将能量从未被语言赋予过任何意义的微沫藏族人身上,从对他们浮光掠影的浅见里释放出来。这种释放"增加了理念对现实、世界和时间的同情和关切"①,使影像获得惊人的感染力和动人的幽默感。王小鲁曾将万玛的特点总结为三个简单的词语——温和、思辨和幽默,"万玛对民族文化的态度是思辨的,并没有一味批判,也没有一味赞成,再加上个人的修养和趣味,他的文本中呈现出了某种不易觉察到的幽默感"。②

---

① Michel Foucault, *Theatrum Pilosophicum. Mimesis*, *Masochism*, *Mime*: *The Ppolitics of Theatricality in Contemporary French Thought*, Timothy Murray, Ed., Ann Arbor: The University of Michigan Press, 1997, p. 218.

② 林克:《他的生命虽然短暂,却无愧于时间——纪念万玛才旦导演》, https://mp.weixin.qq.com/s/2Nk6D64E3Y2J-8HAElYLWg, 访问日期: 2024 年 4 月 13 日。

虽然在艺术手法上存在抑扬褒贬的争议,或许万玛才旦导演有时也出于电影工业化的考虑,但种种因素都挡不住我们看到人,看到高远辽阔的土地上如尘芥颗粒般微小的人,同时也看到热爱着细小颗粒的艺术创造者。而正是这一个又一个独特的人汇聚成生命无尽的冲动,驱动着无法遏制的欲望——人本质的力量,穿越身份政治既有的阐释,乃至突破万玛才旦隐晦的自陈,庄重宣告自己的在场。这种在场带来整个高原信仰的场域感,那个信奉修行和转世的地方,那个为智美更登王子无畏施舍故事流泪不已的地方。递给"仇人"肉吃,"这行为的背后确实有一个强大的精神。如果没有这种强大的精神支持,他是不会做出这种行为的,也说不出这种话"。[①] 这是万玛才旦解释《寻找智美更登》中像智美更登一样行施舍的当代老人的话,这也是解释金巴妻子行为的话。

关于创造,别尔嘉耶夫说:"自由的真正问题,是创造的问题,人们通过自由,可以创造一种崭新的生活、一种与此岸世界截然不同的生活。换句话说,自由的最大义务就是创造。"[②]别尔嘉耶夫这样阐释他的自由哲学。我们完全可以反过来说,人们同样可以通过创造,来得到自

① 徐晓东:《遇到万玛才旦》,第 94 页。

② 汪建钊:《编者前言:人的精神拯救》,[俄]别尔嘉耶夫:《别尔嘉耶夫集:一个贵族的回忆和思索》,汪建钊译,上海:上海远东出版社,2004 年,第 10 页。

由感的满足,创造的最大目的就是拥有自由感。在别尔嘉耶夫看来,创造性的行为把人从恐惧和束缚中解放出来,“它是源初独到的生命,既不面对过去,也不面对未来,它面向的是永恒”。① 而谈到万玛才旦的创造力,人们常常引用他在第一部长片也是藏族人用藏语拍摄的第一部长片《静静的嘛呢石》获奖后的感言:

> 经常有人用文字或影像的方式讲述我的故乡,赋予西藏神秘、蛮荒、与世隔绝或者世外桃源的特质。这些人常常标榜自己展示的是真实的,但这种真实使人们更加看不清我故乡的面貌,看不清生活在那片土地上的我的父母兄弟姐妹。我不喜欢这样的“真实”,我渴望用自己的方式来讲述发生在故乡的故事,故乡人真实的生存状况。②

人们以此来解释万玛才旦的动机。问题是,仅是用自己的语言讲述自己生活的想法并不足以造就有分量的作品。从动机到创造性行为的完成,有很长的路要走。尤其是面对西藏这个举世闻名的地域符号,怎样去反符号化,怎样不粗暴地去对本土祛魅,并且能被当代环境所

---

① 汪建钊:《编者前言:人的精神拯救》,第 11 页。

② 徐晓东:《遇到万玛才旦》,第 36 页。

接受，是非常考验创作者的命题。

但是，万玛才旦做到了，在符号和反符号之间，他让我们看到了超越地域、民族、身份等极为顽固而刻板的标签的人之欲念，那是不属于这个日渐对立分裂的媒介时代的特质，是流光岁月中永不褪色的高原牧歌里本质的生命强度。正是这些鲜活且带着蓬勃生命状态的普通人的呈现，才使得他的电影具有打破既有景观，并倒逼出差异之存在的可能。清醒如他这样直言："对于一个创作者来说，对于人性的认识，对于文化的一些本质的认识，比一些外在的东西，比如生活经验，更为重要。"①人性，是构造了他的创造伦理的内核。创造者是孤独的，创造行为有着强烈的个体特征。但是，创造者绝不囿于自我。恰恰相反，他总是处于自我扩张中，将创造的目标指向自我之外，指向人性的、社会性的、世界性的共相。事实上，创造意指的正是超越个性蕴含人性的道路，创造者追求的"不是每个人的幸福权利，而是每个人的尊严"。②

---

① 徐晓东：《遇到万玛才旦》，第 198 页。

② 汪建钊：《编者前言：人的精神拯救》，[俄]别尔嘉耶夫：《别尔嘉耶夫集：一个贵族的回忆和思索》，第 16 页。别尔嘉耶夫的同时代人吉皮乌斯曾经说："我不为你们去祈祷幸福，我祈祷的内容远比幸福高尚。"汪建钊认为这句话可以作为理解别尔嘉耶夫哲学追求的一把钥匙。人的尊严比人的幸福重要，因为幸福主义的道路可疑并且虚伪。而世界的不完美正在于要激发人的创造力。

电影《雪豹》海报

回到《雪豹》的主题，让我们再次把目光聚拢于那只通灵的雪豹。曾经在谈到《嘛呢石，静静地敲》这篇小说时，万玛才旦提及，藏族地区的人会相信生者与死者之间能够沟通，他们会当真来看，不觉得是虚构。在藏族地区的环境里，许多在宗教氛围不浓厚的汉地大环境里难以置信的事情，会让人相信并虔诚接受。因为对于生死的价值，对于什么是真，有带着不同宗教文化背景的认知差异。被问到文中这种生死之门的打开，是否只是一种传奇的效果时，他亲口否认，“绝对不是为了传奇性”。[1]

与别的中国导演很不同的是，“万玛才旦的电影里有无所不在的超验维度”[2]，这的确与他的成长环境有关。但因为接受了充分的现代教育，受到现代理性的渗透，他不可能做到再像过去那样单一向度思考问题。于是他说：“可以在小说的世界中重构这个世界。这个世界对我而言很重要，较之过于理性与坚硬的现实，它呈现出某种混沌、松软与诗意。”[3]这个重构也包括电影的世界，万玛才旦通过自己的创造伦理，为自己的电影共和国“立法”，全力维护着一种柔软的神话般互相救赎的诗意。在一个前世今生、人与兽性灵相遇的故事里，他想告诉我们的也

---

① 徐晓东：《遇到万玛才旦》，第223页。

② 王小鲁：《万玛才旦与电影法门》，《电影艺术》2023年第6期，第93页。

③ 徐晓东：《遇到万玛才旦》，第223页。

许与电影无关，而是一种对世间无尽恩仇的入微体贴和慈悲之念。记住久美成列在《雪豹》首映当天说的话吧："当这种精神或者说情绪带着我们再回到现在生活的这个时空的时候，可能我父亲想告诉我们还有爱，还有希望。"[①]我想这就是以电影为布施的正解。

① 杭州百美汇百老汇影城：《雪豹》映后回顾|万玛才旦导演告诉我们"还有爱，还有希望"，https://mp.weixin.qq.com/s/7zwPFbLEo21p5lL-Rdu4Zw，访问日期：2024年4月13日。

勇者之心

——评电影《泳者之心》

带着女儿一起看了电影《泳者之心》，她连连惊叹："妈妈，原来我们可以游泳才没多久！"我心里轻哼一声："孩子，你可真没见过世面啊，我们离能好好走路都没多久呢，清末民初才刚把咱俩的小脚废掉。"这被夺回的"大脚"第一次被书写，是在张爱玲的《少帅》里。张爱玲写少帅府里看热闹的小姐们"是最早的不缠足的一代，尽管穿着缎鞋，新式的'大脚'还是令她们看起来粗野嘈闹"。脚还缠着，就别提游泳、奔跑、骑射等这些了。

这是一部非常典型的体育电影，一部极为工整的励志片。当中有冲突，有热血，有口号，有温情，有戏谑，有悲情，再加上历史的真实感，使之具有成熟类型片的一切优点。因此也必然带有它配套的缺憾，哪怕戏剧叙事是建立在这样一个激动人心的女性形象和她的真实经历上。但是电影最后片刻，深夜里女泳者独自游过英吉利海峡八英里浅滩的经历还是依旧动人心魄，无论它被当作怎样的戏剧高潮用都不为过，那就是人类这个动物种群的高光时刻，是卓越的人类在展现勇气的经典片段。任何史诗的开头，总是在歌颂一位独具勇气（肉体的勇和心灵的勇）的了不起的人。比如《伊利亚特·奥德赛》的开篇写“女神啊，请向我歌颂那个人！”（Saying to me goddess about that man），《埃涅阿斯纪》的开篇写“我歌唱战争和那个人，埃涅阿斯”（I sing of arms and the man, the man Aeneas）。荷马和维吉尔一开腔，就用尽力气大声喊出“man”，勇士的名字。只不过在古希腊，在史诗之初，man（男人）是人的代称，勇气这种古希腊看重的德性（Aretē）只属于男性。女性不在这个世界里，女性划定在生养后代的范围里。因此人类文明开篇之初，那些伟大品性都以男性的名字命名，尤其是勇气、坚毅、健美、威严、力量等属于头脑和身体美感的词语，这些当时的社会最为推崇的德性。这境遇催逼出美狄亚的呐喊：

> 在所有活着并且有判断力的生灵中，我们女性是最不幸的。首先，我们要贴上重金去购置嫁妆，以便体面出嫁。因为不嫁，情况会更糟糕。结果却为自己找了个主人。现在大问题来了！要知道女人不容易逃脱婚姻，也不能对糟糕的婚姻说“不”，不能把糟糕的丈夫轰出家门。她来到一个行为和规矩都不

同的环境，除非她在家就已经学会如何最好地控制那个与她同床的人。如果我们能小心解决这个问题，让丈夫与我们一起生活，并能勉强忍受他的束缚，这种生活是令人羡慕的，否则我宁可去死。当一个男人厌倦了家里的伴侣时，他会外出寻欢作乐，向他的同伴求助，我们却只能守着他一个。在他们的口中，我们在家中静享安乐时，他们正在沙场出生入死。How wrong they are！我宁可在前线冲锋陷阵三次，也不愿意生一次孩子！

欧里庇得斯给予美狄亚发声的机会，也给予美狄亚发狠的能力，人类文明上第一个恶毒但也极度有力量的女人就这样诞生了。这样的人物是人性的正题，却是德性的反面。真正具有德性之名的女性形象，大约要等到现代社会以来，等到大量的女性以人生为答卷书写出来。1926年，特鲁迪·埃德尔横渡英吉利海峡的壮举，尤其在最后一段泳段暗夜中独自横游八英里，面对孤独，面对迷路，面对无边黑暗的最后八英里，毫无争议地，夺回了德性的女性之名。由此我想起另一部体育类型电影，如果可以算的话，那就是贾玲改编并导演的《热辣滚烫》。因为是日本电影《百元之恋》的国内改编版，这个故事并没有像别的体育电影一样有一个励志的原型。比如日本还有一部拍摄拳击女选手的电影《惠子，凝视》，就是建立在一个听障的女性人物训练拳击的故事上。缺乏励志的原型,但绝不缺乏热血的反转。《热辣滚烫》里的反转比它的日本原版来得激烈甚至激进——以主角贾玲自己肉身的塑形为底本而写。从某种意义上说,这是贾玲"肉身成道"造就的电影,带着真人秀的激荡,用自身作为励志的脚本,直接在肉体上书写电影的每一帧。

这是另一种"原型书写",这样的经历在中国早期电影的历史上发生过,那就是1931年的《银幕艳史》。该片以出身妓院、后成明星的王凤珍与富少方少梅之间的情感纠葛为主线,讲述王凤珍被阔少所弃复出演戏这样一番经历。而主演宣景琳在演员之前的身份恰是卖身会乐里的妓女。她的人生与影片所演可说是互为镜像。有段对她演技的评论:"表演当推宣景琳为毕肖。盖娼门中事,景琳为过来人物,自是段轮老手。其一举一动莫不入情入理。"在《银幕艳史》前集拍摄中还有一段轶事,当导演给宣景琳饰演的初入电影界的王凤珍讲戏时,"已而导演宣讲剧情,剧中人之身世,乃与己身酷肖,触绪兴愁,放声大恸,众咸笑之,而导演则深许其有感情之作用"。宣在此刻,以己身熔铸于电影文本里,用肉身的在场完成电影的创作。体验派的表演,本是演员之正题。但《银幕艳史》与《热辣滚烫》这样直写于演员经历之上,在虚构的体例里以非虚构来叙事的创作方式,就将电影的造梦属性,虚虚实实,现实与梦境之间的游戏感,淋漓尽致展现出来，令观众迷失其间。两部电影都获得了当时票房的成功，观众为这样的一种奇观埋单的同时，其实也有为其中蕴含的一种难得的勇气埋单的意味。在《银幕艳史》的时代，上海最早的报纸杂志里的时髦女性的形象，一开始都不是良家妇女或大家闺秀，而是这些风尘女子，因为只有她们敢抛头露面。宣景琳最初被郑正秋三千大洋赎身为演员，也是因为电影产业亟须女演员。但在《银幕艳史》里，她饰演的王凤珍借演戏之机扇了抛弃她的方少梅（此时为对手戏演员）一耳光时，这一携带被弃之人情感私货的报复行为，却是一个将过去和现在的体验以及对于现实的不同感受联结了起来的锁扣——潜藏在耳光之下的逻辑，与报复行为无关，而是影像与体验之间的新联系，是父权叙事之前的人权宣言，一个典型的“承认”的现场。（此处“承认”二字来自阿克塞尔·霍耐特的承认理论，包含的不仅是字面使用中认可之意味，还有来自亲密关系、社会性权利关系和价值共同体关系几个维度的自信、尊严和赞许等多方面的含义。）而在《热辣滚烫》一片中，被此地观众高赞的对片中男女主角最后见面的改动，似乎也颇有一层这样的“承认”意味。在日本原版《百元之恋》中，改头换面的女主角最终与离开她的男主角牵手离场。在《热辣滚烫》中，瘦身了的女人则用“看心情”轻轻推开了前男友递过来的橄榄枝，自己一个人欢蹦离场。拒绝或者接受前男友的邀约，并没有孰高孰低，这两种都是个体尤其是女性面对这种情感局面的常态,怎样拍都合理。《百元之恋》里对两者关系的刻画,比《热辣滚烫》细致很多,铺垫更深。因此日本女生拉回渣男的手,并不牵强,就像所有想逃离婚姻,又感念其余因而留下终老的伴侣。但中国女生不得不说"看心情",因为就过往相处的戏份看,她更需要一个"承认",一个在情感通道上完全平等,站着回应给相处中总是掌握高位的异性平静的拒绝,一个混杂自信、尊严和赞许的确认时刻。一个才能平庸、相貌平平、技能乏善可陈的女生,拿出全部的力气给不满意的生活一个反应和行动,从取悦别人为自己的全部内容到学会轻声拒绝,这个过程的艰难,需要的勇气等同于特鲁迪·埃德尔那没有引航船陪游的最后八英里。

《泳者之心》的英文是 *Young Woman and the Sea*,许多人尤其女性说它应该译作《少女与海》或者《老娘与海》,但我想泳者一定呼应了"勇者",是一个又一个不分男女的勇士,她们在无数日常的生活进程中,自觉行动着,游过她们的海洋。创造现实的即刻,瓦解现实,破除自欺的幻想。"我歌唱那场泳事和那个[女]人,特鲁迪·埃德尔!"(I sing of swimming and that man, the man Gertrude Caroline Ederle!)特鲁迪·埃德尔的后面,紧跟一长串各种女性之名,王凤珍、乐莹、宣景琳、贾玲……

行走在天上，行走在云端

——评电影《云霄之上》

《云霄之上》这一充满抒情意味的片名，拍的却是一部你死我活的战争片。它讲述了革命浪潮里的一片琐屑，发生在1935年浙南山区，红军挺进师里与大部队失散的一群游兵散勇的一段经历。1935年意味着什么？那是共产党的事业发展最困顿的时期，一段看不清大方向的时期，主力部队开始长征，在南方的挺进师则异常艰难地坚持与当地白匪部队周旋着。在晦暗不明中，有那么数位散落的挺进师战士，坚持完成了一个口头下达的军令：在限定时间内炸毁弹药库，为挺进师大部队分担军事压力。为此他们付出了自己的生命。刘智海导演把这么一个类似《赵氏孤儿》《八女投江》赞颂孤勇和信念的故事，投置到浙南湿气缭绕的密林、高山、溪涧里，用黑白影像去发酵，就使它凭生了多义性，人们称许这是一部中国影坛没有出现过的战争片。

刘智海在采访中着重提到这是一部“诗性电影”。这诗性首先来自抒情的力量，影片中亚热带山林的自然景观，正是带给唐宋士人们诗词的地域所在。李白奇幻的《梦游天姥吟留别》中吟咏的山峦距拍摄地并不算远，或许就是同一山系，都是浙江沿海地壳运动带来的典型地貌特征。导演特意采用长镜头来拍摄，想最大限度地为物质世界和人在物质世界的运作留痕。他的确做到了，影像始终隐含着一种深层的紧张感。缭绕雾气里行来一位少年，却是残酷血战后的幸存者，他走过遍地尸身的山地；温郁潮湿的山林里行来一辆蓑衣牛车，却绝不是耕乐图的景象。车上装着发臭的尸身，农人打算去埋葬；牛车挪旖过大树，那上头倒挂着红军战士的尸体……死亡，到处是死亡，曾经的死和将要到来的死，充塞在南方并不凛冽的山河图景里，在山民的日常劳作里，告诉我们那些用于吟咏的山水，也是杀戮的现场。导演这样解释：“残酷和诗意看上去是两个极端，却在这样的影像世界里并存，以此来表达由战争毁灭而生命重生的内在动力——一种具有超越性诗意的生命力量。”是的，那些明山秀水此刻正在经历着人类不同力量的搏杀，几个青壮汉子，在孤悬一线的状态下，以小博大坚持做着“战士”。周遭的人们则在照常生活，渔樵耕读，战争以外，那个古老的山水中国在乡音里运转着，在这深且复杂的空间纹理里运转着。

诗性包孕在短短七十二小时炸毁敌人弹药库的任务过程中,包孕在经由这几位残兵弱将奔突逃命的脚步踩踏出来的足音里。我们跟着战士洪启辰突围的微观镜头,看到毒蛇和百草,也看到奇石和流瀑。追捕的慌乱中他跳下了悬崖,顺飞瀑坠落,这肯定算得上是中国电影史上一个完美的坠崖镜头了,足可与《卧虎藏龙》中玉娇龙的纵跃媲美。正是因为这样的运镜和长镜头的贴身追拍,革命的意义隐匿而又意味深长。更多时候我们只感受到一个年轻的生命,因为对出路的选择,在山林间腾挪跳转。并不是自然在不在他的生命范畴里的问题,而经常是只能通过自然,他躲过了枪击、追捕,找到一条命。稳固的一切开始漂浮,物与人的分野在漂浮,语言在漂移。山林里的时间是属于万物的,镜头里它们具足地存在着,人反而变得边缘,他徘徊在自然的时间边缘。这是一部战争片,也是一部野外生存片,它展现的不是叙事的历史,而是生活的故事,毒蛇和白匪一样是危及主人公生命的所在。直接的触觉感知令我们悚然惊觉这个二十二岁战士生命的质感,如果没有枪,没有组织,他就像那片土地上的作物一样,贫寒、娇健,有着出色的"状绘大地的技术"(geography 之意译),是山林里年轻的神。此时影像最叫人着迷的地方——意义的暂定性就显露出来。导演认为他拍的是"主线上掉落下来的细小段落",那几个历史缝隙里微

危险无处不在，求生还是赴死？
导演
刘智海
BEYOND
THE SKIES
6/17
全国艺联专线上映
浙江影视（集团）有限公司
中国美术学院

电影《云霄之上》海报

小的人物，被编剧周佳鹂搜寻出来，诠释宏大革命叙事下鲜活的个体能量。诗性电影之诗性，恰恰就在这里，它没有一定之规，是对一种更深刻精神层面的探索，由此突破单一形式美学的藩篱。

影片的高潮戏是几位士兵集合，领受军令，为炸毁弹药库做最后一次动员仪式。领头的青年洪队长讲话，“弟兄们”，他清清嗓子，开始交代任务。结束时他喊道“同志们”，于是十一个士兵——郑重报出番号宣誓。此处是一个饶有意味的称谓之变，从一种血亲关系过渡到组织关系，从个人性过渡到社会性，江湖游民不再。接下来还有一个伏笔，就在紧随其后的下一组镜头里。领头炸毁弹药库的另一位沈队长马上就要牺牲了，临死前坦白，他一样收到了这个要命的军令，但是他迟疑不去执行。因为兄弟们快死光了，在带他们逃命和送命之间，他犹豫了。洪队长的坚持和沈队长的犹疑，是另一组迷人的叙事技术处理，它指向戏剧最古老的那个命题——信念和道义的两难，“我”应该做和“我”想做的之间的撕扯。鉴于1935年的局势和山林的场域气氛，洪队长坚持的力量就更加可贵和神秘。而革命起事似乎就是这样，从“我”想做开始，走到应该做，一个真正的军人成长起来。这诱人的张力场一直维持到剧终，洪队长与敌军搏杀获胜，瞄准的枪口却在与他操着一样乡音的俘虏那一声紧似一声的求饶声里滑移着，滑移着……突然对面响起弹药库的巨

电影《云霄之上》海报

响，他知道他的同志完成了任务。

影片结束在此刻，天空下起红色的雨，似乎在呼应戈达尔的话——这不是红色，是血液，或者反之，这不是血，是红色。这个画面冲击力巨大，鉴于主创来自中国美术学院，我们有理由相信，它得益于当代艺术的浸淫。把最具观念形式感的当代艺术表达方式结合在电影中，这在欧洲电影中并不新鲜，但对于中国电影来说则相当有创新性。同时，这种嫁接更赋予当代艺术的形式语言以新意，它使当代图像艺术透过美学修辞建立的高度隐喻性失温而亡。与此同时，电影下潜到历史最私密的角落去打捞，种种被中断、被忽视乃至无法辨识的遗忘，有了被还原的可能。另一种图像政治学则拔地而起，它不需要修辞的助力，它跨越了破碎句法和私人意义的障碍，展现给观众强烈且特别的观点：生命的内在展现，人的，或者自然的，彼此互为他者，再回返照见自身。

实在的回归：后疫情时代的创伤经验与记忆伦理

——论庶民电影的创伤叙事

根据中国国家电影局2024年1月1日发布的数据显示，2024年中国电影票房同比下跌22.7%，观影人次下降23.1%。① 许多人把这个结果归咎于疫情后的经济压力、票补政策的削减、影片质量和创新的不足，以及短视频、短剧对电影的冲击。到了后疫情、后真相的自媒体、去肉身化时代，那种在过往漫长人际连接时期形成的谋求共识、表达意见的观念和结构，因为新媒介形式的深度介入，受到前所未有的挑战。站在这样的时代背景下，再

① 孟刚：《2024年票房同比减少22.7%　电影市场遭遇多重挑战》，http://finance.china.com.cn/industry/20250108/6204061.shtml，访问日期：2025年1月18日。

制作电影时，过去耍得趁手的套路和公式，无数次被市场盖章为“有效”的通行证，瞬间变灰，无法点击。所有事物在以前所未有的速度迭代，常规的通道纷纷短路，带给整个电影业始料未及的颠覆。但也是在这一年，国内的电影市场上，一个现象又悄然显现：平民化、低成本的小片逆势赢得惊人票房。采用现实题材创作的影片永远是影院里的大头，这一年也不例外。比如2024年度票房冠军《热辣滚烫》，比如获得金鸡奖最佳女主角奖的《我们一起摇太阳》，又如热点片《逆行人生》《走走停停》，还有口碑爆棚的黑马《好东西》《出走的决心》，以及在市场上毫无波澜的《野孩子》《朝云暮雨》《白日之下》《年少日记》等。它们之中，综合通俗性、现实感、小成本和票房成绩几个因素来说，以《周处除三害》《破·地狱》《小小的我》等为代表的一批电影一起成就了今年电影市场的一道奇特的反宣发而行的风景。面对它们的成功，我愿在此称之为后疫情时代的庶民书写，是面对当下社会民众创伤经验和身份认同的对话体书写尝试。

“庶民”这个名词是西周用语，在《诗经》《尚书》等上古典籍里已频频出现。《诗经·大雅·灵台》里有：“庶民攻之，不日成之。经始勿亟，庶民子来。”[①]《尚书·洪

---

① 聂石樵主编：《诗经新注》，雒三桂、李山注释，济南：齐鲁书社，2000年，第502页。

范》里也有"敛时五福,用敷锡厥庶民"[①]语,都指众多的平头百姓。这一用法奠定了"庶民"在后世的意义。有关庶民文学和文化的研究在华文世界和泛东亚世界里蔚为壮观,在此不赘述。在影视领域里使用它,最早开始于二十世纪二十年代兴起于日本松竹株式会社的"庶民剧"电影。按照当时松竹电影制片厂厂长城户四郎的说法,所谓庶民剧,就是"通过人类社会所发生的身边事情,能够直观当事人的真实面目,并以温暖的、抱有希望的爽朗态度来看待人生……"[②]此格调先由岛津保次郎开启第一声,再在战后被小津安二郎、木下惠介、山田洋次、是枝裕和等人一起发扬光大,造就了这么一种反映日本中下层人民的家庭生活、人际关系、情感矛盾,接近日常生活的流动性体验,显现明显现实主义特征的庶民电影。日本学者在研究此类电影时,沿用"庶民剧"来命名。比如山本喜久男在分析二十世纪三十年代的德国电影时提及,这些电影与美国的警匪片不同,它充满了平民百姓的特征和人情味。"而同时,日本也正在完成着以小市民影片

① 顾迁译注:《尚书》,北京:中华书局,2016 年,第 329 页。

② 舒明:《松竹庶民剧电影大师岛津保次郎》,https://www.filmcritics.org.hk/zh-hant/node/2771?utm_source=chatgpt.com,访问日期:2025 年 1 月 18 日。

为中心的日本电影的特质‘庶民电影’。”①

和早期典籍相比，在后世众多门类的书写和创作中，那些未必受过良好教育，不望高官厚禄，不慕富贵荣显，一切表现为最普通、最习见、最庸俗、最简单、最不打眼，难以冠之各种社会阶层分化之标签的人群，那瞬间融于时代尘嚣中的民众，更被标举为庶民之庶。而表现这类人群生活的电影，它的通俗性、娱乐性常常是它本色的一部分，庶民性天然就是带着娱乐性的需求的，这一点从山田洋次的《寅次郎的故事》中可见一斑。② 从二十世纪初期到现在，经历诡谲多变的现实，形态各异的国情，各地的民众，都弹拨着在地的曲调，谱写出不同的影像。

---

① ［日］山本喜久男：《日美欧比较电影史：外国电影对日本电影的影响》，郭二民等译，北京：中国电影出版社，1991 年，第 624 页。

② 在中国文化语境里，比如小说，就被认为是典型的庶民文化象征。张福贵在《庶民社会的人生畅想与精神漫游——论中国古代小说的俗文化本质》里，举唐传奇、侠义小说、神怪小说等为例，阐释权力文化、文人文化之外的民间文化传统，以及这类庶民小说叙事的大团圆结局。他认为大团圆“与其说是一种审美原则，不如说是一种具有宗教色彩的庶民世界观”。见张福贵：《庶民社会的人生畅想与精神漫游——论中国古代小说的俗文化本质》，《吉林大学社会科学学报》1998 年第 2 期，第 38 页。正是从通俗性、娱乐性、审美原则和人群气质上的分类来说，为更准确阐释几部电影的特点，我借用“庶民电影”概念，而非有高下之分的“底层电影”或者更为宽泛的“平民电影”说法。

未被认领的创伤经验

以讲故事为己任的电影善于提取社会人群里的“创伤经验”，作为其叙事的主轴。弗洛伊德认为：“一种经验如果在一个很短暂的时期内，使心灵受一种最高度的刺激，以致不能用正常的方法谋求适应，从而使心灵的有效能力的分配受到永久的扰乱，我们便称这种经验为创伤的。”[①]故事中的人物展现一种遭遇，这种遭遇总与对个体或群体造成剧烈震荡的经历有关，这种非预期的事件造成生活经验断裂，造成创伤。在我所要论述的这几部电影里，无论外在还是内里，创伤经验都构成了影片的主叙事。《周处除三害》里有主角边缘人物陈桂林不可言喻的边缘创痛，《破·地狱》里有殡丧师及其周遭各色人物的死亡创痛，《小小的我》里有残障造就的家庭创痛。但三部电影对创伤的描述有一种显而易见的位移和滑动。比如对于更像黑帮类型片的《周处除三害》来说，在那种常见的主角主观寻仇、复仇的视角下，出现了他于穷途末路之际寄身于灵修团队寻求救赎的情节。于这样比较离奇的遭遇里再展开一段除暴故事也还是老桥段。有趣的

---

① ［奥］弗洛伊德：《精神分析引论》，高觉敷译，北京：商务印书馆，1984 年，第 216 页。

位移在于，当陈桂林意识到灵修的领袖就是最大的恶人时，冲向道场大开杀戒的过程。导演展现了这整个过程里的不可思议处。枪手让灵修道友在规定时间内离场，如果留下则要被杀。大部分人岿然不动，并非因为无畏，观众看到的只是一张张全然麻木的脸。在一遍遍灵修团契歌里，镜头移滑过这些丧失死亡意识的人。古希腊文化认为，人与神最大的不同是人"终有一死"，这种限度带来所有人的意味。海德格尔在《存在与时间》里将此命题进一步阐化，他说："死亡只在一种生存状态上的向死亡存在之中才存在。"[①]死亡不是人们通常所认为的那样，是生命存在的一个终结点，而是此在（Dasein，存在着的人）朝向终结点由生到死的全部过程。死亡本质上是属于此在（人）的，只有此在（人）的死亡才可称得上是死。死，是人刚一降生就不得不面对和承担起来的命运。而连死都麻木，全然不知死为何物，这样的人就是非本真状态存在着，被遮蔽了存在意义的人。生命就是向着死亡，以死为限度的存在。可惜，这些为求道而来的人，恰是彻底沉沦的所在，生命遭受重创的程度可见一斑。这一处的反讽极其强劲，本该是最无辜的群众（被邪教组织欺骗，又遭遇暴徒），却被赋予非人的面目，他们无法安享受

① ［德］马丁·海德格尔：《存在与时间》，陈嘉映、王庆节译，北京：生活·读书·新知三联书店，1987 年，第 281 页。

害人的"座椅"。这处设定直逼人的存在危机,而人只有将自己的死亡领受下来,承担起来,不去寄望某种强势力量,才能"本真地作为它自己而存在"。[1] 大开杀戒的场景是黑帮爽文片的通用文法,但是杀戮之前对围观群众的存在主义逼问,在华语片中实属少见。

在最类型的黑帮片里,创作者编织对现实生存状态一丝辩证的忧虑,不得不令人思及我们的现实。时代氛围里蔓延着一种普遍的失落和空洞感,一种归咎情绪,随着自媒体的加持,疫情之后似乎愈加强烈。许多人放弃了主动的探索,甘愿被信息茧房里臆造的"强者"决定第二天的生活。然而这样并不令身心有所解脱,相反更让人步入压抑绝望。压抑在《破·地狱》里成为主角,全片拍的是殡丧行业,背景设定为疫情后全球经济不景气下萎靡的香港。主角道生由婚礼策划师转做葬礼经纪人,这已经道足现实之困境。我们随道生的视角,目睹一次次葬礼,看到一个个面对死亡的人。在这一趟的光影旅程里,有依然不知死之意味者,但我们也看到了更多面对亡故亲朋后的"知"。这个"知"是年轻母亲接受孩子死后的解脱,是同性爱人得到告别机会后的释放。葬礼作为过渡仪式给予活人充满慰藉的"知",这种安慰里有对死亡的领悟,对沉沦的摆脱。压抑的弦音也在《小小的

---

① [德]马丁·海德格尔:《存在与时间》,第 315 页。

我》里振动。一个生来就是脑瘫的生命，对生存和死亡的考量，和肢体健全者天然不同，他天生是一个知死者。影片让我们看到了生命在显而易见的创伤下，“终有一死”之念赋予主角刘春和生命的光芒。而这趟人生的淬炼里，根本没有可辨识的对错。虽然残障者得到家庭的关爱，但照顾他最多的母亲也没有被塑造成扁平的奉献型人格。她有她难解的抑郁，难消的怨恨，十多来年也没有能够全然接受儿子，并生养了二胎，想让自己夙愿得偿。

创伤造成人类心灵无法正常处理记忆，因此被压抑到潜意识中，但被压抑的记忆仍会不时冲出潜意识造成记忆主体的焦虑、抑郁等身心症状。这被凯西·卡鲁斯称为“未被认领的经验”。“创伤的体验，即它被潜抑的事实，似乎并非在于对一个永远无法完全知晓的现实的遗忘，而是在于体验本身内在的潜抑。创伤的历史性力量不仅仅在于人的体验在遗忘之后被重复，而且正是在体验本身固有的遗忘中，它才首次被经历。”①对创伤简单的复现与指认，在凯西·卡鲁斯的创伤研究里都是不成立的。对事件的体验总是延宕的，而且总是在与他人互动的参照中，才被把握到。在这样相互指涉的关系里，没有绝然分开的受害者和施害者，正如死不是生的终结一样。她

---

① Cathy Caruth, “Unclaimed Experience: Trauma and the Possibility of History”, in *Yale French Studies*, No. 79, 1991, p. 187.

《小小的我》海报

《小小的我》剧照

举犹太文化的例子来总结:“我想说的是,正是在潜抑这一构成性功能中,弗洛伊德发现了与其他历史不可分割的政治联系。换言之,我们可以说,历史的创伤性特质意味着事件只有在牵连到他者时,才具有历史意义。正因如此,犹太人的历史也就同样是别的族群的创伤历史。”①

几部重笔落在人的创伤里的现实主义手法电影,都没有一味指认的施害与受害,只有相互指涉纠缠的未被认领的创伤经验。在一种大范围社会纹理性受创的遗绪下,难以区分加害者、被害者与旁观者。绝大多数的人并不完全无辜于自身处境,或多或少,都有直接或间接的责任。真正有意义的不是去区分施害方、受害方,而是整个社会需要一起反躬自省,认识到自己和社会环境、历史事件的牵连性、复杂性。在通俗娱乐之余,带着对死亡的思考,或延宕或快意,几部电影拍出了对事件包含着遗忘的绵延体验,帮助人确立对于“牵连的主体”②的认识。

承认:记忆的伦理与实在的回归

正如前文所提,在低迷的电影市场中,拍摄寻常百姓

① Cathy Caruth, “Unclaimed Experience: Trauma and the Possibility of History”, in *Yale French Studies*, No. 79, 1991, p. 187.

② Michael Rothberg, *The Implicated Subject: Beyond Victims and Perpetrators*, Stanford University Press, 2019, pp. 1-2.

生活的影片比却在增加。电影人的视角,开始从以往的大片思维,慢慢降落到小片思维。其中当然有成本考量,但也不乏对当下社会的观察使然。颇动荡的环境里,人们渴求安慰、渴望陪伴的心意比以往强烈很多。一个电影人如果不曾跟生活脱节,就一定感应到这样一种时代的呼声。那种时代之风也会悄然刮过他们的光影。而在低迷困顿之中的人们,带着来自各种因素各类状况下的割裂,汇聚于电影拉出来的界面时,想要寻求怎样的抚慰,又能寻觅到什么呢?在我所论述的“庶民电影”中,有一个很明显的特点,它们都是关于“承认”的叙事。“承认”是一个政治哲学和道德哲学的概念,它的基本含义是指个人与个人之间、个体与共同体之间、不同的共同体之间在平等基础上的相互认可、认同或确认;在全球化时代多元文化主义冲击的背景下,该概念突出了各种形式的个体和共同体在平等对待要求的基础上的自我认可和肯定。在后全球化时代背景下,原子化个人的隔绝程度比以往都深,同时那种自我认可和肯定的需求也比以往更强烈,对“承认”的需要,也比以往更为复杂,更难以辨识和调和。聆听和确认,需要更多的耐心和办法。庶民电影的强项在于亲民,在于充满人性的微小叙事,它适合用来彼此聆听。然而并非所有平民题材都有亲民的背书,不然就不会有《逆行人生》的失败,《走走停停》的平淡。真正做到聆听,激活当下的情感密码,需要对已有的叙事方式有更细致的思虑。

以创造香港票房奇迹的《破·地狱》为例，一个中年失败的商务男道生，大概是当下社会非常普遍的形象。失败了以后怎样处置自己，处置生活，这是好戏开始的地方。当他从一个赛道转向另一个赛道时，有来自不同行当人群的新旧观念对接；当他经历一个又一个业务时，有来自不同阶层的个体情感对接。观众随道生见证香港小民的个人记忆和社群记忆。国家或社会是由个人和他们所属的社群而组成，不同的人们对同一段过去有不同的历史记忆（或选择性失忆）。这些记忆不但本身就是对过去历史事件的诠释，它们同时也左右社会公共舆论的看法和反应，这些“看法和反应”，往往带有非常强烈的好恶与情感成分，因为集体记忆和人的自我认同息息相关。记忆它有自己的历史，记忆与历史是两个不同的概念。皮埃尔·诺拉这样阐释两者的不同：

> 如果说历史是对不再存在的事物可疑的、不完整的重构，是世俗化的思想活动，记忆则鲜活，有现实群体来承载，也因此而始终处于演变中。它服从记忆和遗忘的辩证法则，容易受到利用和操纵，时而蛰伏，时而复活。记忆是当下的现象，是与永恒的现在之间的真实联系；历史则是对过去的再现。记忆具有奇妙的情感色彩，它只与那些能强化它的细节

> 相容，它的营养源也是朦胧、混杂、笼统、游移、个别和象征的回忆，它容易受各种移情、屏蔽、压制和投射的影响。记忆来自跟它紧密相连的群体，多元也个体；历史属于所有人，又不属于任何人，具有某种普世理想。记忆则植根于具象之中，空间、行为、形象、器物……①

“记忆的历史”就是对现今特定的一个“历史记忆论述”，还有围绕在这个历史论述上组成的“记忆群体”在时间上的生成与演变所作的社会史研究。探究记忆的历史事实，能让我们对自身和社群创伤记忆的选择性、延迟性，和这个记忆中所蕴含的强烈情感来源，及其背后深层的权力结构与社会样态，有更深入且全面性的了解。《破·地狱》中有场重头戏，是老少两位殡丧行拍档在茶餐厅关系“破冰”。导演让他们同唱南音《客途秋恨》中那句“天各一方难见面”。这本来只是剧本中的常俗一笔，编剧导演陈茂贤说：“搜集资料的过程中，发现喃呒师傅做法事会说‘南经文’，问清楚才知道是‘南音’的‘南’，因为唱诵道教超度仪轨的经文，吸收了南音的唱法，我才知

① ［法］皮埃尔·诺拉主编：《记忆之场：法国国民意识的文化社会史》，黄艳红等译，南京：南京大学出版社，2020 年，第 6 页。

道南音在破地狱的仪式中如此重要。”[1]他因此将唱南音加入人物的日常举止中。而最出名的曲目《客途秋恨》里恰有一句极为点题的“今日天各一方难见面”，他将此句写进剧本。老演员许冠文回去做功课，发现白驹荣、新马师曾（两位都是二十世纪初的粤剧大师）版本的唱法会把“难”字拖得很长。他提出，可以让剧中的他作为老人，告知新人这个老唱法。这就十分生动又极具生机性地体现出新旧交替的意思。这一句，他俩在影片里唱过三次，头两次是老人带着新人唱，最后一次是老人逝去，新人独唱，再无人回应。这句南音就是“记忆的历史”的寓身之所，是“记忆之场”（记忆所赖以凝结和藏匿的场所，它是纯粹的符号）。[2] 呈现记忆之场，揭示不为人知且已经被忽视／遗忘的记忆之历史生成，可以让我们看见对立的两方之间的交织性与牵连性。这有助于我们去思考在社会发展进程中，以受害者心理为主体出发产生的问题与困境，有助于在电影创作时打开视域，调遣各色物象，在生活的毛细血管里，找到艺术的意象、隐喻，是以“《诗》

---

① 欧阳诗蕾：《人生为何这么多“地狱”要破？对话〈破·地狱〉导演陈茂贤》，https://mp.weixin.qq.com/s/nQfc2m8ImGTYw0pueaUXPg，访问日期：2025 年 1 月 18 日。

② ［法］皮埃尔·诺拉主编：《记忆之场：法国国民意识的文化社会史》，第 3 页。

人感物，联类不穷”。①

自媒体时代的人们，尤其年轻一代已不再依托共同历史大文本生活，而是各有各的媒介小文本。小红书、抖音社群、B站（哔哩哔哩）社群……不同的媒介社交界面塑造不同的记忆族群，互相抱团，鲜少互动。这样的状况随着AI工具的普及，或许有加剧的趋势。解析、明辨记忆的历史，更是为了连接现今陷溺在不同记忆群体中的人，使他们能超越自身因电子化隔绝所产生的对立想象。这一点在《小小的我》中尤为明显。影片本身聚焦脑瘫人士生活，这样的人群与常人的不同不言而喻。对残障人群的关怀，在多年的社会教育运作中，的确已经成为一种公民共识，并且得到了很多社会条例的保障。但是被制度化的“惜弱”与内化为价值基础的济助之间，仍然有许多细致绵密的工作要做。想要把对弱势人群的关怀，成为能够自我运行的共识，需要不同社会群体之间的协商，需要有对话的空间和通道。电影就是公共空间里一个很好的路径。但是稍不留神，这一类题材又会变成一种话题的消费，成为电影商品高举的卖点。我认为对这两种类别的判定，重点在于影片是把重心放在对“弱”不惜笔墨的感官铺排上，还是在对人“记忆历史”的书写上。面

① 刘勰：《文心雕龙》，王志彬译注，北京：中华书局，2012年，第520页。

对不同人群的情感冲突，如实展现在不同记忆价值典范下对事件的道德评估，展现针对特定正义的讲述时伦理的意义，这是对话发生的核心。

《小小的我》上映后最大的争议来自对主人公刘春和情欲的展现。这个脑瘫儿不但身体残损，还积极面对自己啧薄的情欲。在与女孩雅雅的邂逅中，他们有几次直接的交流。其中一次在私密空间内的交谈，面对女孩“会不会勃起”的提问，他的回答是：“我是一个一切正常的二十岁成年男性。”拍一个身残志坚的青年并不新鲜，拍一个有性欲的身残志坚青年才是创造了中国电影的历史。①而这一笔“还原”，将一个残疾人放置进人这个物种里，把我们对待这个群体基于道德出发的“浅淡关系”推向基于人性共同记忆基础的“浓厚关系”。阿维夏伊·玛格利特

---

① 关于性欲在创作中的意味，另有一段著名的逸事。美国作家达希尔·哈米特在推理小说家埃勒里·奎因（系两位表兄弟弗雷德·班宁顿·李和弗雷德里克·丹奈联合写作的笔名）一次演讲会时，曾提出石破天惊的一问：“奎因先生，可否请您好心介绍一下您这名主角的性生活？”后人称自这个提问后，达希尔·哈米特掀起了世界推理小说的“美国革命”。他和雷蒙·钱德勒的写作，使侦探形象不再扁平化，不再是脑细胞发达异于常人的“思考机器”，而是个性执着、不畏权势、毅力坚强，最后总能揭发案子的真相，让光怪陆离的社会腐坏现象得以暴露的有血有肉的人。他们代表了在世界退无可退的状态底下的坚持，是巨大压力的社会里微小的救赎。由此可见，每一次深入人物身心的创作，都是革命。

在《记忆的伦理》一书中将人际关系区分为两种类型，她用“伦理”来指涉人与人在“浓厚关系”(thick relations)中，包括家庭、朋友、爱人以及同胞，对于彼此所担负的义务与责任；“道德”则指涉“浅淡关系”(thin relations)，指的是整体人类群体当中，人与人之间仅仅基于“人”的身份，彼此担负的义务与责任。[1] 当代社会中，构建共同体的正当性，基本来自共同的记忆。而对记忆的义务又多半来自“浓厚关系”所产生的义务，一种共情的能力。这种能力的产生，有赖于创作者还原了有痛感的情境，而非单纯描述痛感。当我们将一个残障人士生命历程里会遭受的方方面面(或起码是核心情感节点)呈现出来，就是在展现他充满冲突的命运本身，并不需要对着他沾满血泪的疾患大书特书。

一直以来，电影视觉奇观的一面追求某种悲情表达，这种追求似乎形成了稳固的模型，稳固到自然化为镜头语言的制度性表达。正是这样一种板结的思维，使得残疾人、老年人或其他别种人群丰富多样的面向，被遗忘/无视日久，渐渐固化为板结的印象，阻碍着我们彼此试探的触须，难以认领共同的生命记忆。仅仅是对一个生命个体全面的展现本身，就能成为众人侧目而视的点，这一

① [以]阿维夏伊·玛格利特：《记忆的伦理》，贺海仁译，北京：清华大学出版社，2015年，第8页。

件事情本身，足见人认知的局限和我们公共生活里记忆伦理的缺失。肢体残损者的性欲，这个问题也许是处于他们创伤经验的临界和深处的凝结点，从它出发去探寻他们生存的处境，比从别的角度进入更为真切。那是一种从表现的现实转向了创伤的实在的观念转化，是一种“原物本体论”（Object Oriented Ontology，或称思辨实在论[①]）。什么是创伤的实在？“一个无法被图像化，抗拒被象征，在主体被图像所感动时的感觉和意识之间的东西（这个东西，拉康称之为偶遇，而罗兰·巴特在《明室》里称之为刺点）。”[②]这样的一个转向，打开了理性知觉之外人与物相遇的潜能，无论是自我发现、发明、发展的潜能，或是自我毁灭的潜能，都在我们的知觉之下或之外，随时蓄势待发着。当然这个转向之中也潜藏着一个危险，这种物的平等主义有可能会被浪漫化或挪用弱者（伪弱者）的视角，同时又声称从它们的位置出发（着想）。弱者（物）的立场并不全然是一个无辜者的立场，怎样避免这一危险？局部抽离而非沉溺的视角或能保证一定的

---

① 思辨实在论，最初由美国哲学家格雷厄姆·哈曼提出，核心观点是“所有物体（无论人造还是自然物）都具有独立于人的意识和经验的存在，拥有一种内在的‘本质’或‘独立性’”。这是一种更加平等的物质世界观，强调物体有它自己的存在方式。

② ［美］哈尔·福斯特：《实在的回归》，杨娟娟译，南京：江苏凤凰美术出版社，2015年，第157页。

电影《小小的我》剧组

客观。就这一点来说，在刘春和与亲人的日常生活里，旁枝斜逸出一条情欲线，就更有其必要性了。而正是就这点来说，在传统港式市民剧的模式下，《破・地狱》拓展加深了老派家庭里父女关系这条线索，不允许单一向度的悲情滋长。性别视角的加入，让时代的新风搅动保守的戏剧设定，涤荡新旧交替故事的窠臼感。利奥塔曾说，崇高的力量就是感性本身的力量。“美的艺术试图将观念施加于材料，而崇高艺术则在于去接近材料，接近在场(la presence)而无须求助于表达手段。”[①]创作为了免除权力话语造就的灾难，唯一的办法是尊重、接近材料，返归材质自身，这是实在的回归。

结　语

舆情四起的网络时代，撕裂了共识的人们如何能从浅淡关系走向浓厚关系？迭代更替加速的当下，承继他人或前人创伤记忆的后记忆世代[②]又如何去观照、省思这种创伤隐然而迫切召唤着的责任？如何在创伤的讲述中与我们的某种“间接性创伤”(过度共情的结果)产生的

---

① [法]雅克・朗西埃：《美学中的不满》，蓝江、李三达译，南京：南京大学出版社，2019年，第106页。

② 指非亲历创伤的人群。

“类受害者意识”自处？我们整个社会又该怎么思考该记住什么，该忘记什么，该如何不被怨恨的枷锁捆绑？创伤记忆是用来理解他人，还是用来激发更多的创伤？从几部不期然成为热点的小成本电影里，我们影影绰绰看到一点可能的突破口，那就是用鲜活的庶民故事回应当下，那“不是轻飘飘的日常，现实主义的现实不是鼓励的存在，而是能动的，有生命、有分量的现实。其背后是一种深刻的人民史观”。[①] 通过对创伤叙事的建构，展开积极对话，从各种闭环结构中突围，去探寻自己强烈情感的来源，更深入全面认识自己和生活。通过各种形式的相处，见证创伤，认领共同的社会记忆，认领一种共同体身份。期待在这一段认领或者仅只是不再拒绝去认领的历程中，电影尤其是平民电影能发挥更大的能动作用。毕竟真正实质、长久的共识与和解，是建立在对分歧的了解与省思之上的，是对世界的参与：幸福的定义里不可缺少每一个微小的个体——这是宽阔的现实主义。

① 高世名：《宽阔的现实主义》，《人民日报》，2025 年 1 月 5 日，第 8 版。

第二部分

艺术-小说：创作的平滑面

姿势·情感·命运

——赵延年悲剧诗

那么，你现在可以明白了，
通往未来的门一关，
我们的感悟就在那一瞬间全部夭殇。
——但丁《神曲·地狱篇》[1]

“只有中国的版画才能反映（中国）五十年来的历史面貌。”[2]

2000年左右，法国法中友好协会的一个代表团为在法国筹备“中国版画五十年”来到中国美术学院版画系。

① ［意］但丁：《神曲》，黄国彬译，北京：外语教学与研究出版社，2009年，第158页。

② 赵延年：《再思，再想》，收入浙江省文史研究馆、浙江省版画家协会《刀木人生——赵延年艺术研究文献集》，杭州：中国美术学院出版社，2010年，第168页。

敏锐的赵延年先生问道，为什么会选择版画做展？法国人如是回答。这句话成为赵延年先生在鲁迅先生诞辰一百二十周年暨新兴木刻运动开创七十周年之际撰文的一个动因。

公认的常识是，中国版画的国际殊荣要归功于鲁迅先生，归因于木刻版画与鲁迅之间的深刻渊源。版画诞生的独特背景、表现主题一直定位于关注民生、反抗压迫、控诉不公等议题与内容，是中国社会生态的直接反映。因此当他者想通过图像了解特定时期的中国历史和普通民众的情感诉求，最直接真切的媒介当推版画。这情形类似于2010年前后中国纪录片频频在国际影展亮相、广受瞩目的盛况。当他人欲了解你，最受欢迎的永远是最趋真、最具情感强度的表达方式。这种需求甚至会使人自动搁置审美形式，推远理性分析而直取强度本身。版画对一定时期中国民众生活的展现，对民间反抗与控诉情绪的记录，在没有平价快捷媒体工具的时代里，是无出其右的载体。赵延年以及一批出色的版画家，在时代洪流中用丰富多样的作品夯筑了坚实的“木刻共和国”。[①] 在这个木刻共和国里，赵延年凭借其丰沛高妙的

① 此概念来自帕斯卡尔·卡萨诺瓦的《文学世界共和国》一书，指独立于政治界限之外，以文学价值为核心的世界文学空间。根据文学的价值，自有它的中心，有首都、外省、边疆。她用这个概念来分析文学世界，我则专指木刻版画世界。

创造力塑造了我们生活和情感的地貌，当代中国的艺术审美视域因他的创作而迥乎不同。

通常人们将他的创作分为四个阶段，即四十年代，五十年代后期和六十年代前期，七八十年代，以及九十年代后的晚期。[①] 每一个时期都有它的风姿和生面，但在我看来，尤耐人寻味的是后两个时期，即 1972 年后至辞世前的创作以及催生创作的动因。此处暂且挪用伯纳德·威廉斯在他的道德哲学体系里的著名名词："薄概念"（thin concept）和"厚概念"（thick concept），来阐释赵延年先生。如果前两个时期的"赵延年"是具有非常清晰边界的"薄概念"（可以做单纯的描述或单纯的评价的概念），那么后两个时期的"赵延年"则成了结合描述性和评价性，直接为我们导向一个世界的"厚概念"。[②] 这样权宜一用，只因为在我看来，经历过人生至深忧患后的赵延年，于他的思想和视角内里，有了一层更内在的思辨性。这思辨性令他跨越了类型边界，把自己活成了一个不再是单向

---

① 齐凤阁：《赵延年版画艺术的历史坐标》，收入《刀木人生——赵延年艺术研究文献集》，第 16 页。

② 对厚概念的分析可以产生关于社会世界运作的经验知识，厚概念有描述的内容且联结着人类的经验，通过传递关于行动者的信息、意图、欲望和动机而具有描述意义。它在许多规则中起着重要作用，表达事实与价值的联合。潘洪霞、李艳：《"厚概念"与"薄概念"：威廉斯对道德客观性的勘定》，《华中科技大学学报（社会科学版）》2014 年第 3 期，第 44–45 页。

度的，较之以往更加丰厚的伦理存在。2003年，八十岁的赵延年经历过“文革”的非人折磨，经历过亲密伴侣鲍华荃先生的先逝，此时的他总结自己道：“画了这么多年的画，人们都称我为画家。画家，就是以画谋生的人。我也喜欢富有情趣的花草、风景小品，但我的艺术追求不是这些。我认为，直面人生，刻画和剖析人类的情感与遭遇，是一个画家首先无法回避的自我挑战。这需要功力，更需要胆识。”①

早期的赵延年不是没有经历过忧患。十六岁少小离家，追随时代进步的足音而四处飘零，成家后挈妇将孺生活无着，乃至大儿病重、无力救治而早殇。但那一以贯之的希望感从未泯灭，真纯的信念久而弥笃。而1966年“文革”爆发后的惨痛经历，让赵延年惊觉某种“革命”之无效，正如鲁迅所写，“此后倘再有改革，我相信还会有阿Q似的革命党出现，我也很愿意如人们所说，我只写出了现在以前的或一时期，但我还恐怕我所看见的并非现代的前身，而是其后，或者竟是二三十年之后”。②

历史的惊人重复和这种重复对于文明的践踏，令赵

---

① 赵延年（口述），肖尧（整理）：《画家》，收入《刀木人生——赵延年艺术研究文献集》，第190页。

② 《阿Q正传的成因》，《鲁迅全集3·华盖集续编》，北京：人民文学出版社，1981年，第79页。

延年“睁大双眼发呆,久久不能入睡”。[①] 这份沉甸甸的反思,这一种应运在心的“志”(意念),发言为诗(诗画关系非本文之议题,中外文艺理论界有无数著作专论。此处脱去类别之指,单纯喻意创作)。我着力探寻的,正是这一段有关思辨,有关艺术家的自我追问与质疑,有关他之表达和他能表达之间的拉扯张力,此谓之“厚概念”。

心灵姿态

陈世骧先生《论姿与GESTURE——中西文艺批评研究点滴》一文,以陆机《文赋》摘句开篇:

> 其为物也多姿,其为体也屡迁;其会意也尚巧,其遣言也贵妍。[②]

此处的“姿”字,可与现代英美文艺批评中的gesture对

---

① 赵延年(口述),肖尧(整理):《画家》,收入《刀木人生——赵延年艺术研究文献集》,第188页。

② 陈世骧:《陈世骧文存》,沈阳:辽宁教育出版社,1998年,第25页。陈世骧注:此四句通行善本中无异文,《佩文韵府》所引唯第二句作“其为变也屡迁”,今从胡刻仿宋本《文选》及《宋刊六臣注文选》(《四部丛刊》)。

照。gesture 即姿态，是对一种动态活动中最富意义时刻的瞬间把握。换言之，姿态也只能“是在其最富意义的时刻完成”。陈世骧推及文字之外的其他艺术，认为都是创作者内心情意一动，作品便自然成姿。只是人在经验的积累和传承中习惯于把许多事物公式化，表情达意往往套用既有的公式。唯在艺术的领地，“每一表现的部分，即使极细微处，也要和基本的情意适应无间，合起来成为有机的形式，适合着有生命实感的内容，才成为一贯的艺术姿态。姿态与动作不同，是最富情意最生动的一刹那之永久凝成……感动我们的全身及内心最灵敏的部分所引起的姿态”。[①]

在经历过文艺界万马齐喑之后逐步开放的八十年代，赵延年决定在完成《阿 Q 正传》插图基础上，为鲁迅的名著《狂人日记》再刻插图。

“怎样才能将构思与构图在有限的画幅上通过形象真切表现出狂人受到的压抑和他的反抗？……最终我选择运用清隽、明理、勇敢、自信的形象和气质来塑造狂人。刻作时以平刀为主，造型表现上强调块面结合，画面处理方面则通过大面积的黑白对比来营造强烈的动势基调。我所反映的，是狂人内心深处那澎湃不已的思绪，是他那

---

① 陈世骧：《陈世骧文存》，第 40 页。

《横眉冷对千夫指　俯首甘为孺子牛》(鲁迅像)，

黑白木刻，29.2 cm×42 cm，1961 年

伴随着绝望的希望。”①

短短一段创作体会，始终在谈动态里的人，绝不平静的内心世界。创作木刻连环画的人很多，单鲁迅的《狂人日记》公认佳作就有张怀江四十图版和赵延年三十八图版。在文本的基础上创作插画，本身就有很多的束缚，更何况鲁迅对于中国的版画家来说，是精神的教父，刻画他的作品，大约忠实于文字便已是圆满的完成。且看版画家们对《狂人日记》最后两小节的处理，参照文本如下：

> 十二
>
> “不能想了。”
>
> 四千年来时时吃人的地方，今天才算明白，我也在其中混了多年；大哥正管着家务，妹子恰恰死了，他未必不和在饭菜里，暗暗给我们吃。
>
> 我未必无意之中，不吃了我妹子的几片肉，现在也轮到我自己，……
>
> 有了四千年吃人履历的我，当吃虽然不知道，现在明白，难见真的人！

---

① 赵延年：《我读“狂人”——为鲁迅先生〈狂人日记〉作插图的创作体会（代序）》，收入浙江美术馆编《鲁迅〈狂人日记〉三十八图》，杭州：中国美术学院出版社，2010年。

十三

没有吃过人的孩子，或者还有？

救救孩子……①

张怀江版《狂人日记》用图两幅，图 39 与图 40，图 39 为第十二节内容，图 40 交代第十三节。基本为正面人物像，交代狂人的动作表情，极为写实。比如第十二节图前景是黑色块面狂人搛食举向自己，满脸惊恐愕然，后景则是病死在床的妹妹和高插的香烛。赵延年版《狂人日记》图 37 与图 38 为两幅无实指的写意图，图 37 对应第十二节，但全图只有抱头俯身撑于桌的狂人，眼前抱拢的双肘与狂人大光脑门合围成一个白色的圆弧形体，脸部与手肘的暗处做几笔刀刻。狂人的激奋或者懊丧，一切猛烈的思绪震荡，凝结在黑色的凹纹里。张刻版图 40，人物左手护着一个孩子在胸前，右手高扬出去，似是砸出愤怒之石块，数条刻线加强这石块的动势力度。在高扬着的手臂的下端，还有一处写实的小景，显示出周遭吃人的恶世。拯救孩子的意图严格按照了字面意思落实于画面。赵刻版图 38 则整体呈一种几何构图感，人物只是背面站立欲奔的轮廓，高举的双手几乎意象化为枯干的桠杈，以仰头呼告的姿态，在浑茫暗沉的天地间抠出一个枯槁的

① 《狂人日记》，《鲁迅全集 1 · 呐喊》，第 432 页。

人形。赵延年自述：

> 在画面整版的黑色上方，从上往下竖一个倒三角形，既表达了一种迫切的不安定，使危机感油然而生，又像是在黑暗中出现的裂口，让人看到了一线希望。狂人张开的双臂加上长衫的飘动，充分展示出他不顾一切地冲出去，使他在呼喊中跃动欲起。头上的白色三角形，脚下的白块和整版的黑块，强烈对比衬托着狂人小小的身形，在灰白黑、动静、大小的冲突中构建了激烈又协调的画面，表达了压迫的现状，更表达了呐喊和希望。[①]

莱辛在《拉奥孔》里谈诗画之辨，提到“标志”（Attribute，本义是“属性”，莱辛所指的都是认识一个人物所根据的面貌、性格和职业等方面的特征，往往是带有象征意味的具体的东西）在文字和造型艺术中的不同运用时说：“诗人就抽象概念加以人格化时，通过他们的名字和所作所为，就足以显出他们的特征。艺术家却没有这种手段可利用，所以就得替人格化的抽象概念找出一些象征符号，使它们成为可以辨认的。这些象征符号并不是所象征的

① 赵延年：《我读“狂人”——为鲁迅先生〈狂人日记〉作插图的创作体会（代序）》，收入浙江美术馆编《鲁迅〈狂人日记〉三十八图》。

东西，意义也不同，所以就变成一些寓意的形象。”[1]也就是说，艺术家在用视觉语言表达相应的文字意味时，需要具有从具象到抽象的能力，以有效的象征符号勾画一种视觉的意象，并且这种符号与象征的实物不可简单等同，它是一些“寓意形象”。在这个意义上讲，赵延年的《狂人日记》木刻插画的思维和审美风格显然更符合莱辛所阐释，他在具体感受基础上去概括、提炼戏剧性、冲突性，从人格化概念里抽象出了象征符号，这是独属于视觉思维的转译，而不是文本意义的具象化绘制。而这一种转译行为底下的驱动力，正是思与姿之策动带来的独属于造型艺术的语言。“思”“姿”，此处可参照章太炎《小学问答》：“思之训颂，从绘事，曰图画，言则谓写象也；从谋事，曰图画，言则所谓规度也。”[2]（思、容、犹、图、谋五字通训，以《楚辞》《尔雅》连证。）思是意念的活动，表象为图画之别义，与“姿态”近，但在后世语境中渐渐变成思、姿分离的状态。陈世骧言：“由人之动念，思之所及，在有秩序和节奏地组织下，表现出一种生动之状态。”[3]这种状态包孕着人之动和人为何而动的最富意义的时刻，“救救孩子”，这

---

① ［德］莱辛：《拉奥孔》，朱光潜译，北京：人民文学出版社，1979年，第325页。

② 章太炎：《小学问答》，《章太炎全集》，上海：上海人民出版社，2014年，第496页。

③ 陈世骧：《陈世骧文存》，第44页。

句呼告里的压迫和压迫下的人欲起之动势，是谓拔剑四顾、心下茫然。拔剑，继而茫然；奋起，却不知对应何物。面向总体的黑暗，愤怒的投枪忽失目标的凭据，情绪依然高涨，而动势为之一窒，这动中之停和停之为动，使狂人的“率真、明理、勇敢”（赵延年总结）的性情跃然而出。这是艺术家对活动最富有意义时的把握与表现，这是亚里士多德《诗学》里“行动”的真意，是谓“心灵的姿态”。

情感信靠

在每个人的创造行为里，都有自己的表达所依傍的语境，或者说是基地。那个基地由人对世界“因觉感（sinn，sense）而充沛，而具有意义（sinn，sense）”[①]的认知构成。这一种内在的现实体认是人的行动伦理，大多时候我们把它当作人的常识框架。而那些称得上创造的实践，它就不仅是让我们看到，还可以通过看到改变我们看待事物的眼光。这种由创造自主引领的实践传统绝不是自闭的代名词。一幅画如果不顾受众的感知，那就变成自娱自乐乃至退化成为自欺。因此创作就其实践特点来说，更是一种将人与社会之现实感内化于心，而又以自主

---

① 陈嘉映：《何为良好生活》，上海：上海文艺出版社，2015 年，第 84 页。

的行动加以表现的行为。这样的行为之表达本身就是它之目的。而这些自主自治、真切各异的具身性经验，才使我们能够从中抽绎出一个文化的传统，这种传统，正是文学艺术创造的基地和信靠所在。

因为有创作者的自主自治，一种传统得以延续，并决定了伟大艺术成为超越时间的奇迹。毋庸置疑，创作者处于缔造奇迹的核心地位，无论解构主义和后现代带动的后续思潮怎样进行心智的炫舞，但这股风潮带动了人们重估意义的表达和虚构作品的本体论地位，以及作品和世界之间必然存在的不确定关系。乔治·斯坦纳举西方语境里的文学创作行为来论述，他认为与对语言和意义的神秘性所进行的任何成熟的探索相类似，其核心问题带有神学的性质。“在先验事物之上所押的帕斯卡尔赌注①是理解语言的根本基础，是使意义回归的根本基

① “帕斯卡尔赌注”来自法国哲学家帕斯卡尔的《思想录：论宗教和其他主题的思想》一书，他在书中提出一个论证，用以说明信仰上帝的理性选择。基本意思是：如果上帝存在，信仰上帝将带来无限的益处；如果上帝不存在，信仰上帝的损失有限。帕斯卡尔通过这个定理强调了信仰和理性的关系，这一论证不仅关注宗教信仰的实用性，也引发了关于信仰与怀疑的深刻思考。在他看来，即使理性无法完全证实上帝的存在，但在面对信仰时，选择相信是一个明智的决定。[法]帕斯卡尔：《思想录：论宗教和其他主题的思想》，何兆武译，北京：商务印书馆，1985 年。

础。”[①]这个赌注涉及的作品范围从荷马和埃斯库罗斯时代延续到当代。从特定意义上看,“古典作品以及在现代社会中占据主导地位的文学作品都带有‘宗教特征’,它们都涉及上帝的存在问题。……使托尔斯泰与荷马之间的相似性、使陀思妥耶夫斯基与莎士比亚之间的相似性显得合理的原因在于他们对现实的共同提示——其中包括个人现实和群体现实,心理现实和历史现实——超越了经验所及的层面。D. H. 劳伦斯曾经提出,一个人要成为伟大的艺术家或者作家,就必须‘以赤裸的身躯,面对上帝的火焰’(或者面对上帝非在的火焰)”。[②]

不妨将乔治·斯坦纳的这番话理解为西方语境里创作者的信靠,那么在中国文化的语境里,什么可标举为我们的传统,我们的信靠?假如再从文学创作入手的话(就创作行为而言,不就类别差异论),陈世骧曾在《中国的抒情传统》一文中提出过这样的说法:“中国文学的荣耀并不在史诗;它的光荣在别处,在抒情的传统里。”[③]他认为中国文学是一种抒情的传统,是从《诗经》而来的,用文字音乐做组织,以内心自白为意旨反映作者切身影像的韵

① [美]乔治·斯坦纳:《托尔斯泰或陀思妥耶夫斯基》,严忠志译,杭州:浙江大学出版社,2011年,第6页。

② 同上书,第6–7页。

③ 陈世骧:《陈世骧文存》,第2页。

文,“弥漫着个人的弦音,含有人类日常的挂虑和切身的某种哀求”。这种创作方式由内在情感和移情气势维系,用直觉的感应力,以凝练的语言精华从内在的生存经验中生发出丰富而璀璨的联想,音律明快通篇和谐。诗是以文词为模仿的艺术,绘画是以视觉语言来模仿的艺术,而中国的文化传统则强调“诗中有画,画中有诗”。而若在《诗经》范畴里谈论这种抒情传统的信靠,在被概括为“赋比兴”的手法中应最侧重于“兴”字。“兴是在美学领域的转移,就是 motif”①,在中国画论的传统里则被称为“心源”,是创作的主旨动机。宋人言触物以起情谓之兴,睹物思人、触景伤情,以质朴而强烈的情感与画面音声交融,化作先民群聚、劳作、悠游时的发声吟咏和舞俑飞旋。个人情思的真切流露是一切抒情诗的真义所在。

在赵延年的许多作品里,都回旋着这一种即时流露、饱含着血肉与想象的情绪之兴。即便是对于有着明确指令的工作,他的创作习惯依然是开放的,依然让我们看到个人情感引领下的动荡奔放或舒缓柔和。

例如,在刻《阿 Q 正传》时,他回忆说:

> 图 12 表现阿 Q 在受气后打自己耳光,痛快地感到如同打了别人一般。我老伴是个直性子,当时看

---

① 陈世骧:《陈世骧文存》,第 148 页。

> 了我的作品不满意，她说“阿Q不会这样文绉绉的”，伸手便用力朝自己脸上打去。就在这一瞬间，我抓到了感觉，画出阿Q闭着双眼、手伸得长长、猛打耳光的神态。又如图57是阿Q在地上画圈。为找到准确的人物透视，我叫当时瘦骨伶仃的小儿子跪着做样子，如今他也知天命了。①

从这些对现实生活的细节感受里，赵延年用刻刀把本质从现象中抽绎出来，用身体感受事物，抓住瞬间的情感波动，将观者不曾觉察的节奏律动予以敏锐的视觉转译。一个彪炳艺术史的案例是给他带来殊荣的鲁迅肖像《横眉冷对千夫指　俯首甘为孺子牛》(1961年)。当时创作鲁迅题材的美术作品很多，他在收集资料过程中，对一条许广平亲手为鲁迅编织的黑色毛线围巾留下深刻印象。“从一开始构思草图起，我就用上它了。因为鲁迅先生围它次数不多，后来有人认为这不真实，甚至认为我杜撰出来的。这是他们不了解情况。”②决定一件作品达到怎样的艺术表现力，并不单是他那一瞬间的形式冲动和工具技巧，还要仰赖艺术家怎样使自己的表达具有存在

---

① 赵延年(口述)，肖尧(整理)：《画家》，收入《刀木人生——赵延年艺术研究文献集》，第189页。

② 同上书，第186页。

《狂人日记卅八图》之图 38,1985 年

感。回顾林林总总的鲁迅肖像，这一张画作的胜出，不仅仅是神态的冷峻、刀法的高妙，而且是那样一种能够越过被高举的表现对象，注意到细致绵密的生活质感，将人的精神特质蕴含在一种具身性经验里去展现的能力。鲁迅的精神气质和他存在于世的生活方式是一致于作品中的。他时时横眉冷对，又处处携带着人间的情意，他的爱正是他无言的信念，支撑他以伦理的正义怒对不公不义的压迫，以善意的温情濡助弱者，烛照人世。这就是人的有机性，它有效填充了纯粹概念之间的自由空间，保证了思维和存在方式内在的一致性。在这一致性的内在平面里，所有的概念和存在都被视为相互理解，而非从外部权威、政治原则、伦理观念出发来理解的结果。在这一致性的内在平面里，充溢的是某种与思维能力相适应的对于存在质料的把握，它关注事物的微妙关系和动态往返，“既不屈服于超验，也不散播任何超验，而且最少引起错觉、恶劣的情绪和错误的知觉……”[①]就绘画而言，就是调动画面里相互不同的部分，让观者看到复杂性和连贯性，从而达到群组的和谐，令整体的呈现变得有机。我们在艺术家创造的生机里，通过现象与本质打着交道，艺术家充分享受着他的自发性带来的创造之乐，这激发了观

① [法]吉尔·德勒兹、菲力克斯·迦塔利：《什么是哲学?》，张祖建译，长沙：湖南文艺出版社，2007年，第282页。

者体内新的感性经验，一个积极而又自由的鲁迅由此到来……

会有那么一些小小的异议，认为艺术家取得这些成就毕竟是站在了文学巨人的肩膀上。但伟大演员的特质，是在形成自己的戏剧存在感时，能够采用丰富的逻辑，避免只是单一诠释事物。伟大的艺术家同理，在他的创作中，无数的力量撞击着，形成对话，造就磁场，带来莫可名状的神秘感。《海》就是这样一幅作品，刻画的是浙江舟山的一位老渔民肖像。这张 37. 5 cm×57 cm 的单张木刻和《横眉冷对千夫指　俯首甘为孺子牛》(以下简称《横眉》)一样是黑白横构图。大块面的黑色中央，浮现出一张狂风骇浪里锤打出来的脸。《横眉》里的线条处理得分明，显现内外、正负、黑白等思维的分裂辩证特质，在《海》里线条的碰撞都被转化成不断协商的状态，黑白固有的对立分离意味，在动态的协商过程中被重新连接。老渔民眼角的皱纹是协商话语最细密处，在赵延年刻、铲、切、挑的手法下，木板被刻刀“嚓嚓”地撕裂着，你似乎可以听到他与人生里每一场重要境遇的对话。而这些生命的躁动音符随黑色块面逐渐消融，赵延年就这样将时间的流动感官化了。刀法将生命行进(衰老)的时间具体化，创造出某种关于未来的句法。整个画面黑白交界处，那些大平刀产生的自由划痕或延伸或截断，在再现与非再现之间跳荡，将机械作用转化为直觉可感知的力量，这是溢出图像程式并穿过它们的生命力量。“这个力量，就是节奏，比视觉、听觉更为深层。……在最深处，是节奏与感觉的关系。”①一刀复一刀，在金属与木材的切琢中，节奏被释放出来，时间被放进形象里，产生了生命感，直抵死亡。

《海》的具体创作情境我们无从得知，但《海》或许是赵延年第一幅完全超越写实，闯入艺术符号类比、隐喻、明喻和反讽的无名之地的作品。“《海》是他艺术创作的一个新拐点。此后他不仅更多的从鲁迅文学作品的插图创作转向了对于现实社会的描绘与表现，而且从表象世界的再现，转向对于内心世界的探寻与哲理意味的表达。”②尚辉的描述是准确的，但沿用了外在和内心这样的习语，浪费了艺术家创造的新质。赵延年的《海》，既非形象化也非抽象绘画，他拒绝了通常的道路。德勒兹在分析弗兰西斯·培根时同样提到画家的这一点微妙站位：“（培根）将自己放到了与普鲁斯特在文学中的位置相同的处境。普鲁斯特不愿意要一种过于‘有意’的抽象文学（哲学），同时也不愿意要一种适合将故事加以形象化的、图解性质的活叙述性质的文学。普鲁斯特坚持的，

---

① ［法］吉尔·德勒兹：《弗兰西斯·培根：感觉的逻辑》，董强译，桂林：广西师范大学出版社，2007年，第53页。

② 尚辉：《忧患与博大——赵延年对于黑白木刻的写意探索》，收入《刀木人生——赵延年艺术研究文献集》，第13页。

他所想呈现于世的,是某种从形象化那里拽出来的形象,又不带任何形象化功能:一个自在的形象……在形象的帮助下写出的真理。"[①]再从《海》的媒材属性观察,还能窥见赵延年活用了版画特殊的印刻过程中人与印版空间的内外互动催生的亲密感。鲁迅曾说,"木刻之美,半在纸质和印法,这是一种,是母胎"。[②] 赵延年同样重视,他提出:"拓印绝不能轻视,要把画、刻、印三者都调动起来,落实到画面的最佳效果上。"[③]他用的是正刻透印法,"用油墨在浅铲轻刮留下的斜面上轻轻滚过,然后将薄如蝉翼的皮纸覆于其上。画面的需要,使用轻重不同的力量,把深浅不同的油墨巧妙拓印出来,产生一种宛如水墨画的渲染效果,被木刻界同仁称之为'晕刻'"。[④] 刀铲下去,他已洞悉纸背面的空,将这种空包融进去。内部和外部,正面和反面表现出一种流动性,而情绪的线条无论短长,都在亲密和不确定的空间之间起伏,构成虚空中的充盈。这是毫不逊色于鲁迅肖像的一阙凡人圣歌,渔民的

---

① [法]吉尔·德勒兹:《弗兰西斯·培根:感觉的逻辑》,第 80 页。

② 《鲁迅致李烨》,《鲁迅全集 13 · 书信》,北京:人民文学出版社,1981 年,第 152 页。

③ 朱维明:《赵延年先生授课辑要》,收入《刀木人生——赵延年艺术研究文献集》,第 55 页。

④ 严善錞:《鲁迅影响下的赵延年与赵延年画中的鲁迅》,收入《刀木人生——赵延年艺术研究文献集》,第 120 页。

《海》,黑白木刻,37. 5 cm×57 cm,1982 年

面庞上染有海的颜色,我们看着落日余晖慢慢于海面消退,无尽空寂幽暗的海面犹如命运的黑洞。是彻底被命运所弃,还是在黑暗里等待天明?观者就这样被一刀一刀地削刻进感官的振荡里,改变了呼吸的节奏。片刻凝聚成碑,“赵延年版画的天才促使他能抓住这种黑暗的复杂性”①,他用木刻镇住了宇宙。

何为我们的信靠?设若西方人的精神世界是以上帝之神性为建构的心源,那么我们从赵延年创作之“兴”里就无不感受着一种无分高下主客体的感时应物之意,有如先民对自然万物的观察,灵敏异常,向着活泼的思想和感觉并行,成长着,辐射着,不拘一格地将当前事物融入一套和谐韵律和恰当的节奏,带来一种互相感染与亲和的圆觉的思想。论者曾这样评定:“赵延年的版画是把西画的素描造型和传统中国画的写意精神相结合,经中国画大写意的用笔转换为大写意式的用刀,探寻了一条黑白木刻写意性的本土化之路。”②世人对这种融汇了东方抒情意味的创作传统之良好评价自中世纪始,经文艺复兴一直与日俱增。陈世骧尝言,在浪漫主义的观点看来,如果成功的文学创作都是诗,那么“所有的文学传统统统

① 张颂仁:《在风暴中心》,收入《刀木人生——赵延年艺术研究文献集》,第118页。

② 尚辉:《忧患与博大——赵延年对于黑白木刻的写意探索》,收入《刀木人生——赵延年艺术研究文献集》,第9页。

是抒情诗的传统”①，艺术亦然。

悲剧感：命运的直觉叙事

许多研究文章提到，赵延年的作品富于戏剧性。一个画家，屡被提及戏剧性，只是因为黑白木刻形式本体上的冲突感吗？某次授课，赵延年是这样说的：“美术家不仅要当编剧，还要当导演和演员，要经过作者的思考、提炼和加工，要听凭自己的合理调度。同学们常会罗列许多细节，陷于一得之见，人为地拼拼凑凑，制造所谓的戏剧冲突，而缺乏真诚的艺术感受和概括能力，停留在个别的现象和过程上，只是去讲人物在干些什么。”②具有强烈冲突感，激情高涨的创作，我们习惯性地名之为“戏剧性”。然而假若我们稍加留意考证，就会发现，戏剧性的背后站立着“悲剧”二字。就戏剧发源的古希腊时期来说，虽然在公元前五世纪的阿提卡地区③同时上演悲剧和

---

① 陈世骧：《陈世骧文存》，第 6 页。

② 朱维明：《赵延年先生授课辑要》，收入《刀木人生——赵延年艺术研究文献集》，第 42 页。

③ 希腊中东部区名，南和东濒临爱琴海。公元前十三世纪已建立独立居民点，有海上贸易，首府雅典。古希腊哲人苏格拉底、柏拉图，戏剧家阿里斯托芬、埃斯库罗斯、索福克勒斯和欧里庇得斯均活跃于此。

喜剧，但是奠定今天我们称为戏剧这种艺术类别的，是那时候在雅典上演的“高悲剧”（high tragedy），以其独特的形式和技巧，以其对人类命运之洞见的总结，成为戏剧的代名词。在这些戏剧里，展现了个人遭遇和英雄主义，再现了个人意志遭受命运的摆布带来的戏剧冲突。悲剧以人的失败告终，剧中人物被一种既不能被完全理解，也无法用理性的严谨来克服的力量摧毁。“悲剧告诉我们，理性、秩序和正义的范围是极为有限的，科学或技术的进步都不能扩大它们的影响。在人外部和内部的‘他者’，在十字路口伏击着我们。它嘲弄、毁灭我们，在一些罕见的例子中，它在毁灭之后带我们步入令人难以理解的平静。”[①]由此看来，“戏剧性”只是浮表的症状，真正的悲怆在于根植于某种与人之天性不可分割的不自量力或自我伤害的宿命，是一种“绝望的形而上学”。[②]

假如怀揣这样一种悲剧意识再去打量赵延年作品中的戏剧性，首先进入视野的一定是创作于1989年的《噩梦》系列。这一系列共六张作品，他刻出了对“文革”地狱般十年的回忆和省识，对内心深处最沉重和最真挚情

---

① ［美］乔治·斯坦纳：《悲剧之死》，陈军、昀侠译，杭州：浙江工商大学出版社，2018年，第5页。

② 同上书，第3页。在斯坦纳看来，揭示这种形而上学的剧作包括《七将功忒拜》《俄狄浦斯王》《安提戈涅》《希波吕托斯》《酒神的伴侣》等。

感的怀念。[1] 这一系列表现了“文革”中被批斗的群像，妇孺老幼，无不在肢体扭曲的不堪状态中，“这种透入人心深处的造型所寓含的对‘文革’的否定才如此地生动和深刻”。[2] 其中更有噩梦之一，是他的自画像。[3] 一位花白头发的老翁，紧闭双眼，颈挂黑牌(指写有“打倒反动权威”的木牌)，悲苦感遍布皱纹的深沟里。

现代意义上的自画像源起于十五世纪文艺复兴时期。自凡·艾克、伦勃朗到沃霍尔，一路走来，自画像中那强烈向外的凝视目光吸引着大家认真打量起画家的自我审视。“这种凝视确然是人在镜前自我审视的实践结果，是画家的基本反思工具，哪怕在摄影出现之前。”[4]中国木刻运动的精神导师鲁迅大为推崇的德国女艺术家珂勒惠支就创作过一百多幅自画像。1912 年，在她从创作

---

① 北京鲁迅博物馆为他举办的作品展览研讨会上，提及“文革”时老伴及时阻止他自杀的往事，他说：“我看到人世间还有这样地对我有真情的人，所以，我就答应了她：不死！”这个寻死复生的经历给他的印象太深了，《噩梦》系列正源自此。见《刀木人生——赵延年艺术研究文献集》，第 197 页。

② 同上书，第 211 页。

③ 2024 年 10 月 4 日下午于杭州万安秀水山庄采访赵延年小儿子赵晓时，赵晓提及“这张画就是我父亲的自画像，是他对着镜子画的。他的咬肌很大，这幅画刻时突出了这个特征”。

④ Anthony Bond Joanna Woodall, *Perface in Self Portrait: Renaissance to Contemporary*, Publisher: Natl Portrait Gallery, 2005, p. 11.

力巅峰滑落后的低迷状态里，“自画像的创作使她踏出艺术转型的重要一步，雪白的头发从此出现在之后的自画像中，她后来的作品都是石版画和木版画”。[1] 与珂勒惠支一样经历过丧子之痛的赵延年，在他的工作室墙上，一直挂着一张珂氏 1922 年刻就的自画像，它经鲁迅 1936 年收录在《凯绥·珂勒惠支版画选集》里后在中国首次刊出。在鲁迅的大力引介下，珂勒惠支版画风格直接影响了青年木刻艺术家群体，赵延年亦不例外。“父亲一生崇拜德国女版画家珂勒惠支，那种产生于德国的表现主义土壤的强烈黑白对比，影响了父亲一辈子。”[2]自画像那种镜像式的严苛自审状态，比任何别的题材都更为凸显艺术家的主体意识。这种绝不放过自己的逼视，有很多并不通过直视观众的形式来表达。但那些遮蔽或者转移目光的画像同样表明，处理凝视是艺术的一种选择，是自画像具有自我意识的标志。正是自画像的各种“凝视”方式，将艺术家塑形为一个“观察者”，“拥有一种既指向外部——指向世界和他人，也指向自我的视野，这个视野是

---

① ［美］卡尔·齐格罗瑟：《珂勒惠支的艺术人生》，姚丹玲译，收入《凯绥·珂勒惠支》画册，张远帆、陈琦主编，杭州：浙江人民美术出版社，第 11 页。

② 赵晓：《〈逐日〉之思》，见《今日版画》，https://mp. weixin. qq. com/s/8ZqT7goBtLcrC6mj6O8xlA，访问日期：2024 年 10 月 7 日。

他们洞察力的重要来源”。[1]

对痛苦的严苛逼视，对无法承受的命运的再现，以那种极为严肃的态度对待痛感，将之视为不仅关乎自己，更是超乎自身的利害的恐惧与悲悯，对人生大宇宙的彻悟，这是古希腊意义上的悲剧。希腊诗人坚信，塑造或者毁灭我们生活的力量在理性或正义的控制之外，然而正是在人类遭受的过度苦难中，存在着人类对尊严的不息诉求。《噩梦》这个系列，凸显出赵延年有别于同行的一点——道德勇气。“对时代的呼吸很敏感，对八十年代被禁锢的改革充满了同情。赵的道德勇气和强烈的知识分子诚实感是版画界无人能比的。”[2]古希腊对人最高的赞许就是德性一词，而德性里首要的一点就是勇气，正如《伊利亚特》和《奥德赛》，开篇就是对英雄阿克琉斯和奥德修斯勇敢行为的赞美，荷马赞美的是卓尔不群的才与德。陈嘉映认为，“在多数人类活动中，优异的成就既依赖特定的才能，也依赖特定的德性。……画出好画，不只依赖良好的绘画技巧，并且依赖画家的气度、见识、一般的感受力等，此陆游所谓‘汝果欲学诗，功夫在诗外’”。[3]

---

① Anthony Bond Joanna Woodall, *Perface in Self Portrait: Renaissance to Contemporary*, p. 11.

② 张颂仁：《在风暴中心》，收入《刀木人生——赵延年艺术研究文献集》，第 118 页。

③ 陈嘉映：《何为良好生活》，第 114 页。

这一种道德的勇气促使道德反省的到来，凝结为《噩梦》六图。除第一张为自画像，后面的五张刻了男人、女人、老人、孩子和一位被强制揿头的男人(《噩梦》二)。关于这一张，赵晓(赵延年次子)回忆道:“中国社会科学院的一位张姓教授对此画提出异议:‘在揿脑袋的这幅图里面，我觉得这个手是不是画得太有力了一点? 这个手要表现得再批判一点，是否思想境界就更高一点?’父亲当场回答了他:‘您刚刚提的那个意见，我不知道您有没有挨过斗?’(答:‘那肯定喽。’)哈哈哈，我的头就是被揿得是这样……乖乖!”①

这段对话唱和着乔治·斯坦纳提出的浪漫主义与悲剧之间的抗辩关系。在乔治·斯坦纳看来，雅典之所以有悲剧，是因为雅典诗人与时代智力和道德状况共存。然而，“浪漫主义的方式既不是对生活的调整，也不是对生活的批判，它是对生活的戏剧式表演”。② 在浪漫主义主导的观念下，“人不再站在原初堕落的阴影下，他身上没有命中注定的失败萌芽。相反，他可以被引领以获得重大的进步”。③ 质言之，浪漫主义偏爱救赎神话，偏爱用激越的乐观声调掩饰命运的裂痕。但那些意外不是例

---

① 赵晓:《〈逐日〉之思》，见《今日版画》，https://mp.weixin.qq.com/s/8ZqT7goBtLcrC6mj6O8xlA，访问日期:2024年10月7日。

② [美]乔治·斯坦纳:《悲剧之死》，第81页。

③ 同上书，第94页。

外，而是早已编织进生命中心的陷阱。悲剧的存在告诉我们，我们的生存本就存在一种挑衅或悖论：我们的目标与我们周遭的不可预知的毁灭性力量格格不入。为什么要去赋予事实“更高的境界”？事实本身难道不是“更高的境界”？而又是为什么，俄狄浦斯要被告知弑父娶母的真相？麦克白要路遇女巫？安提戈涅要违抗城邦律令而生不如死？哈姆雷特要纠结于生存或毁灭？他们为什么要承受这些痛苦？人们为什么会做噩梦？这些问题没有答案，也不会有答案。如果有解答，我们就是在谈论公正或不公正的具体“故事”，而不是在谈论“悲剧”。并且，“在悲剧之外，在别的时间或空间维度内也不存在‘圆满结局’。伤口不会痊愈，破碎的心灵也不会得到修补。在悲剧的准则里不存在补救的办法。I. A. 理查兹说，‘（头脑）不畏惧任何事情，它不用任何假象来保护自我，它不安、孤独而独立自主地承受着……能给悲剧英雄提供一座补偿性天堂的任何神学都会导致失败’”。[①] 这不是创作者真诚与否的问题，而是能不能做到如其所是去呈现，以便让生活自己有机会来向世人诉说。江月年年，人生代代，即便经验的肉身已然消逝，但对真相的觉知和人们曾经全然承担过他的苦难的尊严样貌，会通过艺术家求真之实践传递下去。哪怕艺术家也被遗忘，后人蓦

① ［美］乔治·斯坦纳：《悲剧之死》，第 97 页。

然一瞥之间,图像依然充满生机。热衷于帮现实“提升境界”的人们,未必是浪漫主义的拥趸,但那症状就像斯坦纳持异议的浪漫主义一样罔顾现实和逻辑,回避了最该面对的真相。

严苛的审视和如实的展现,首先需要的是道德勇气,其次才是技法。“是什么驱使着珂勒惠支走过了七十八年的创作生涯?在我看来,是出于道义和理性的需求。”①和赵延年一样,珂勒惠支艺术创作的戏剧性常被提到,尤其是她受到戏剧家格哈特·霍普特曼的戏剧《织工》影响,创作出的名作《织工反抗》系列。赵延年的人生中并没有这样明确的戏剧活动经历构成他的创作资源,不过他十八岁时作为美工,来到江西赣州国民政府教育部演剧二队参加抗日,并在那里认识了做演员的十九岁女孩鲍振芙,也就是后来的妻子鲍华苓,戏剧创作的过程想来他不陌生。他在运思中自带编导意识,也许与这段经历有点干系。然而他与珂勒惠支一样,越过了戏剧的策略性操作,跃入悲剧的时空中。伟大艺术家都是对命运有着直觉叙事天赋的人,在人性抽象的规则之外,他们各自的特质会赋予共性最精妙微渺的特殊色彩。齐格罗瑟在总结珂勒惠支创作时说:“无论她多么理解和同情

① [美]卡尔·齐格罗瑟:《珂勒惠支的艺术人生》,姚丹玲译,收入《凯绥·珂勒惠支》画册,第20页。

阶级斗争的革命态度,都不是她创作的动机……她基督教的背景受到唯物主义的影响,呈现出悲剧性的人生观。人性的苦难依然存在,并通过她作为戏剧性艺术家的天赋得以表达。”①那么赵延年呢?

与古希腊的命运观不同,照中国的命运观念,个人意志和行动表面上好像比较自由,因为命运之网虽然不漏,却是稀“疏”的。“但这都只是表面上如此,实际人的世界就中国的命运观念说,虽然像是自主,却绝不是自己支持的。更有一个外面命运的洪流不断地推动它,在时间、空间的无止境流动中,一切是可怜地改变着。”②这是中国式的不同于西方的崇高悲剧情感。在这般时间命运的洪流里,无穷和无情地变化着的是高高在上的天道,人的事业功名,人的存在就有如蜉蝣一样短促渺小。《我的太阳》是赵延年生前最后一幅大木刻创作,42 cm×53 cm 的横版构图里,他刻画了一位背向观者面向太阳站立的人。依旧是大平刀推铲,地平线前方半轮红日上方的道道光芒,应该是和《逐日》一样,是赵“用大刀直愣愣地推铲出的”。而且他认为,“太阳周围那种线条刻的是‘芒’而非‘焰’,是天文学上的‘日冕’,表面温度为 100 万摄氏度,

---

① ［美］卡尔・齐格罗瑟:《珂勒惠支的艺术人生》,姚丹玲译,收入《凯绥・珂勒惠支》画册,第 20 页。

② 陈世骧:《陈世骧文存》,第 85 页。

是人类难以想象的高温”。[1] 光芒占据了整个画面的三分之二,正前方的光芒之中还有云层遮绕。直线和弧线在画面上空纠缠,像在协奏曲中共振的钢琴和小提琴。他采用了独创的版画灰色来表现这种共振,而在线条交合与碰撞的下方,却是太阳光轮下大量的空白,和人举手叉脚呈 X 型站立在地平线上极小的黑色身影。“历史很长,但在整个宇宙来说,实际上只是瞬间。天地、太阳、宇宙,太大了,不要看得这么小、这么狭隘。”[2]八十二岁的他这样讲述这张画。比起同样刻满耀眼光芒的《逐日》,这幅作品相对静态,人的形体没有明显的痛苦感,人与烈日并非抗争的状态,没有那种强烈的冲突张力。和《狂人日记》图 38 之《救救孩子》相比,同样是高举双手站立在天地间,人物的肢体幅度小了,人安静了下来。在《救救孩子》里激烈、压迫、紧张的暗夜天空,在《我的太阳》里转变为明亮、升腾的光耀晴日。人举手不再为呼告,而是平视前方,稳稳站立。抢眼的依旧是巨大无尽的空旷,几乎可以吞噬掉下方微不足道身影的无边的流动空间,憾恨余哀或者希冀,也都随日升日落,随张开的双臂,伸展

---

① 赵晓:《〈逐日〉之思》,见《今日版画》,https://mp.weixin.qq.com/s/8ZqT7goBtLcrC6mj6O8xlA,访问日期:2024 年 10 月 7 日。

② 刘颖:《心流——赵延年版画艺术中的生命情怀》,《鲁迅研究月刊》2015 年第 12 期,第 87 页。

为自然界无穷的时间而成永恒。这一刹那，面向人生的高峰或低谷，面向人的世界或自然的世界，面向朝菌晦朔的生命或万古常在的太阳，这种种双重的经验，加深我们存在感的同时也终于带给我们超脱，那是种"气接云天的旷达"。[①] 在希腊悲剧里，命运之神是人格化的，但是在中国的文化传统里，命运是天地之间恢恢不漏的网。个人的意志遭遇的是这样一个弥漫的网，所谓世网婴身，这种冲突因为不直接、弥散而令人的反抗无从着力，"这命运的形象表现，常是一个空白的时间和空间意象。我们的命运之神，是以时间不可抗的流动，和空间无穷的运化，来暗示命运的力量"。[②] 悲剧不是以冲突来呈现，更深层的悲剧张力是以对照来完成的。凡尘中拥有的坚实确定感，和时间空间里的流动感对照，久远的天道和短促的人道对照，显得"愈壮愈悲，越是可恐怖可悲悯的无常，在伟大的对照中，更显得那些东西在刹那间的消失"。[③] 在呼告(《救救孩子》)、抗争(《逐日》)后迎向《我的太阳》，世界呈现为一片静寂，人最后留下的，是在无尽空间里对无限的世界默默诵念的一个渺小背影。一刹那之间，"给我们一个极完整的，一个庄严的悲剧经验，激动我

① 刘颖：《心流——赵延年版画艺术中的生命情怀》，《鲁迅研究月刊》2015 年第 12 期，第 87 页。

② 陈世骧：《陈世骧文存》，第 84 页。

③ 同上书，第 85 页。

《我的太阳》,42 cm×53 cm,2006 年

们深深地对于人生宇宙，发生超乎自己的恐怖和悲悯，因而不得不对人生在无限宇宙中的生存意义，发生无穷的心诵、沉思和默念”。① 这是中国式的悲剧况味，是赵延年的悲剧诗。

迎向光芒的狂人

吉尔·德勒兹认为“有两种办法可以超越具象（也就是超越图解性和叙述性）：或者转向抽象，或者是走向形象。这一条通向形象的道路，塞尚给了它一个简单的名字：感觉”。德勒兹说塞尚赋予了“感觉”这条绘画道路前所未有的重要性。

在他的论述里，“感觉”指代了一种融汇主客体，又区别于抽象与具象的“此在”，“每一种色彩、味道、触觉、气味、声音、重量之间，都有着全然存在意义上的交流，从而构成了感觉的非再现的‘情感时刻’”。② 在赵延年创作的后两个阶段，除了宣传版画和漫画，无疑也是走向了一条通往形象的道路。那么什么是他的形象的道路呢？怎样才能做到画出“感觉的逻辑”，却不落入形象化的公式、

---

① 陈世骧：《陈世骧文存》，第 89 页。

② ［法］吉尔·德勒兹：《弗兰西斯·培根：感觉的逻辑》，第 42–52 页。

套路、概念里？赵延年的回答是，“要去理解结构，但那是一个概念的东西，落到每个人身上又是具体性。……我们要将人物形象，在具体感受的基础上，去综合概括”。[①] 综合概括，避开故事性，拒绝自己熟悉的经验性体验，将画面定格在事件的之前或之后而不是之中，定格在感觉神经最被激发的一刻，定格在力量作用于人物身体之际，就能避开图解程式的窠臼，就能调度派遣画面里的各个元素来凝结成力量。这种创作完全依赖于艺术家对于艺术语言的锤炼和磨砺。也正因为心怀这样的艺术自觉，哪怕是为鲁迅的文本作插图，赵延年的作品本身依然具有脱离文本而存在的纯粹的绘画性。无论面对什么对象，无论是命题还是非命题，能够心无旁骛，“找到最生动、最有力、最能表现形象的艺术语言，表达艺术思想”。[②] 质言之，赵延年在执刀向木呈现万物之时，未曾让渡过半分艺术家的自我主体性。

姿态、情感、命运，我所论述的三个维度实则都在指向同一个命题——如何不与自身分离地去创作，如何为了不与自身分离而创作。审美问题背后关联着的总是人的伦理认知，而伦理学的初始关切，永远是苏格拉底的著

① 朱维明：《赵延年先生授课辑要》，收入《刀木人生——赵延年艺术研究文献集》，第57页。

② 同上书，第44页。

名问题——“人该怎样生活”。艺术解答不了这个问题。有些时候，浪漫主义赋予的艺术救赎功能只是营造了宏大叙事的陷阱，虚伪性更甚于其所寄附的生活。然而在“赵延年”这个丰厚的概念里，在他自十五岁至八十七岁的悠久而持续的创作生涯里，我们看到了艺术表达的惊人一致性和随之而来的完整度，我们看到的是他始终没有背离过他之所信的真纯与质直。一致性和真实性相辅相成，人的一致性或者说连贯性，是助其形成稳定和真实品格的重要前提。在赵延年所经历过的时代，没有被潮流裹挟改变的人太少，而他依然可以秉持某种信念直达终点，以他所拥有的爱，以他强大的爱的能力，以东方式的深情厚意皈依他之所信：迎向未来，迎向光芒的狂人。“再糟糕的境地，也无法祛除对人类存在两个有效奇迹的信仰，那就是爱与未来时态的发明。这两者的结合，如果真的有那么一天的话，就是弥赛亚。”①

---

① ［美］乔治·斯坦纳：《斯坦纳回忆录：审视后的生命》，李根芳译，杭州：浙江大学出版社，2012 年，第 206 页。

记忆之场与艳史诗行

——《银幕艳史：都市文化与上海电影1896-1937》序

"早期电影"①甫一出现，那种诚挚而矫情地表现自己的状态，还是一件新鲜事。那是一个电影创作的好时机，诚挚满满，而矫情初露。自恋，还没有像百年以后的今天这样，成为一种喜闻乐见的习俗。因此那个时期的电影，挟新锐媒介的正向力量，带来一种集体感官经验的崭新表达。"早期电影"也因而被当作现代性征兆，成为学界现代性研究领域的热题。为了进一步厘清它从电影前夜到开端这段蕴含极为丰富的历史时期里的现象本

---

① 主要指1895-1917年之间的电影，还包括电影和其他媒介的互文关系，以及工业生产和市场，也可被称为发端期电影或前好莱坞电影。在《银幕艳史》一书中，张真将中国的早期电影时段放置在1896年至1937年间，即从电影传播至中国之日，直到日本侵华前夕上海默片和早期有声片黄金时代的结束为止。

质,张真认为,“我们有必要将研究重点从早期电影转移到早期电影文化,研究一系列广泛的电影体验,譬如明星现象、影迷群体、戏院建筑、时尚以及银幕上的诸种影像”。① 因此《银幕艳史》这本书,与其说是一部电影理论著作,倒不如说是在文化-社会史语境中激荡历史,以上海为场域探讨中国早期现代国民意识的记忆之场。在这个软红十丈魂销骨蚀龙藏虎卧的记忆之场里冲浪,最重要的导航工具叫作“白话现代主义”。

1994 年至 1995 年间,张真在研究中国白话运动和早期电影以及现代主义关联期间,开始在博士论文提纲中使用“白话现代”“白话经验”等词,但还未上升到理论的充分自觉。导师米莲姆·汉森(Miriam Hansen)与她时常讨论交流,在密集地接触、互相的影响和启发下,汉森于 1999 年在《大批量生产的感觉:作为白话现代主义的经典电影》(The Mass Production of the Senses: Classical Cinemaas Vernacular Modernism)一文中明确提出“白话现代主义”(Vernacular Modernism)这一概念,并成为她研究二十世纪上半叶的美国电影、苏联电影、日本电影和中国电影的理论武器,用来概括那些“既表现又传播过现代性

① 张真:《银幕艳史:都市文化与上海电影 1896-1937》,沙丹、赵晓兰、高丹译,上海:上海书店出版社,2019 年,第 9 页。

经验的各种文化实践”①，并创造性地构成了对强调形式革新和艺术自律性的正统现代主义的矫正。我们可以用“白话现代主义”去关照电影，去发现电影的文本内部（主题、形式与性别、阶级、民族的再现）和文本外部（生产和消费环境）的现代性特征。电影的感官经验和视觉的现代性交融带来米莲姆·汉森理论的突破，惠及电影之外各种文化领域的书写。作为她学生的张真，几乎同步将这一概念应用于中国早期电影的研究，放置于1937年之前的上海电影文化和城市景观之中，革命性地拓展了汉森的提法。这种革命性不是在于以中国这块拼图补足“白话现代主义”理论的全球图景，而是填补了电影这种新媒介与历史的复杂互动，填补了电影状写历史的方法论和范式，以及“电影文化的历史如何对抗并修正对现代中国历史的一些约定俗成的叙述”。②

这种革命性内化也在张真的谋篇布局和写作方式中。其一是占此书很多篇幅的对于旧上海世俗景观白话性的描写。它们囊括了茶馆、游乐场、电影院、大众读物，甚至追溯到上海特色的现代性源头，一条叫作“洋泾浜”的分隔英法租界的小河沟，也是本土民众最早开展中外

---

① ［美］米莲姆·汉森：《大批量生产的感觉：作为白话现代主义的经典电影》，刘宇清、杨静琳译，《电影艺术》2009年第5期，第127页。

② 张真：《银幕艳史：都市文化与上海电影1896–1937》，第35页。

交流的地区。张真挖掘出凝结和藏匿在这些场所中的隐秘记忆，通过阐释二十世纪早期上海都市文化中的小市民生活和电影的生产，将历史的独特时刻与断裂的记忆交汇起来。我曾在《交叉时刻的写作——评张真〈银幕艳史〉》一文中提到一个类比。这个类比来自沪语小说《繁花》，小说里写了一群年轻人在1967年深秋的上海街头漂荡，于一片萧瑟中有感而发，女孩姝华“读”（而非“唱”）起了不知哪里拣来的旧歌本里的一首老歌《苏州河边》歌词：“我们迷失了方向，迷失了方向，不知是世界遗弃了我们，还是我们把它遗忘……”我认为张真就是另一个姝华[①]，她在六十年代出生，而在她出生的时候，迎接她的是失语的父辈、残破的建筑、缄默的历史，和已成为延安东路的“洋泾浜”。但那些沉积地层里的感应力还在不息地翻滚，召唤着地表上的小儿女们领受那被“无时间的永恒刺穿的时刻”。[②] 这个交叉的时刻，融汇了过去断裂的意识和被撕裂的记忆感知。“当撕裂还能唤起足够

① 王音洁：《交叉时刻的写作——评张真〈银幕艳史：都市文化与上海电影 1896–1937〉》，《北京电影学院学报》2020年第4期，第121页。

② ［英］林德尔·戈登：《不完美的一生：T. S. 艾略特传》，许小凡译，上海：上海文艺出版社，2019年，第393页。

多的记忆时,便可提出记忆的具体化身问题。”[①]在张真的白话主义书写中,历史的集体性主体是使用/发明了这些空间的“小市民”们,正典史书里被征用和删略的他们,在她的《银幕艳史》里恣意生长,获得主人翁的地位。张真去书写电影出现之前或与之并存的种种“白话类型”,寄身于空间、行为、形象和器物里的记忆被释放出来,它们以绝对和纯粹之姿冲撞着历史书写的纪念碑。洋泾浜地图、点石斋画报、沪语方言、契约、流行曲、剧院、电影、阅读、饮食、跳舞、约会……所有这些别的时代和永恒幻觉的见证者一一到场,赋怀旧抒情以实证,给无仪轨的社会以仪式,予去神圣的空间以神圣。这些涌动的记忆宏流为“小市民”正名,反拨/修正了五四以来“救国启蒙”的文艺主导论调,为人性的完整挣得一份伸展的机会。它们是我们记忆深处能体验到的深厚情感资源,“是削平了个体主义的社会中个体的忠诚,是原则上拉平一切的社会里对事实的区别化,是倾向于只认可平等一致个体的社会里群体认可和归属的象征”。[②] 这才是张真启动“白话现代主义”这个题眼的深心,这个深心发自对成长土地的关切,发自对我们自身历史的叩问:不认识

① [法]皮埃尔·诺拉:《记忆与历史之间:场所问题》,收入[法]皮埃尔·诺拉主编《记忆之场:法国国民意识的文化社会史》,第4页。

② 同上书,第12页。

记忆赖以植根的场域的历史，是谁的历史？所以张真“力图建立电影文化和现代性、电影和其他媒介之间的对话和历史联系”[1]，还原这场由电影文化为突出表征的非官方白话运动，还原它拒绝被体制化或变成民族国家构架的过程。[2]

而以《银幕艳史》为题书写电影的现代性经验，带出张真此书的另一个革命性特点，即女性主义作为另类现代性书写的切入点。这部由宣景琳主演的影片被张真用作解牛的利刃，将主题通过女主角在银幕内外的双重“艳史”展开，同时通过对当时的电影生产与社会环境的大量指涉，串接电影文化的深度与广度。张真指出，在影片内

---

① 张真：《银幕艳史：都市文化与上海电影 1896-1937》，第60 页。

② 亦有论者（安爽：《以“白话现代主义”为方法：构建电影的另类现代性、全球白话与感知反身视域》，《北京电影学院学报》2022 年第 2 期，第 25 页）认为，“张真搜寻‘白话’现代性的目光主要对准了那些被主流叙述所排斥的商业性和大众性的文本，如武侠片、恐怖片和情节剧，却将二十世纪三十年代最具大众性的、非常丰富的左翼电影边缘化，这种对抗正统电影史缺陷的立场，反而让这本书陷入了反方向的陷阱，即对左翼电影丰富的张力、异质性和对大众感官的吸引力的遮蔽。”但在《银幕艳史》一书的导论里张真已经写明，既以“艳史”为名，就指向了隐秘的、脱离常轨的，不同于官方电影史书写的战前电影及宏大民族文化叙事的“野史”。应该说，张真并没有刻意否认左翼电影，而是将其“去神话和宏大中心话语权”，将其置于更广阔复杂的历史长镜头场景（可参考该书第七章）。

外，女人都是通过电影“重新获得了感受和表达的能力”[①]，这正体现出女性是电影这一公共领域最重要的创造者与参与者。女性之于现代性研究的重大意义，恐怕已经是普遍性共识。而在电影文化研究中，借用性别议题来拓展研究光谱自有其更深一层意味：假如早期电影带给我们一探承袭自主流／父权叙事的感知模式之前的，那电影的前夜里晦暗未明但又意蕴万千之时期的机会，那么在那个前父系时代的洞穴里，本就遍布着女巫们丰富无比的创造性活动。女性的创造力，就是洞穴里文明的刻度本身，因此女性问题是了解中国现代性的关键。“现代性的矛盾透过（电影中的）女性的形象得到演绎，并常常具体体现在这些女性的身体上。”[②]而在这些通过电影展开的性别论述之外，张真更富有张力地援引了胡适对于白话写作的身体性经验表达。胡适用中国女性缠足的痛苦经验比作自己写白话诗的经历，用裹（放）脚作为文化复兴的隐喻，即中国男性知识分子受虐性地认同于被压迫的女性，通过将自我设想为前现代的女性身份，来描述承受与西方遭遇和现代化过程中的创痛体验。张

① 张真：《银幕艳史：都市文化与上海电影 1896-1937》，第16页。

② 米莲姆·汉森：《堕落女性，冉升新星，新的视野：试论作为白话现代主义的上海电影》，包卫红译，《当代电影》2004年第1期，第48页。

真迅疾灵敏地从这段论述里发现，此时白话的实践已经不仅局限于语言属性，它早已与身体经验互置互换，与日常生活、社会现实等更为广阔的所指，以及一套灵活的符号体系，纠缠在一起了。[①] 而因为电影活动的感官性本位，作为一种感知和表达的新白话“语言”，电影体验总是顺理成章地位于“世界的血肉”当中，并且扎根于身体化的存在和物质世界之中。因此当《银幕艳史》中的女主角借演戏之机扇了现实中的渣男（剧中则为对手戏演员）一耳光时，这一携带私货的报复行为，才能称得上是“将过去和现在的体验以及对于现实的不同感受联结了起来”——潜藏在耳光之下的逻辑，与报复行为无关，而是影像与体验之间的新联系，是父权叙事之前的人权宣言，是一个典型的“‘承认’的现场”。

“如果说胡适在白话诗歌里经验主义的尝试仍然是象征性的，”张真总结书面语言与身体语言的白话关系说，“那么电影银幕上下第一代女演员自身鲜活体验的搬演和改编，则承载了浓重的历史指示性并显得尤为具体。”[②]是的，血肉在场的，更为直接有力的电影文化吸引了本来选择比较文学研究的张真。“这和生存，和表达的体验有直接关系。我在思考媒体的本体和功能、共性和

---

① 张真：《银幕艳史：都市文化与上海电影 1896–1937》，第73 页。

② 同上书，第 90 页。

差异时,其实也是在思考学术和生存的问题:我是什么人?我用什么东西表达自己,中文还是英文?"[①]于是曾经的朦胧派诗人张真,选定了中国早期电影这一条研究道路。几乎放弃了诗歌写作的诗人,在历史写作里找到另一种诗性的表达,她称之为"在学术上实验白话现代精神"。[②] 这里的"白话",并非狭义的意识形态范畴,而是有丰富的社会、政治和美学寓意。它告别了"民俗"或"民间"的陈腐定义,即一种停滞的传统,而着力在那种对多种现代性经验进行调节和搅拌,将原始、白话、通俗、高雅等风格糅合为波动的"连续统一体"(continuum)。它是一种知识体系和历史修辞,衍生自一种特殊形式的文化经验,它是米莲姆·汉森借由早期电影的特质积极努力发掘这一媒介正面价值的实践成果,而这样的成果毫无疑问有着乌托邦化的寄望。最起码,它寄望于一个能够形成共识,而不是处于各种解体之中的时代背景上;寄望于媒介能够形塑感知,能够疗愈受众;寄望于媒介的使用者能够具有对抗现代技术异化效应的能力和权利。这些寄望在汉森和张真提出白话现代主义的二十世纪九十年代也许并不算大问题,但在今天这个 AI 成为强势工具的时代,却似有死生存亡之重。我们应该怎样来看待这

① 张真:《银幕艳史:都市文化与上海电影 1896-1937》,第588 页。

② 同上书,第 591 页。

种理想化的现代性经验？当我们的个人理想似乎也在解体之际，能否让它们不至于堕落为失败的形式，能否重启白话现代主义或者白话后现代主义的风帆来为这个时代加油喊话呢？

没有答案可以提供，但我认为有一种明确的回应，当我们俯身于米莲姆·汉森和张真的书写上时，能够清晰地听到。“影片所透露出的历史视角充满趣味性和自我反思意味，并且不失为一种带着批判性的审视。影片的自省并不止于对心理层面的热衷、提供道德熏陶或是对纯形式的追求；相反，它越来越使观众意识到，电影体验作为现代感官经济的一部分，其重要的社会价值。”谈到电影《银幕艳史》时张真说。[①] 电影媒介自身具有的开放性，使它自带着反思与批判的意味，与此同时，观众的视野同样令人惊喜地开放着。影片中自揭真相（也即对影片制作片场的展示）的部分，反而增强了边远省份观众对电影的热情，因为在那个银幕的空间里，真实如期而至，电影的可见性、实体性、民主性如期而至，那是从漫长帝制时代过来的民众久违了的存在感，它的脉搏跳动得那样有力，激荡着古老国家里每一颗新鲜的心灵。每一个时代都有行将枯槁或已死亡的事物，每一个时代亦有等待开掘的边疆，而历史，是一个失去了深刻性的时代的深

① 张真：《银幕艳史：都市文化与上海电影 1896–1937》，第19页。

邃所在，是它终极的开放度和反思能力的来源，我想也是能够给予人去拥抱未来的可能性的唯一能量来源。给人带来未来的，不是对未来的憧憬，而是未来本身。[1] 在没有答案亦无和解的时代，我们能做的，也许只是尽可能不去切断自身与历史的联系，不去“吓唬社会”，而是鼓励它抱持勇气。《银幕艳史：都市文化与上海电影 1896-1937》是诗人张真用智性思辨写就的另类诗行，在这里，记忆被推到历史的中央，文学用辉煌的葬礼将诗性献祭给影像。

① ［英］雷蒙·威廉斯：《现代悲剧》，丁尔苏译，南京：译林出版社，2007 年，第 143 页。

萧耳的“恋地情结”

情意究竟要怎样去书写，才能在急遽改变的时代里始终拥有可信赖可感怀的质地？记忆又要怎样去存留，才能在一声又一声核酸声中生出一股不畏不惧，只求一汪春水逶迤而行的晤面？这三年以来，人似乎老成了很多，无法预料的各种状况对于生活和情感地貌的改造，使得我们面对寻常之事物也催生几丝别样的思虑。以致此刻浮现在我们面前的小说，也就徒添一些过去时日未有的难度：如何越过眼下内卷的喧嚣，自洽地赏一眼旧时月色？

眼前摆的正是萧耳最新的长篇《鹊桥仙》，她从自身经历出发，以故乡塘栖为原型，以自己的几位发小为底本，描绘了陈易知、何易从、戴正、靳天等几位人物三十来年的成长史。整本书的节奏是舟行时代的，以内河上行船的漂荡感为基准。从出现频率最高词“荡发荡发”就大致能感受到人在船舱中的体认。书中的人物，哪怕是步行，且走且聊间的节奏，也把自己扳成了舟行。每个人似乎都是一艘船，漂荡在内河的小船，不疾不徐，顺应时代之流转，自然而然地在自己生命的河流里荡发。书中写了无数次聚会，主要的四位发小聚在一起，无非是一起漫步。通常他们聚在小镇的中心——长桥，然后沿着运河，水南水北一路闲话荡过去。这整本书就是这样了，款步，闲扯，款步，闲扯，主人公们从童年到中年，栖镇则从繁华到寂落。为这一步一步的足音，萧耳调用了塘栖这个位居江南十大古镇榜首、自明清以来五百年的繁华旧梦，征用的象征资源之广博，实在只能应了奢遮二字（吴方言音译，大致意思是厉害，不明觉厉的厉）。但我们也看出萧耳对所及范围内的象征资源敏锐的直觉，在她从小生活的地界，在西横头枕水的老房子里，苏班（苏杭之间的轮船）夜航船的汽笛声、雨滴敲窗的密匝声、晨起马桶的洗刷声、船上人家的招呼声、老街廊道里走动的人声……声、色、食、性、风云掌故，各种事物交织震动，被萧耳自如调遣。然而却只用作谈资，只是充了她和发小无数次从轮船码头经长桥到里仁桥，短短两公里不到的足音。

这是萧耳的方式，也是她的气魄。人间万物，在她眼里一概平等俱在。工人、商贩、老人、青年、憨痴愚儿、鹅、蛇、桑叶……都是那么自然而然地打开，是谈话里的等闲物。甚至各样态的生活，读书的、不读书的、异国的、本土的、城市的、乡镇的，也只是随船的浮沉，滑进乘船人的眼内。一出戏与另一出戏之间，根本不打一声招呼，一个转场的铺垫都没有，就发生了。比如写到四个主人公之一靳天重要的一段少年情事，从栖镇的航道线开始写，回忆几个少年初中毕业前地理兴趣小组的一次出游，栖镇坐船往杭州方向的首站，武林头丝织厂。

初中的欢乐时光笔墨未净，下一笔手滑一宕，“姐姐”有个好听的名字，许湘柳。后来靳天在心里一直喊姐姐为“湘湘”。

本书最重要的一段故事，登场了。像极了普鲁斯特的斯万与奥黛特之恋的开场。已有许多评论认为《鹊桥仙》有《追忆似水年华》之风，此处不以此比较为目的多说什么。藏匿在物质性之中的逝去时光被作者唤醒，是这些小说共同的路径。但要说不同，则正在于一个舟行视角上，或者再往大里说，是散点透视的人生与定点透视的人生之区别。《鹊桥仙》通篇都是这样的处理，萧耳散漫的笔法，虽拢住了许多物象，厂区、河滩、桑田、野蜂、亲吻、云雨，但又不似普鲁斯特，会在某个物象上神经质地深入下去深入下去。深入需要定点的透视和观察，这和舟行船客的物理性视角是有悖的。萧耳的叙述方式是山水南宗的方式，这倒不是要追溯所谓的文化传统，而是想强调一点，作家或者画家创作的语言，远非理性和情感交流的货币，它与社会的地貌有重要的互惠关系。江南河网密布,少陆路,这种地貌加强了人们似舟行一般的感知尺度。一天的航行里,人的活动领域很难跨越出这个地貌赋予的“身体政治”,就像诗人潘维在《鼎甲桥乡》中写的“白天是水,夜晚也是水”,流动的水道带来移动的视野,带来情意的恣意流畅和相隔无碍的乡党之谊。情总是不知为何而起,却又总有个去处,不粘着,不滞碍,就这样流经古镇的子民。年轻的,年老的,都不会阻塞于权力和等级。别离似乎也是水流遇石,峰回路转的漂荡,不惨烈,不带有致命的伤痕。船客常看岸上的热闹,看见了,但是不近身,哪怕动容,也是有距离的。船遇船则招呼、避让,你过我亦过,这样的立足点,保证了整部小说叙事的自洽。因此等到二十四年后,不告而别的湘湘重遇靳天,两位中年人重燃旧情的第一次私会,竟然毫无挂碍,对接前缘,回到情窦初开的人隔着二十四年的光阴,情意不增不减,都在对方需要的分寸上。纳兰词写“等闲变却故人心,却道故心人易变”,而在萧耳笔下,是他接得住她的念想,她兜得住他的怨伤。假若不是这流水一样的生命体感,作为一个刻薄见长的评论员,一定要揪住这个过于理想化的场景批驳一番。但我竟然完全放弃了,接受了这不可思议的中年“廊桥遗梦”设定,这里是栖镇,这是河上的爱情,陆客无权点评。

要做到与地貌这般的互通款曲,有一个特别重要的中介物是方言。《鹊桥仙》非常鲜明的一个特征是方言入书。虽说方言小说也不算新鲜，远的有《海上花》近的有《繁花》，但究竟怎么用，能使方言既作为风格的标识系统，又不影响普遍读者的接受度，确实很费思量。《繁花》作为当代方言小说的大获成功，毕竟借助了沪语和沪文化这样相对强势的力量，而塘栖，这个小小的运河古镇的能量，是否能够加持萧耳的叙事呢？专治音韵训诂的郁镇宏老师对《鹊桥仙》做了一个有趣的批注，说小说的方言应用频率是恰到好处。他将之与楚辞《离骚》做对比，《离骚》一共三版七十三句，九句出现楚国语言，出现的频率是百分之二点四，而《鹊桥仙》中的方言使用率也是百分之二点四到百分之三左右。使用的频率刚好，使之不会成为理解和传播的障碍，又成为小说独特的文体风格。在《鹊桥仙》的中部，“少年游·杀狗”这一章，萧耳方言白描了整个栖镇的风俗画，两三代的栖镇人悉数出场。从河埠头淘米，写到廊檐下打老婆，黄梅天钓癞蛤蟆，毒鬼范小姐，张家四千金……但光让我们看到市井江湖是不够的，她更让我们看到了城邦生活的协商：每一个小民都有该活在那地界里的理由，他们与环境是互相协商着生存下来的。尤其是栖镇这样应水运而兴盛的码头，定居的是各路来人，有家底的苏州人，养鱼的绍兴人，做杂役的江北人……萧耳说“不论男女，都有工作要做”——都协商来一个栖身和居住的权利，介入和居有的权利。这是城邦相当良好的状态，就算是最底层的民众，他在昏黄灯光下喝的“枪毙老酒”（镇上最便宜的散装白酒，酒性烈，俗称枪毙烧）也是被他的欲望腌透的物件，再扔回到小镇的空间里，扔回到作家的笔下，构成小镇生活不可磨灭的一笔。这样的写法意味着语言必须直接而具体，作者写在自己的经验里，每一笔都知道自己在说什么，每一个说出的名字，都冒着热气，跳动着，就像小镇上的子民，知道衣服找谁做，布料从哪里来，老酒是哪里酿，鳝鱼从哪里抓，哪一座庙管哪一桩事。一个外人可以掌握一门语言，像我们学会任何一件新技能一样。但能学会骑马，学不会游牧骑手不言而喻的下意识动作，这些下意识就包孕在方言里。譬如在湘湘与靳天第一次单独相处时，两人一路说着话，一大段对话后萧耳写“过了一歇，湘湘问……”一个歇字，就把初相遇的少男少女那种矜持姿态和满腹心事，唤了出来。

乔治·斯坦纳在评点卡夫卡的小说时曾这样提及，“语言整合了远古情感的反射和扭曲，整合了超越个体回忆的行为记忆，整合了集体经历的轮廓，如同天地一样微妙精确。在这片天地中，一种文明得以成熟”。

世网婴身，这婴身感多半来自语言。在一声又一声的乡音里，他们确信他们的来处、他们的去路，他们的交流方式不是二手的、抽象的。生动直接的语言保证了个体与周遭事物的自然联系，保证了萧耳将这方圆三十公里（从塘栖长桥到杭州武林运河码头，恰好三十公里）的人类生活纳入诗性的话语。这也很好地呼应了德里克·沃尔科特的话“一个诚实的诗人,方圆三十英里就是他写作的界限”(虽然三十英里还要略大于三十公里),这正是沃尔科特和萧耳的“恋地情结”(topophilia)。

“恋地情结”这个概念最早由法国哲学家加斯东·巴什拉于1957年提出,后来由段义孚在《恋地情结:对环境感知、态度与价值观的研究》里做了系统性发展。段义孚在书中对此概念下了定义:“‘恋地情结’是人与地方(place)之间的情感纽带”;是“人类对地方的爱”。

与以往的地理学研究相比,它更是指人与环境之间一种爱与依恋的情感关系,研究者只能从人施加于外在环境可观察的过程,和可被度量的回应里去认知这种关系,这样“恋地情结”就成了研究人与环境之间爱与依恋关系的有效概念。因此段义孚作为一个地理学家,他的研究却像小说家似的,将目光缩聚在儿童、树木、草地、房屋、街道这些具体而微的事物上,也在性别、年龄、五感这些习以为常的个体属性上做文章。“恋地情结”的核心是“理想”,因为存在理想,才产生出欲与环境建立联系的冲动,所以“人类追求理想环境的脚步从没有停止过”。在过去,段义孚认为,城市来自仪式的需要,人们聚集起来,把城市或者说城邦打造成仪式活动的中心,用宇宙的永恒和秩序对抗自身的脆弱性。城市出现的目的,不在于工具层面,而是符号和象征层面地“解决”人的生老病死和大地的混乱。换言之，通过构造理想城邦，人类方能可视化地去理解从生到死的人生旅途，理解环境里的缺陷，象征性的主体精神，准确标示出了萧耳笔下理想镇邦的活态样貌。对这个昔日商贸大码头“生活方式”的描述，意味着对“生活世界”(life-world)的研究。在生活世界里“理想”才得以脱胎而出，它围绕和烘托住了“理想”。那么一个早已祛魅的世界里，普通人的生存意义该如何重建呢？形而上学又该如何重建呢？萧耳试图在生活世界的地理里去挖掘出意义的土壤，如果没有这样的写作，那些声音、气味、乡愁，又怎可能光凭官修的地方志或者影像去复活呢？当城市失去了宇宙的观照与关怀，失去一层形而上的认知能力，失去一整套象征符号辨识系统，普通人身处其中，是不是只能在无根与区隔的状态下去寻求伪地方感、伪乡愁了呢？萧耳给了我们一个理想的不以礼法秩序而以栖居权利为尺度建立的镇邦，她竖起恋地主义的经幡用力召唤，她为现实注下的一道“长长斯远”的投影。接下来的一部《天仙配》，萧耳说将会探讨镇邦的“失序”，这令我非常期待了。

行笔至此，似乎该有所转折，该抛出应有的批评意见。其实在此前我已给出了些许非议，比如人物的完美设定。几位男生完美到明知他的行为不合道德，却又觉得合乎情意。而每一位栖镇的美人，又总是该动情处绝不吝啬，该收手时洒脱大度。这教我们这些同为中年人的俗物情何以堪！我们不是明明被工作、家庭、KPI考核拨弄得死去活来吗？不是在内卷的社会环境里停歇不下吗？我们还承受着中年危机、更年期抑郁，为什么这群栖镇儿女他们似乎是大观园的子民，还在如此真挚地爱着要好着呢？我的问题其实已经无关写作的技巧，而是在拷问作者的思想意识。这又回到我开篇所提的疑虑，这个时代，我们如何自洽？我们的自洽在多大程度上是一种自我欺哄？身处一个沉郁的时代，我无力拷问萧耳，更无力拷问自己，正如陈嘉映老师曾在访谈里说"过度反思有伤生机"。我宁愿相信那是萧耳写给我们这些经历了最蓬勃发展时期的一代人的情书，是给予自己的一种生机，从我们过往的好光景里，炼丹一样，炼出一味"生命谎言"(life lie)。这是易卜生写在戏剧《野鸭》里的话，如果我们从普通人身上拿走了他的"生命谎言"，那么我们就拿走了他的幸福。

至于我，我读了数遍小说里陈易知写给何易从那封未寄出的信。1985年，念高二的陈易知写"我在哪儿读到过一句话：与无穷的远方，无数的人们在一起。我很喜欢"。2022年的我也很喜欢，很喜欢在这封信的陪伴下，满心欢喜，好像在自己家门口，遭逢十六岁的自己到来，重新爱上这个曾经是"我"的陌生人，把心还给爱了我一生，却不时被我忽视的她。再安静坐下来，享用一下人生中难得的细腻情思，虽然惆怅，也是明亮的，准备着，用无尽的力气去爱和愁。这一份浅淡的少年情怀，与时代无关，只留给我心底最深的惦记，无论江南江北，四海八荒。

爱与真的美杜莎之旅

——评陈建华《爱与真的启示：张爱玲的晚期风格》

陈建华在《爱与真的启示：张爱玲的晚期风格》一书里，以《小团圆》为重点，细细梳理了张爱玲的晚期写作。这个晚期，他界定的是张 1972 年移居洛杉矶到去世为止，从五十二到七十六岁的二十多年间。为何不讲“后期”却说“晚期”呢？作者说，“受到萨义德论文的启发，在于凸显张爱玲与世界文学的一个精神链接，即指出其《对照记》与意大利小说家兰佩·杜萨的《豹》异曲同工，在揭露没落阶级的衰败与幻灭方面均具‘最后的贵族’的自传性质”。然而他意犹未尽添加一句，“这在稍后（注：指晚于《对照记》）出土的《小团圆》中表现得极为震撼与深刻，恐怕不只是‘日益增强的疏离、流放与反历史的感受’”。这一点不只是——不只在哪里呢？

整一本书正是对这一点“不只是”的娓娓道来。萨义德的遗文《思考晚期风格》，纵论莎士比亚、贝多芬、瓦格纳、易卜生等文艺巨匠的晚年与创作，尤其是对意大利小说家兰佩·杜萨及其小说世界的勾画，唤醒了陈建华重新审视张爱玲几乎被定论为创作力枯萎的不堪晚境。既以“爱与真”为名，对这两个最普遍又宏大难言的词的论证，就构成了此书最核心的任务。洋洋洒洒的为文，都是奔赴此二字而去。而这一场奔赴，又被陈建华放置在萨义德强调的“不合时宜与反常”的晚期风格舞台上恣意演出。

这出戏的第一幕，是陈建华对张爱玲与时间抵牾的晚作《小团圆》的阐释和理解。这是一部搁置了二十年，一面世就是王炸的小说：不是因为获得赞誉，而是因为自揭家丑，它改变了张爱玲长期的形象，改变了张学的游戏规则，使整个张学产业为之挪移换位。此前已经定型的种种盛名之下的印象、标签，因为这本自传小说都给打翻了。人们纷纷重新找词，为自己找一个立脚地。陈建华说：“《小团圆》颠覆了闺秀类型，即她长期打造的自我镜像，那种维多利亚淑女式的、上海小资心目中的偶像，被她自己打破了。她对整个家族做了清算。”就这一点而言，它的冲击比兰佩·杜萨写的旧贵族哀歌还要猛烈。因为这涉及写作伦理的问题，一位女性，旧家族的女儿，对亲人和生活做了如此不堪的描写，这是一种十足的僭越了。但陈建华独具创见将张爱玲的书写行为标举出来，他说：“张爱玲的《小团圆》就挣脱中国女性身上的束缚，尤其就违背女作家的写作伦理来说，是反传统的，其彻底程度与鲁迅的《狂人日记》可说是中国现代文学的双璧。我这说的‘反传统’是指文学现代性的象征意义，而且与《狂人日记》的国族想象不同，《小团圆》出自个人的反思立场，这涉及张爱玲对于自己写作超乎‘五四’与通俗的定位问题。”这种带着僭越感的冒犯的写作，一举将写作带离纯然艺术创作的论说范畴，斜插进J. L.奥斯汀所言的语言的述行性（performative）行为里——语言和言说具有的行动力——这是一种没有先在的任何主体，不存在摹本的模仿行为，全赖在行动中形成意义或概念。萨特在《什么是文学》里也提到，纯文体学家认为“语言是一阵清风飘过事物的表面，轻轻触拂事物但不改变它们”。他们错误地认为言说者就是个工具人，殊不知，言说就是行动：任何东西一旦被叫出名字，它就不再是原来的东西，它失去了无邪的性质。而作为一个女性写作者的张爱玲，一位有很强主体性的“女”性，她颠覆性的旧家族自传体小说，无形中既超越了兰佩·杜萨书写旧秩序消逝的深意，又把狂人的“反传统”国族神话在个人性意义上大大推进了一步——那是女人作为个体在行动，以自己的言说，以僭越的方式。她晚期不合时宜的书写，使得中国文学史里关于她的说法都随之一变，至此作家将定义的权力部分地收回，再不能玉成教条化的编撰。

第二幕是爱。肯定了的张爱玲晚期风格后，陈建华对不依不饶要赢回女性主体话语权的张爱玲，施以的舞台调度是关于她晚期书写中的“爱”。他为展现张爱玲后期那种可读性衰减后的风格，拟定了一个极富创见的基调——金石风格。陈建华写道：

> 翻开《小团圆》，小说大部分为“二战”所笼罩，日军炸弹纷于沪港双城，之雍潜逃前夜九莉的动刀之念，她梦见父亲带她兜风像阎瑞生谋杀案，汝狄手持劈杀打胎医生的柴斧。身处刀光飞舞、金钱主宰的乱世，众生受日常欲望的迫胁于煎熬。因此整部小说要表达“爱情的百转千回”，其基调是刚性的，讲求一种力度的美学，弥散着《罗生门》般罪恶与证词、道德与生存的焦虑。而女主人公经历五味杂陈的爱情之旅，在挣扎与幻灭中走向现代的自我救赎，动辄“针扎”“震动”的心理感受与“胸部”“乳房”“曲线”的女体描写，处处可听到发自女性的铮然的金石之声，情欲的高光修辞带来美学上的重口味转型。

这一段描述的绝妙，不仅仅来自陈建华对于张爱玲写作的敏锐体察，还来自令我们窥到一位男性读者遭遇女性本位主义写作后的直觉观感，鲜活、生动、真实。幸亏这位男读者堪与张爱玲媲美的出色修辞能力，使我们充分感知到两个性别体系框架下不同身体感带来的相异审美思维，以及那种互为异质边界的感觉带来的映照，和映照交叠里的理解。张爱玲自己也在随笔中提到过金石声，她是这样解释的："无穷尽的因果网，一团乱麻，但是牵一发而动全身，可以隐隐听见许多弦外之音齐鸣，觉得里面有深度阔度，觉得实在，我想这就是西谚所谓 the ring of the truth——'事实的金石声'。"有深而广阔的质地，有对于复杂况味的容纳，这是张爱玲认为的"金石声"风格，她自然也是这样来要求自己的。陈建华在这一小节，从七个方面列举了张爱玲《小团圆》造就的金石风格。这七个方面来自时空感，来自穿插藏闪的手法，来自对话的写作形式，来自一如既往但已极大降音阶的语言风格，来自媒介夹杂的引用（大量电影文本），更来自对她自己、她母亲等人物大胆直接的隐私性爱描写造成的震惊。考虑到当时出版（1976 年）会带来的社会反响，此书最终于 2009 年才正式出版。华人中很少有人这样不避讳尊长直写记忆之书的，何况是女华人。父亲母亲，都在她审视眼光下过了堂，伴侣亦然，自己更甚。论者将她比作曹七巧，戴着枷锁劈伤人，认为她是长不大的"女童"。其实文学史上男性袒露自己的描写不胜枚举，比如著名的卢梭，更别提萨德，中国现代也有郁达夫等。电影史上也一样，陈建华就提到伯格曼，近些年还有帕索里尼、拉斯·冯·提尔等。男性主导下的创作早已拥有写一切的特权，而换作女性，则还是会有"有碍观瞻"的弹幕飘过。这其实反衬出女性创作还是不足，无法打破很多题材的男性垄断，还缺乏足够体量的作品彰显对生活别样的编织法。虽然稀少，但张爱玲并不是孤身上路，这样枯笔直放的写法，有同时代西方姐妹遥相呼应。比张爱玲长六岁的杜拉斯也在晚年写《中国北方的情人》，那是在她东方的情人去世消息传来后，她将《情人》做了重新改写。比起之前的，改写版辞色收敛了很多，作家语气平静下来，但同时也大胆了很多：她写下了自己与小哥哥乱伦的情节，也写出了与前作很不同的颠覆了种族中心主义的东方情人形象。她与张爱玲身处不同社会环境中，各有各的隐讳心事，但这些都在晚期风格中绽出和释放了。对于杜拉斯来说，她承认了在《情人》里都没有那么明确的爱意，她让她的中国情人形象更正面和强健了，她也和盘托出自己与小哥哥或许只是虚构的乱伦情欲。这个情人的故事，杜拉斯写了三次，最后一次，她对那个情欲世界展现得最全面也最平静，并且她们俩也都很擅长用文字做跨媒介的处理。杜拉斯与张爱玲属于霍布斯鲍姆所言的“长二十世纪”人，经历帝制结束、战争、民族国家崛起、政治运动、冷战、资本主义兴盛、全球化、饥饿、亲人死亡、结婚、离婚……看上去她们都只在写自身的故事，但在这样一个漫长动荡的二十世纪里，那爱情故事就有了千回百转的不同面向。那个爱字里面的内容，绝不尽然是欢爱。

在这一点上，陈建华的理解相当准确。他认为《小团圆》虽说写爱情故事，但其实男人不重要，主角是张爱玲和她的母亲。它像是《豹》里面西西里末代萨利纳亲王死后的故事，假如贵胄旧家的传奇由亲王女儿续写的话，大概就会是《小团圆》了吧。在那里面我们将读到被亲王嫌弃过于虔诚并且无能的王妃的故事，和女儿失去父荫后命运露出全部锋利爪牙后的样貌。《小团圆》里对她自己和母亲性事的“暴露”，这种方式被学者誉为女性主义的解构策略，以性的污秽彻底破坏观者（主要是男性）的色情快感想象，从而反转女性的从属地位。这是学者的分析，实质上作家创作的时候，大概只是想直言以告，而坦诚的结果，往往就是这种反转的女性主义效果。因为艺术的创作就是让事物自然去涌现，而涌现本身就是带着差异的涌现，差异则是事物的本原。人这样来涌现为人，物这样来涌现为物，他们一起，带着情感，更带着过程，构成具有神性的自然。法国哲学家、剧作家巴迪欧曾提到，戏剧天生带着一种自发的“女性主义”，它为呈现差异而存在——仅凭这一点就可以解释为什么在女性处于政治上无声无息、社会上受诸多限制、哲学思想上尚未开化的古希腊，戏剧中却能呈现出如此强大饱满的女性形象，比如安提戈涅。这道理放在文学世界也一样成立，文学也一样呈现了众多难忘的女性形象，哪怕在统统由男性作家统辖的时代。要紧的是提供对差异的体察，让事物涌现出来。张爱玲一径回到旧事，回到家族故事中，是游子

的退缩，是寻找归属感，还是一种有效的启动差异的手段？似乎都是。陈建华认为写作的后面是永恒之爱使然。他说，

> 张爱玲的晚期书写，是一种文化上的选择，含有一种对贵胄身份与文化传统的认同。因为张爱玲说对祖父母的婚姻神往不已，她写“我爱他们”，爱情幻灭，但留存下“我爱他们”，那是一个永恒之爱的文学手势，带着审美、伦理与历史的维度。

现在开始第三幕，何为真。不妨接着差异的话题来谈，女性主义，就它是我们观察周遭差异的有效视角这一点来说，是超越固化的“性别”概念的。但因为在当下社会，带来最大差异观，促使人观照反思被自然化为种种内在机制的创作，多半由女性带来，而在作为主流文化的父权文化里，差异的直接表征是作用于“性别”，所以女性与性别话题极难分开去审视，或者不妨说，鼓励所有的女性都索性先认了它，再穿越它，才能取来自我的真经。无论性别至上还是至下，我们带着呈现“差异”的视阈去创作，就是在求真的路途上，哪怕他／她并未首先将性别置于视野，但他们的创作依然有熠熠生辉的真实质地。在我看来，陈建华的书，突出的不是张爱玲之女性主义，而是“个人主义”。张爱玲自己也从未提到她的“女性主义”，

虽然早在1944年她就出版随笔集《流言》，其中一篇《自己的文章》提到“妇人性”：

> 强调人生飞扬的一面，多少有点超人的气质。超人是生在一个时代里的。而人生安稳的一面则有着永恒的意味，虽然这种安稳常是不安全的，而且每隔多少时候就要破坏一次，但仍然是永恒的。它存在于一切时代。它是人的神性，也可以说是妇人性。

与其说这是她的女性主义宣言，不如说这是她女性本位主义使然的流露。人性与妇人性是相偕而来的，要反对的不是具体的男性，而是要与五四以来的“进步”“革命”等宏大叙事绝缘。陈建华提到，虽然到1963年，当张爱玲开始写《少帅》时，冯晞乾已指出女权运动开始席卷美国。整个六十年代末张爱玲就在战后美国激进文化老巢加州大学伯克利分校，她这样敏感的人，很难不感应到那种时代气氛。但是令这些新思潮加剧反应的，还是她的“个人主义”与“性别意识”。关于这份“个人主义”，陈建华再三提到张爱玲的privacy cult宗旨，“我小时候受母亲与姑姑的privacy cult影响，对熟人毫无好奇心，无论听见什么也从来不觉得奇怪，‘总有他（或她）的理由’”。陈说这种独善其身的古训，蕴含着保护个人隐私的现代意识。这是隐私意识，更是确保了现代社会极其重要的“边界感”意识。战后民主环境下，这种人与人的边界意识，更是成为一种现代生活的伦理常识，而张爱玲早在二十世纪的上半叶，就奉行着这个信条处理社会关系，保存她创作的能力。相比同时代的国人，她是非常幸运的，也善用了这份幸运。这种个人主义，还不仅仅是现代生活语义下的“个人主义”，在我上面提及的那段创作自白中，张爱玲把神性寄寓于人性，进而妇人性，正是斯宾诺莎意义上的“单义性”(univocity)——在对神言说时，若承认其性质与人类性质有别，这就是多义性(equivocity)；反之，如果我们把神的“善”与人的“善”两个“善”的概念视为一物，就意味着神同其受造物的性质在本质上没有差别，此为单义性。在现世和现实以外，不去渴慕所谓的超验与主义，而是认定神在世间自然中。正是有这样的信念感，才抵得住成名后各种抛出的橄榄枝，没有去依傍现存的种种概念、标签，也没有被现成的大词、名目收编。哪怕是在离散于外的路途上，最需要外在之物支持时，她也能够独善其身，与外界保持适度的距离。陈建华为此独辟蹊径，单开一篇专写晚年张氏与印刷传媒的关系，“即她如何在文本生产于媒体传播这两方面作了近乎严酷的区别对待，正体现了她对于文学自主的追求与实践”。创作自主的后面是坚实的主体，女主体的存在。

再回到性与性别的话题。有一个重要的渊源是，张爱玲一直是很排斥也反对五四文学的“进步”传统(但推崇五四期间不问得失、一心探索的热忱)，她的文学起步就在鸳鸯蝴蝶派杂志《紫罗兰》上。关于她属于五四文学阵营还是鸳蝴文学传统，一直争论不休。以张爱玲的脾性，她是不会理会的。不过她的文学世界相当空漠苍老，来自一整个业已消逝的时代。唐文标将之命名为“死世界”，他写道：“这世界的内涵荒凉，充满了黑幕的烟灰，以及人物的灰色，到一个死的世界。……它先天地拒绝了历史时间，逃离了地理环境，限制了人物发展，甚至到了不是一个正常中国人的世界。”她面对那个毫无希望可言注定消失的世界记录着，追着仅剩的残光。这个世界里现代文明的曙光照不进来，陈建华认为张爱玲是在“革命”和“斗争”的主流之外，画出一块独立的地盘、一个自称一统的时间盒，与“同一、空洞”的历史时间相抗衡。那个世界来自张爱玲最推崇的认为真正能代表中国文学的《海上花》《红楼梦》，那个世界里人缺乏性别意识，爱也不分性别之限，伦常讲在阶层里，人性皆因不彻底而真。张爱玲的性与情之描写，也带有这样一种重在还原而非附会地写，在最私欲的空间里，还原出人不同的质地。这或许可以解释她在《小团圆》里为何那样写蕊秋、父亲、姑姑等。我们在她后期小说篇章里看到大量以往回避的情色描写。尤其是《少帅》和《小团圆》，有很多相似的段落，比如将做爱时的男人写成兽，比如性爱中女人的痛感(疼痛总是多于享受)。更有意思的是，她在《少帅》和

《小团圆》里写到一处场景：

> 他拉着她的手往沙发走去。仿佛是长程，两人的胳臂拉成一直线，让她落后了几步。她发现自己走在一列裹着头的女性队伍里。他妻子以及别的人？但是她们对于她没有身份。她加入那行列里，好像她们就是人类。

男人在求欢，而女人却看到自己像使女一样，蒙着头走在共同的队列里。这样的场景也出现在玛格丽特·阿特伍德的《使女的故事》里。女性沦为生殖机器的社会里，她们就只是兜头包脸不需要自己面目的移动的子宫。陈建华说，冯晞乾在《〈少帅〉考辨》一文里也提到，荣格(Carl Jung)主编的《人及其象征》(*Man and His Symbols*)在1964年尾由Aldus Books出版，书里收入韩德生(Joseph L. Henderson)的一篇文章，提到一个病例：某女子受过高等教育，婚后跟丈夫性生活不谐，有次做梦，看见自己置身一列像她那样的年轻女人队伍当中，走在最前的那个被断头台砍下头颅，后一个便挨次上前，如是者前仆后继，她居然安心地继续排队，似乎愿意承受同样的命运。他说这些中外相似的意象，来自同一个集体无意识的底层。而通过《少帅》里的周四小姐，张爱玲试图总结所有女人的命运：不管什么时代，女人只要能跻身那支由盘古初开以来一直为繁殖而舍身的行列，就会感到现世安稳；然而安全感的代价可能是要赔上个人灵魂，融入一个无名无姓的集体位格中。由此不难理解，《小团圆》里为何毫不避讳，提到九莉可能怀孕就扯上了蕊秋的多次打胎。母亲的堕胎，她自己的堕胎，在身体的共同劳苦中，女人归位于同类，承担起共同的命运：结婚、生育，仿佛充满飞扬的生命力，但也作为欲望对象而存在，把一生都贡献出来，延续了物种，令世世代代的人可以生了又死，死了又生。她和母亲是这条道路上的逆行者，毫无疑问的个人主义者，她们从无相夫教子的念头，只追随自己的自由而去。陈建华说，"母女俩同是'春闺梦里人'，犹如两代娜拉的重像叠影，在二十世纪花果离散之途中，颠沛流离，无以为家"。但这是属于我们这些张迷的感伤，在张爱玲这里没有这些有的没的。作为一个坚定的个人主义者，她在《色·戒》里更是撕破了父权文化里最大的PUA法宝"真爱"，将一个深深捆缚在各种宏大名目里的女性如何毁灭自己的过程，一步一步，解构给我们看。王佳芝被热血同学召唤，步入诱捕汉奸的战(情)场，最终又因为动了真情放过汉奸而连带同伴们一起被汉奸所杀。在她命运的转捩处，在易先生带她买钻戒的柜台上，张爱玲给了一句关键的话，显露她的深思。她写，王佳芝思忖道："这个人是真爱我的，她突然想，心下轰然一声，若有所失。"这之后就放了汉奸。

这句话常被当作王佳芝“恋爱脑”之明证，叫我们放心合上故事。老练又仁厚的侦探陈建华说其实不尽如此，他说“这个人是真爱我的”也是《小团圆》里九莉对之雍的心里话，一字不差移在此处。他于是重视起来，认为张爱玲不是为了否定真爱，而是要让我们看到女人对于爱的不计较的付出，这是神性，也即“妇人性”。“真爱”教从不搞性别歧视，但不知为何，信徒的确女人多。经由陈建华的提醒，我亦对这句话打量再三。这一看不打紧，出于女性本位主义的本能，我更想将论断推进一步。

在那样紧张的当儿，一位业余女间谍还能心里生出一句“这个人是真爱我的”，而非“他是真爱我的”，似乎说明在她的眼里，依然有个与“真爱”分离的客体对象，她关注的，是“真爱”本身，而不是谁在爱她，怎样地爱。“真爱”是绝对的权威，她一路以寻它为己任，一俟相认就算完成了使命。这就要了命了！王佳芝的脑子短了路，她没能想下去的话理应还有“他是真爱我的，不表示他不会杀我来自保；他杀我，也不表示他不爱我；他杀我，也好过同学们利用我……”这是个“真爱”教徒殉教现场，而这个教和“母爱”教一样，拥有绝对的权威，又浸润在生活的各处，兜头浇过来，教女性乖乖蒙了头脸，走在使女的行列，以为这样才叫“人类”。如果张爱玲活在当下，会不会改写《色·戒》结尾如下：“她拿着鸽子蛋，心想‘这个人是真爱我的’。她淡定地执行完任务，看着易先生在眼皮底下被刺客杀掉，从容离场。他就此永远属于她了，他是她的伥，她是他的虎……”“真爱，”在总结张爱玲的《对照记——看老照相簿》后，陈建华正色说道，“它并非虚幻的‘乌托邦’，最终关乎女性的自尊自主与自我完善。”无论如何，首先要有一个最该被善待的自己——我想这才是《色·戒》之诫吧。

爱与真，这是世人最爱标举的字词。爱里有悲悯，而真实，亚里士多德在他关于伦理的论述里曾提到，还应关乎一个重要的概念“一致性”（consistency）。一致性和真实是相辅相成的，一个人的一致性或者说连贯性，是帮助形成一个稳定和真实的品格非常重要的前提。高喊“真”是无效的，要放在时间的尺度“一致性”里去看。晚期直接写性并不算什么，她本身没有打算出版；解构真爱也不算什么，她本身孑然一人，零零种种反而还能成为她助兴单身生活的情调用品。但迄今为止，并没有一个人这样看待她晚期的创作，哪怕被《小团圆》搞到脱粉的张迷。我想很大一个原因在于，她从旧贵族的家庭出生，到成名海上，到离散海外，安寂死去的历程里，始终就是那个做自己想做的事，秉持灵敏的艺术直觉，没有背叛过自己审美价值的人。她是真正做到了，在自己的身上，克服那个时代。现代中国里，没有被时代改写的人实在太少了。就凭这一点，张爱玲就可以遥遥领先于各位同行，为历史留下“二十世纪的中国人”这么遒劲的一笔。而陈建华，则用一本书的容量,非常耐心地,向我们展现张爱玲最重要的这一处品性。

戏近尾声,如果你问我最爱她的晚期作品是哪一部?答案并非是《小团圆》,而是没有写完的《少帅》。这是难得一见的张氏宏大叙事作品,我们很少看到中国当代重要的事件这样呈现在小说里。但张爱玲宏大,这难道不矛盾吗?写《少帅》的同一时期,1965 年,张爱玲为《世界作家简介·一九五〇至一九七〇》写过一篇英文自白,她谈到她最关注的是旧帝制中国崩溃后、新共和中国建立前的短短几十年里的情况,荒废、狂闹、混乱,充满了“焦灼不安的个人主义”,然而中国未来任何变化,都可能萌芽于这段时期。小说没有写完,在上世纪初少帅和赵四小姐的爱情生活里,传统的幽灵徘徊不散。但正像她开篇写道,少帅府里看热闹的小姐们“她们是最早的不缠足的一代,尽管穿着缎鞋,新式的‘大脚’还是令她们看起来粗野嘈闹”。由大脚踩出来的新生活,正稳步而来。女孩子们不被裹缚的脚踏出的足音,第一次,因为张爱玲,响彻在中国的历史上,要知道它已经消失三百余年了!这就是“张氏宏大”,重点永远是人,陈建华说,那是“始终以自我与女性为中心”的历史感写作。

本书的结尾,陈建华提到张爱玲的遗作《一九八八至——?》,是一篇与她早期和晚年发表的散文都不同的文章,一种小说化散文的实验性作品。即使在临终前一两个月，在给友人的一封长信里，张爱玲依旧毫无暮气地在纵论克林顿外交与世界局势，她这一生自创作始，与创造性的生活须臾未曾分。《爱与真的启示：张爱玲的晚期风格》这一本书重新定义了张爱玲的晚期，重新擦亮“爱”与“真”的旗帜，在它们的带领下，伴随着对于文明也对于我们自己的怀疑与质询，为坚持自我的真实，不惜逆风千里。就像令人畏惧的美杜莎，其实却有着在创伤里重生的力量。张爱玲看似逆行的创造力里，是对现实最大的关切，是给予我们这些后人、给予未来的一腔寄望。正如萨特所言，“我在说话时，正因为我计划改变某一情境我才揭露这一情境；我向自己，也向其他人为了改变这一情境而揭露它；我触及它的核心；我刺穿它，我把它固定在众目睽睽之下；现在它归我摆布了，我每多说一个字，我就更进一步介入这个世界，同时我也进一步从这个世界冒出来，因为我在超越它，趋向未来”。

爱抚、放生与永不褪色的物哀之歌

——记席丹妮个展《永不褪色》

"伟大的女演员比男演员更为稀缺。因为女性表演这件事本身就是在男性社会的中介下安排达成。她首先必须成为享有演员权利的'男'性之一,因此要带着这样一层使命不断夺回自己在舞台上的合法性。男演员,男性,是普遍性本身,他们总能在模棱两可的边缘保持稳定,在普遍性的极限处找到立足点。女演员则处于无界限之处,在虚空的边缘发挥作用。许多女演员试图用简单的模仿来回应这个危境,她们用刻意的、屈从的、泪流满面的表演来交卷。也正因为如此,一个伟大的女演员产生的迷人效应就至为珍贵,因为那会比男演员更接近人性,更是人类行走在虚空边缘尚能稳固立足的地方。"

面对席丹妮的绘画时,这段极度迷人且困扰我多年的言论就浮现出来。这是阿兰·巴迪欧在《剧场狂想曲》

一书里提到的，他用以比较了男演员和女演员的不同。[1]虽然是在谈戏剧表演，但假如我们把演员替换成画家，相信人们也会会心一笑，不觉得不妥。这段话的核心要点在于，如何不以(克服)摹仿的摹仿入手创作。假定我们认同柏拉图那成定式的艺术摹仿论，那么艺术首先是对理念的摹仿，而女艺术家，首先是对“艺术家”的摹仿，这是巴迪欧发声的背景，即女性创作时，已颇为之不易，是处于“摹仿的摹仿的摹仿”。希望这个绕口令没有使读者晕眩。如果觉得可以接受我的前设，那么接下来允许我借由席丹妮的创作，探讨这条女性艺术家克服/超越摹仿之路(指出女性非为其他，只为明示处境之多重，助力读者的体认)。

2023 年 11 月 28 日至 2024 年 1 月 3 日，席丹妮个展《永不褪色》在北京三远画廊展出。这次个展展出了席丹妮二十八幅以油画棒为材料创作的绘画，它们大多是对物的描绘，这些物来自北京这个城市的废弃品，在她的工作室周围，北京这个城市的外围的外围，来自在那个边缘的地区居住的边缘的人们，被他们弃置的物品。策展人林明杰说：“这些边缘地区，跟那些工人一样，也是临时的。因为需要新的土地，旧的社区被一个不断扩张的饥饿城市吞没。工作来了又去，就像他们生存所需要的日

---

① Alain Badiou, *Rhapsody for the Theater*, Verso press, p. 59.

常物品一样，都是廉价获得的，或者是捡来的、使用过的，然后这些物品随着迁移的继续而被丢弃。席丹妮在这些不断变动的环境中生活和工作，她的日常活动带她穿过这些临时社区，在那里她漫步于活跃的市场、人群和废墟之间。它们是生活中的物品和人性的奇妙宝库。"林明杰点出了席丹妮绘画的核心内涵，那些被物召唤出场的人，那些肉体温热的痕迹。

这一由物召唤到场的人，这是一个强劲丰厚的传统，从梵高的鞋、塞尚的苹果开始，一路裹带着画家们汇流在这个及物及人的存在（海德格尔意味的 being）之海里。也搅动无数哲思，令他们为自己的理论找到恰切的入口。我们熟悉的最为有名的有夏皮罗、梅洛·庞蒂、D. H 劳伦斯对塞尚苹果的阐释，有海德格尔对梵高鞋的言说。在他们的论说中，物之为物，是在画家的创作中敞开的无蔽状态的存在。德勒兹说，"塞尚的绘画让人可以看到山丘褶皱的力量，苹果萌芽的力量，一个风景的热力学力量。还有梵高，甚至还发明了一些人们不知道的力量，一粒向日葵种子的前所未闻的力量"。[①] 这些对伟大画家的赞美的不朽名篇，排山倒海般倾堆在后来的画家们前进的道路上。似乎道理已经穷尽，而后来的画家同行们只须紧随伟大艺术家之路，挥动画笔。

---

① ［法］德勒兹：《弗兰西斯·培根：感觉的逻辑》，第 69 页。

如何看待“物”，如何处置“物”，对画家来说，也许和研究者们很不同。我常会想，再有名的论者写的画论，如果让画家自己读来，未必就全然接受！比如哲学家就常只是为发展自己的思想概念，而非全然为艺术经验的领会。梵高已经不能就自己的画发声，塞尚则这样说过："为了把一幅风景画好，我首先得弄明白那儿的地质结构。让我们回溯一下地球的历史，从最初的那一天开始：当两颗原子碰撞在一起，两股旋风交缠在一起，两场化学反应结合在一起……在那片美妙的雾气迷蒙中，我呼吸到了一个崭新世界的气息，我与我的画和为一体了。"①照思辨实在论的说法，我们与物是永远无法直接打交道的。物分成实在物和感知物，前者是我们无法接触到的，从人的世界里退出来的；后者是在实在物的基础上，使人能够感知、感受、看到、触摸和思及的。我们接触到的永远只是感知的部分，而物的实在的部分，它的自主性，也即不可把握的本体-物自体，我们只能通过艺术，通过隐喻的方式，去捍卫物的自治，同时触及，并且结局也只有一种，是不可能触及的触及。伟大如塞尚，扑向的也正是那个物的感知。而在席丹妮看来，她从不打算通过这些物的描绘去表达任何社会学的意义，换句话说，她早就明

---

① ［法］约阿基斯·加斯凯：《画室：塞尚与加斯凯的对话》，章晓明、许菂译，杭州：浙江文艺出版社，2007年，第19-22页。

白了物不可把控，不能穷尽，所以从没有试图对物做向下（自然科学）或向上（事物的互相影响以及它们对人的影响）的还原，她一直追求的就是去文化性和去故事性——“她不在画面上写字，也不描绘任何带有暗示性的符号，她要呈现的是这些常人视而不见的寻常物本身”。[①] 虽然她的绘画对象是充满了社会学意味的当代城市化里的废弃物，但是她面对这些从使用中退场的物品，呈现的状态是物的回撤（withdrawal）和自持（withholding）——她不绘制背景，避免成角透视，采用平面化的平视或俯视，既不放大也不缩小对象尺寸，不近不远，笔触简洁。戏剧里不成文的规定是，女演员演疯批角色容易得奖，于是很多女演员选择自毁感来成就演技。反观丹妮，当她开始瞄准废弃物品，开始绘画，其实就是走在了钢丝绳上。是就位于艺术版图里心照不宣的女性“歇斯底里神经质”美学奇观靠背椅，还是于破碎的虚空边缘稳稳行走探求物的实在？她的方式是不试图去侵犯对象，也不对对象进行变形，然而亦不是静观，她只是以隐喻的方式，把破烂画得褪去破碎感性，使物的实在性向我们敞开，从而带给我们“审美”意义上的艺术的愉悦。

在海德格尔关于榔头的著名论述里，当榔头坏掉，不再是使用着的上手物，我们才愣住了，才越过技术机制真

① 王端廷：《被忽视与被关注的》。

正注意到“榔头”本身。丹妮画的正是这些坏掉的榔头，是事物不再是其所是之时，是它们已经成为自身的影子或轮廓时的存在。比如《棉被》系列，那是她对北京郊区露天集市上找到的旧棉胎的微观聚焦呈现，是棉织物切片的真实再现。通过使用滚筒上色的方法简化技术，席丹妮用油画棒勾勒出的线条摹拟兜住被絮的纱线纹理，“就像在生活的伤口上敷上了一层愈合的纱布，或者是朦胧的梦幻般的风景”（林明杰），我则完全迷失在她绘制的一条条纤弱到近乎断了的棉纱线里。一丝又一丝，似有还无气若游丝地延伸在眼前，凝聚着一个个疲乏繁难的日子后暂缓仅有的点滴安宁，凝聚着被华北平原上兜头兜脑灌过来的清冽寒风吹尽后残余的一口温热。线条一缕一缕，带着节奏铺满画面，模糊、混乱、坚韧、黏连，铺展在你眼前。线网后面的棉絮，它些许的污垢感黏带着某几次的体液或汗渍，这些作为触觉而非视觉存在的图像，是道敞开的口子，提醒你眼前这个包裹与缠绕的空间，它也是个翻转内外的空间，是栖居地，生产地，也是终有一死的见证地，它是人缺席了以后的世界。席丹妮通过棉被，使事物的实在性向我们打开，使我们开始接触到物的轮廓与影。物已“无用”，所以我们注定无法清楚认知它（但在物上手时，我们又对之浑然不察），因此在对它的体验中，我们每一次的触及，都不可能抵达它，而是抵达唯一的实在物，抵达被抵押着出场的自己。每一次与

棉被(一),布面油画,局部

“垃圾”物全然平等的相遇，是席丹妮抵押了自己的结果。在物回撤的地方，她押上自己，押上自己的真诚，抵制住对物的意译，对可见内容的否定，从而召唤出物本质的内在性。在梵高的农鞋里是画家对存在的表达，在席丹妮的棉被里是画家对存在之缺席的表达，她画出了真实的棉被（物对象）消失在它的感性特质之后的美感。

至此我可以说，席丹妮终于克服了摹仿之摹仿之摹仿，不再是用绘画内容之奇崛，博得崇高之上升，也没有以形式之变异，换取眩目的赞美，更未恃弱凌弱而沉溺。她是纯粹本分的写实画家，她的画笔老老实实只面对物，不面对物与人，物与思想，物与世界……那些已被立法的普遍性，它们再也无法干扰侵入她的表达，阻止艺术的生长和发现。李格尔以眼睛与对象之间的距离划分视觉的三种状态，极近的、平等的（触觉的）和极远的（纯视觉）。只有在触觉距离这个恰当的距离中，眼睛可以抚触物并获得饱满的质感，同时又能领略其轮廓而获得物的外形——它带来的效果是艺术家不借助概念和判断而展开的纯粹的感性经历。正像她的《棉被》系列以及其他众多作品那样，画家的目光以触觉的方式展开她的绘，是抚触而非“看”。画中没有对残损的摆布，没有故作姿态的伤怀。在抚触中，我们建立新的和外物的关系，那并非主客体的二分或者主客的强关联，而是画家挺身而出，驯化对物捕食式的恋物的凝视。正是在这个意义上，艺术史家哈尔·福斯特说:“所有的艺术都是驯化的看,对凝视的驯服。”①也正是在这个意义上,棉被之网纱,转化成为女性主义哲学家露西·伊利格瑞言中的envelop(在露西·伊利格瑞的《性差异的伦理学》里,张念译作“封套”,我则瞩意“胎膜”),“伊利格瑞称封套为‘一个边缘的、富有伸展的、居无定所的位置’。这奇妙的封套既可在事物内,也可在事物之外,可内可外,空间的空间。它似乎像子宫,养护万物,又自我生成着,包容自己和他者,亦是欲望的潮动”。② 那里面深藏间距的秘密,那是席丹妮在物的回撤后祭上的爱抚,是对物的放生。就像林明杰在策展文末留言,“虽然她的作品展示了社会、政治和个人的多个层面的见解,但她压倒一切的温柔声音是直觉和诗意的,她的叙述表达了美丽、关怀和爱”。她在人类普遍性的极限处,绽出一曲不刻意、不屈从、不泪流满面的物哀之歌。

---

① [美]哈尔·福斯特:《实在的回归:世纪末的前卫艺术》,杨娟娟译,南京:江苏凤凰美术出版社,2015年,第150页。

② [法]露西·伊利格瑞:《性差异的伦理学》,张念译,南京:南京大学出版社,2022年,“译者导读”,第29-30页。

着陆何处

——谈曹澍个展《去罗马》

曹澍的新个展“去罗马”，打捞出一位历史缝隙里的人物——传教士卜弥格(Michel Boym,1612-1659)的一段特殊的行踪：受南明永历皇帝之托往罗马求助军援，遭拒并东返的故事，架构铺展开来。展览颇受好评，泰半是因为在形式语言上的巧思，以声光影电、科技装置、3D模拟、互动游戏等在文学性叙事口吻的勾连下，成功造就一个新的织体。在形式如此灵巧，手法如此多变，而对于空间的处理又如此细密有层次的表象呈现中，令我好奇的始终是如狄德罗所说的艺术家的两个重要问题(或者品质)：道德与视点。道德此处或可置换成态度，视点则显然就是造就这场展览的一个主体位置，它可以是艺术家的，也可以是你被艺术家的呈现勾动的那么一种在场的存在。

弹　幕

语言有它的口吻,自带出一种态度。曹澍的口吻显然不算沉重,他和卜弥格那愁苦的使命之间不停开着玩笑,这场展览似乎是给这位忠心耿耿的信徒纪录片配的弹幕。比如那个《教宗的消失》,曹澍把传教士一心求告的对象,教会体系里的权力象征——英诺森十世的形象从委拉斯贵支的画变形到培根的,教皇最高声时就是他的投影消失时。声音和影像的显与隐以这种紧张的关系出现,这是对反偶像崇拜传统的当代注解。整个图像消失的过程,走完了对形象的抗议和破坏,以及其不可刻画之虚空的过程,使那两张绘画的意味更当代了——转化成一句绝妙亦典型的卜弥格弹幕。

弹幕也出现在卜弥格忍辱负重行旅的每一步里。整个展厅里唯一写实的作品"异地牢结"(取 ideology 的音译),非常具象地用屏幕显示出传教士从云南昆明出发到罗马的路途,而观众的任务是帮忙行走。只要你靠近,镜头就会捕捉你的步数,转换成屏幕上卜弥格的步数,最终逐渐接近梵蒂冈。这个最像《西行漫记》《西游记》等悲情苦旅的说明文本,就这么着被屏幕前乐此不疲奔跑往复的人们给消解了。每天我们向曹澍发问:"卜弥格到哪儿了?""出云南了。""卜弥格到哪儿了?""进广东了。"……

像是公案的问答，也是这个辛苦异常的行旅衍生的脱口秀，它轻松破除了信仰的执念。是每个人走的每一步，偶然聚合成为一种意识形态的合力。这合力把卜弥格推进得这般缓慢，10 月 24 日开幕至今，他还在广东呢。也许到闭幕，他还没能走出陆地。但这种缓慢和思想的改变相比又何足挂齿呢？观众踏出的每一步，挂接着卜弥格的每一步，挂接着历史上实际的那一步步，此肉身和彼肉身的“牢结”，是一种社会空间的表演，在舞蹈、音乐、绘画、建筑和雕塑等其他象征性实践的交界处，给出一种无尽之况味。

接下来的声音装置作品《光 VS 光》就真是状如满屏的弹幕。曹澍把卜弥格旅行日志里的一段话，用摩尔斯电码的击打声转化成声音，来控制光。视觉里依然是声音与影像的此消彼长，消长间书写的是那段话：

> 像太阳明亮的火焰，虽不触摸玻璃与镜子，却能够穿透它们，找到最隐秘的地方。它不损坏，也不烧毁任何东西。

声音刻画着空间，带着字句的能量。每个字和电波声一起发射出去，射程将空间切割了，驻留在最微小的角落和缝隙中。此处不是消解，而是物质化了文本，突出并倚赖视听管道去呈现文本，激发感知。视听媒介很成功

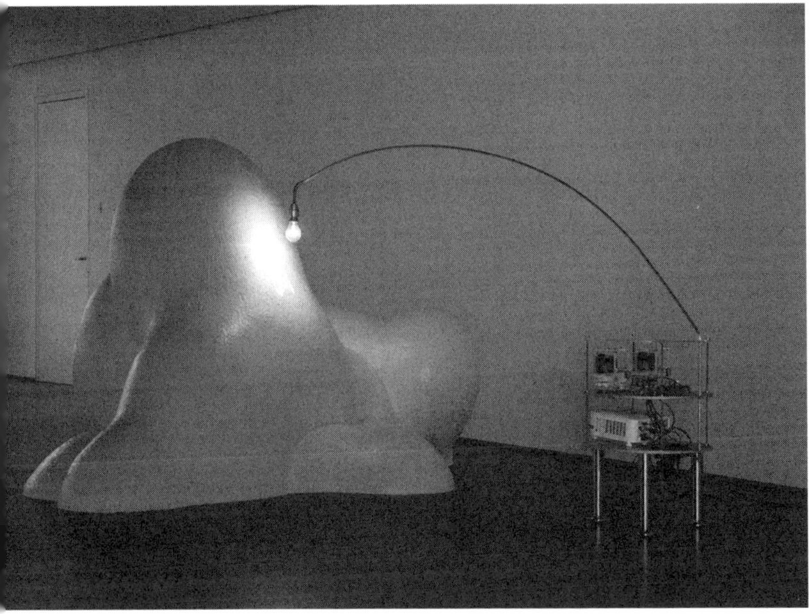

《教宗的消失》

地界定了自己,通过声音光电的组合装置,字脱离了文字意义的捆绑,来到结构主义的正题:如果字的意义只是在于能指(比如语言的音响效果),那么索性探索它的纯粹音声性。结构主义者认为一切词语元素都处于不断的差异与置换过程之中,所指只是以虚幻的形式存在着,不可能真正落实在语词之外的世界,从而所指在顷刻之间,就变成能指。德里达是用消解结构中心的方式取消了能指-所指的二元结构,实现了符号的嬉戏与狂欢。曹澍用声音解构了符号,字词与摩尔斯电码之间,句子与波长之间的差异关系中,产生一种横向的相互取代、置换、转译、衍生,融汇入结构-解构的嬉闹和声中。一个语词的发音与所指对象之间的关系,在没有被约定之前,完全是任意的。没有差异就没有语言,曹澍提炼出这份活在媒介间的,我们在空间里感知到的差异。它不受单一空间的约束,也没有完整的时间框架,它把空间勾画得很迷人。

海　沟

假如这真是一部卜弥格君的传记片,导演将要结尾于何处?也可以换个问法,导演他要从何处开始?反正展览从哪个头看起都成立。这个故事是说传教士从澳门出海来到了罗马,但无功而返,最后又艰难流徙到越南,但回不了改朝换宗的中土大地,遂客死越南这样吊诡的命运？或者从头到尾是在说，传教士就在一个巨大的荒诞里，才刚出发，皇朝覆灭，任务已取消，在一个不存在的理由里奔波至死？在莫须有的命令下开启一场莫须有的行程，没有去处，没有归路，世界上最好的小说已然开始。中国台湾入围布克国际奖的小说家吴明益，曾以一位悬置于海上的少年阿特列为主角写下《复眼人》（类似我们应该还会想到《少年派的奇幻漂流》）。阿特列来自一个太平洋上不知何处的瓦忧瓦忧岛，作为次子，他的命运就是在出生后第一百八十次月圆时，被赋予一趟有去无回的航海任务，这次任务只能带上十天的水，并且不准回头。阿特列就顶着这样命定的任务，开始自己的航行。少年在自己的小船沉没后，漂浮到了一个由人类的垃圾组成的小岛屿，想尽办法生存下来。在漂浮中垃圾岛与台湾岛碰撞，少年游历一番后再出发去寻找故乡瓦忧瓦忧岛——而此刻的瓦忧瓦忧，已经在巨大的海啸中覆没了。

阿特列和卜弥格一样，是取消了目的地和出发点，在天地间飘荡的人，他们需要对抗巨大的孤独。"长期独处的人必定会知道，时间与时间的空隙简直像海沟一样，光靠一个人的心灵是无法跨过去的，只有回忆能填补。"（吴明益）所以会有卜弥格的日志，也有阿特列的图志，抵御被人遗忘的痛苦。曹澍把这海沟里的寂寞，做成了一段3D 数字模拟+4K 实拍结合的影像《无限和无限加一》。

《无限和无限加一》|装置

在公海的某个岛上，一个废弃的招待所，静待拆迁，将要建成一座新的会所。镜头里有空的房间，空的会议室，暮气沉沉的会议桌上，一只只陶瓷的大会堂杯子在说话，杯盖忽开忽合，传出一个男人的声音，浙江东海岸的方言（对于我们来说或许就像阿特列幻觉中的瓦忧瓦忧岛语，总之就是那么一种最不像语言的语言）。镜头就在这样一个将存不存的交界点建筑上逡巡，而显示屏的下方，则铺满了石英砂，一只四亿年前就存在的生物鲎（蓝色玻璃制作）趴在上面，强化了一种寂寞感。还有那些个支架上的双目摄像机装置，那些只是迎候着观众眼睛的微型虚构文本，它们闪烁而缄默着，那正是无法歌唱，无法诉说，而只能记入日志的海沟的寂寞啊。荒诞当中才有最坚实的寂寞，我想这总应该是一句格言吧。

着陆何处

布鲁诺·拉图尔 2018 年出版的书名为《着陆何处》（*Down to earth*），这个 earth 是求生存与繁荣而不可或缺的“土地”，也是法律或情感上所认定的“领地”。由拉图尔策展的 2020 年台北双年展，提出了“外交新碰撞”，这里的“外交”是指碰到某种冲突情境的之前或之后，所采取的整套技能、程序和思考习惯。在这样的外交碰撞里，没有绝对的仲裁者可以凌驾于议题之上决定对错。这个

2020 年的议题,却呼应了明朝的这次外交事件——卜弥格的受命求援。虽然此番外交的动机与内质已变,但造成的碰撞仍在。而且卜弥格的失败也堪可作为现实外交状况的写照,在缺乏共同认定的普遍规则的后全球化时代,失败是常态。但外交依然是解决冲突最重要的方式,它是拿来探求,在普遍价值这一套被搁置了之后,还有什么共同的基础,可以让大家进行外交的演练。我们已经失去了帝国时代建立在家国概念上那种简单的穷兵黩武之冲动,也无法在遇到麻烦时不计代价求助于一个远方的强者,视野所及,望不见"他者"了。相信也不会再有一个卜弥格,怀着对自己信仰的确定出发又归来。那么在一个后全球化分裂式的当下,又能怎样处理我们与他们的遭遇?同时在巨大的荒诞面前,怎样去着陆?又能去哪里协商?

当代格物者罗曼·西格纳

谈到罗曼·西格纳(Roman Signer)的创作,许多人用到"诗意"这个词。的确,这个邱志杰口中的"日常生活的爆破者",这个将日常事物投置在诗意关系中的,并制造情境使之一再重逢的人,配得上荷马对诗人的赞词,theios,"神一般的",神的儿子,他们让"万物在这样的世界里重新拥有了命运,重新意味深长"。

然而一旦用上"诗人"二字,柏拉图对诗人著名的恶评同样浮泛上来——"诗人只知摹仿表象",只涉表象。如若是这样,也许我们得重新审视,何为"诗意"?

不妨还从罗曼·西格纳的创作来谈。科瑞尼·莎茨在评论西格纳作品时认为,水、火、空气和泥土四种元素是西格纳的创作材料、灵感来源和伙伴,它们与他的成长环境、私人的日常经验有关,他赋予这些元素以及日常物件比如凳子、木桶、餐桌之类以意义,让它们在他的装置系统里表现出无限诗意——那是可以诗化直观生存经验、精神和灵魂过程的图像箴言。

的确，在西格纳的一件件作品里，我们一再遭遇周遭事物的日常感知消隐的瞬间：流动的沙体、孤置的独木舟、爆炸的光弧、用纸构建的喷泉、气球绑扎下漂浮的木桌、三角屋顶在天空镜像中的延伸、在偌大湖面漂浮的载有钢琴的块体……某种神秘经验随着那些久远的录影资料缠绕上你的心头，令你滋生无法言表的狂喜或是失落。你无法说清这种灵性的瞬间源自对何种表象的模仿，它们就像本雅明笔下的“灵晕”（aura）一样，“夏日午后小憩，你的眼光抚过地平线上的山脉轮廓，或抚过那将阴影投到你身上的树枝，你就经验到那些山脉的灵晕，那些树枝的灵晕”。——这不是模仿的问题，而是世间本身的事物，是我们自己的觉识，是灵性被认领的仪式。

然而倘若我们仅将之归为“灵晕”，难免有简单化或者说神秘化创造力之嫌（通常人之如何被吸引恰恰也正是如何被疏忽）。毫无疑问西格纳是在完成虚构，他运用极为日常的材料来完成象征、寓言，或者是一个小笑话，但他不是去制造形象并刻意令其发光，相反他用了另一种力量：把它们拆开，减轻它们的超载，给它们输入内部的透明性，这种透明性渐渐地点亮这些物质材料，直到它们爆裂、碎散在无法想象的光亮之中。他要的不是物象本身，而是它们的转换、错位和正处中间的缝隙。

因此，与其说罗曼·西格纳为神谕的诗人，倒不如说

瑞士艺术家罗曼·西格纳

他是个祭司，是仪式的操办者。这是个极富幽默感的祭司，总是有源源不绝的恶作剧、小把戏，使参与者融会其中，令个体生发出对天地万物的崇敬、眷恋、惋惜，进而找到自己类宗教般的情感寄托。漫长的世俗时间里，人类总会不由自主去渴求空间或时间的裂缝，伊利亚德认为没有这些裂缝，我们肯定活不下去。而那些在空旷荒寂的阿彭策尔远山丛林湖泊中实施的一件又一件作品，是一个又一个利奥塔意义上的“小叙事”，它的意义在于提高我们对差异的敏感性，增强我们对不可通约的承受力，它的根据不在专家的同构中，而在发明家的误构中。这种误构来自艺术家的童心，来自他源源不绝找乐的动力，他将与周身材料的对话和创造性活动放在他认知空间的显著位置上，让物自身说，自我展示，自言自语，自我震荡和发光。物在某一种存在感的点上展开，生出线条、体积、轮廓、高度、样貌、外表。但这并不是造物，而是格物，只是去蔽而让物自为，在充分的及物运动里，将先于观念、叙事等的一揽子什物推开。这是一种与“大叙事”（利奥塔认为那是一种起源于法国启蒙运动和德国唯心主义，延续在马克思关于人类解放的梦想中的统一叙事，这种“叙述”有很多积极影响，却从未有童话般的结局）彻底决裂的创作思维，它带来了后现代视觉文化的中心问题“崇高”（为了抓住绝对的伟大，无限的和不可度量的伟大——这是无法被视觉化的——艺术创作的新原则被发现了）。而在西格纳的微小叙事里，问题被更有力地推进了一步——不仅是展示“崇高”（那意味着不可见），更是为了展示可见物中不可见性的不可见程度。那些帽子、桌椅、雨伞、雨靴、气球、自行车、烟火、单人皮划艇，它们被西格纳以极其科学的方式计算和排布，以无比唯物之法则，在西格纳的叙述中扮演重要角色：不固定的场所、暴露给天空的窗户、炸飞的桌椅、飘浮或下沉的气球……各种能量转换的瞬间，各种与空间意味深长的瞬间，各种远离与接近，西格纳在对于边界可能性探索的同时，延伸了时间雕塑的概念：以视觉化的方式，在时间的流逝中，给空间以塑形。正是这种作用于观念层面的小叙事，从起始就远离了二元结构或者是本体论意义上的当代艺术表达范式，从而挣脱了之后蔚然发展起来的整个当代艺术话语场，甚至整套市场操控策略，于资本与景观的置换游戏里，异常独立地创制着自己的语法结构，并依循成章。

他们对我们意味着什么？那些同时代人

2008年2月22日傍晚五时，人生第一次，我来到了台湾。这个时间点，距离我心心念念的台湾“新浪潮”电影运动已过去近二十年。但对于我，一个二十世纪九十年代经历大学生活的人来说，则是刚刚补完台湾艺文生活灵动的那一课。而这一课，是由台湾“新电影”、小说、舞台剧、民谣运动，或更确切说是那些鲜活无比的创作者带来的。

已近夜深，接好友舒国治电话，说带我们出去转转。过去了这么久，他的原话犹在耳畔：“第一天最重要！第一天要过得好。”于是随他去老友家听他老友提起李安，和许多友人旧事，颇觉恍惚。后又跟着舒国治游荡永康街街头，这里一口茶那边一盅酒，最后冲进泰顺街“巫云”酒吧，吃了碗达摩般的老五做的云南面。以前常看李安采访中提到台湾人的“亲”，在那个晚上有了体认。形形色色的台北人,组成一道台湾光谱,印进我的记忆。时间一年年过去,感受已不可指明,但这道光谱从此常在我的生命里以各种面目失而复现,不时一遇。比如这一段时间,比如此刻,因为电影《刺客聂隐娘》,因为舞台剧《台北上午零时》,我知道,它又来了。

何为同时代?何为同时代人?如果我们给不出肯定的定义,就不妨从否定处来说,也许会清楚一点。尼采在评论瓦格纳时说过,"一个哲学家对自己的起码要求和最高要求是什么?在自己身上克服他的时代,成为'无时代的人',他凭什么去进行他最艰难的斗争?就凭那使他成为他的时代的产儿的东西"。如果我们说得清他们克服了什么,大概我们就说清了他们的时代是什么。那么他们又克服了什么呢?某次吴念真在接受访问时说过一个细节。他出身贫寒的矿村,父亲是个矿工,父辈人受日文教育多过中文。台湾光复以来,在他们那个小地方,人人了解外界,反而是通过听 NHK 的广播。这就导致他从小听到的国家大事,总和主流播报有所偏差。这个玩笑一样的小事是多么有趣,它道出了酿造这一批创作人的机密所在,那就是未被规训的身心,未被词语侵犯的生活。侯孝贤和吴念真类似,出生乡野,成日混事,不入母亲法眼。杨德昌比较不同,曾一直是台北的资优生。但当他抛开美国计算机硕士头衔,以白丁之姿归队电影行业,这个反叛是相当彻底的,彻底到对于自己十四岁时的一桩少年杀人案念念不忘三十年，到拍成电影《牯岭街少年杀人事件》。他们的成长，都没有在当时的主流话语里，他们，是漏掉的人，久久没被收编进主流里。然后数年以后，杨德昌、侯孝贤、吴念真、张大春、朱天文……他们都以较为彻底的方式，收获了自己的时代作品，在某一个时刻，通过边缘走向中心，成为为时代命名的标签。

然而我这样赘言粗语描画一个时代的群像，这样一再纵容自己沉溺一段生命里重要时光的幻影，那些我内心最熟悉的气息，甚至像打捞遇难沉船漂散在水上的残留物一样，费劲收拢散见于外的情感记忆，是因为我感到了那种破除怠惰迟钝，说出人生中那些亲历之美好时刻的重要性。有这样一些人，在他们的时代，释放才能之光，用一个一个原创作品，来克服时代，抵御恐惧。作品的路径不同，然而归于一点：带着过去，指向未来。

第三部分

物的消退和人的隐喻：关于剧场性

站立在大地上，建自己的剧场

——《乡祭 · 丰》稻田剧场记

起初是一门课程，老师和同学共同经历两个月的摸爬滚打，排练厅成了我们的“良田”；然后是结课表演，五十几个人聚在东塔咖啡馆的露天院子里，演出原创的肢体剧。古老的运河默默陪伴着青春的欢喧，使时尚之姿拥有了历史的温厚，鲜亮又庄重。台上宣布着最佳剧目，台下远望是满目的金黄稻田，春水叫寒，绿野催黄，总归是秋天！我说，索性就去稻田耍吧，和乡村和土地和稻谷一样饱满的人耍。互相使了个眼色，我们出发了！

这是环境戏剧《乡祭 · 丰》的由来，它就是那么自然地生长出来。无形中，我们每一个人都孕育了它，供给它精血与魂魄。丰沛的元气不自觉地推动着一股蛮力，不管不顾，像人的命运，该有就有，该长就长，把“外剧场”十四个人牵引着推进杭州市临平区运河街道博陆镇丰稔乡新宇村的千亩稻田里。与土地相连，我们开启了一场秋天的仪式。戏剧来自仪式，来自原始荷尔蒙的宣泄和狄奥尼索斯，来自出神的恍惚。人最初就像种子一样被抛掷于荒野，相遇、相交、求欢又分离；接着开始劳作、求生、互济、纷争，于是语言来了，盟誓来了，爱来了，恨来了……

本出环境肢体剧《乡祭·丰》以丰收的稻田为场景，演员在稻田的空地展开肢体表演，以身体语言构成叙事，充分展现人与土地、人与人、生命与重生的关系。具体表现人劳作的状态、情感的状态、协作的状态……众业平等和谐生长，汇流到稻田，汇流而为秋天的收成，成为新时代的开端。农耕文化中的乡土观念，带给中国人永远的乡愁(nostalgia)。但“乡愁”从来不是一个固定不变的坐标点，它是一种不断寻找，不断拓展世界如同故乡一样对自己敞开的情感维度，是大自然与人合而为一浩浩汤汤的光阴。我们怀着乡愁的冲动追溯先民，寻找家园，最终是想召唤人的可能性。

本剧共分三幕，第一幕《丰》，人们欢庆丰收，欢庆一年辛劳后秋收的愉悦；第二幕《缠》，人与人的多元缠绕，情绪与共生，欢喜与哀愁，开始在相处中滋生蔓长；第三幕《祭》，在稻剧场里我们用各自的方言诵念《诗经》，声音贯穿为整个身体，越过话语，越过思想，寻找着土地的内脏，寻找土地里涌动着的不属于王化秩序的原力。最后燃起了火，那是毁灭吗？不，是堆肥的开始，是生命力的重生与复归。

人们欢庆丰收，欢庆一年辛劳后秋收的愉悦

人们欢庆丰收，欢庆一年辛劳后秋收的愉悦

这是我们的祭，是我们的乡祭。祭是怎么产生的呢？是人在经验神秘，在重复中寻找自己生命的律动，在重复中遭遇某一个和历史事件共时的时刻。我们在律动中找到摆置自己的方式，舞出自己的神，在美的喜悦中和神直接对话。绕过逻辑，也绕过日常的秩序，祭使我们重临人与大地之间的相互性（mutuality），找到或者印证我们的完整性，修补当下时刻的断裂或伤。祭，是人类跳进自己灵性深渊的时刻！

演出结束，正值立冬。稻穗已压弯秸秆，稻田收割在即，秋天这就过去了。割稻机轰鸣，稻剧场瞬间消失。但站立在大地上，我们知道我们建立过自己的剧场。生活真正开始于建立的那个剧场，那是带着审美的维度，轻裹着通体的胎膜（envelope）。建立它不为朝圣，也不为膜拜，只是为在这一刻，自在舒展躯体，舞出自己的仪式，重构我们和周遭的关系，重构安全和自足，增强带给我们愉悦的情动之力。剧场就是我们的稻田，我们在那里对生命进行劳作。对未来的信念就是我们培育的稻穗，这份压弯秸秆的丰收力量将汇流进我们未来的生活。

这是关于土地的颂歌，是青春之歌，也是丰收之歌，是爱情之歌，也是欲望之歌，是死亡之歌，也是重生之歌，是关于人如何经历此生的行动力之歌。Reaping，是丰收也是收割，创作的动力来自它，来自精神对抗死亡的刺眼光芒,来自利用创造力战胜时间的希冀,来自对抗和超越对抗。然而我们竭尽所能,也只是为了搞明白,那永远唱不出的一首歌,它在哪里?

五个轻松的乐章：
关于表演课的五个问题

除了专业配置的需要，我们需要学习表演吗？需要利用表演寻找我们的意识、感知，搭建连接他人和社会文本的能力吗？除了专业需要，表演能够为我们自己服务吗？它和我们的现实有关系吗？

SUITE No. 1　解放天性？

这不是真的，因为我们还没有触摸到天性。天性作为奢侈品，早就湮埋在应试训练、数据流量和信息茧房中。扮猫扮狗是一种突破吗？或许是，但对于要建立创作者意识的编导来说显然不够。什么是创作者意识？也许就是行动者意识，是一个“开始”的意识。那么，第一步我们做什么？寻找，或者说发明，发明天性，让它显现，就是找到它。

SUITE No. 2　模仿

去观察一个引起你兴趣的人，然后呈现 ta。如何演 ta？在如何演 ta 里摸到自己和他人的边界。模仿，就是寻找到他者与自身的差异，而不只是对表象的模仿。对表象的模仿只是一种通往同一性的中介行为，而非在表象之下撼动心灵的戏剧行动，它是直接的，不借助于表象。

SUITE No. 3　作者意识

任何一个开始都比它的结果要大。那不是 1+1=2、2+1=3、3+1=4 的过程，不是以量取胜。真正的开端是指它的创造性和独有性，从一开始就拒绝了跟从别人，不再增长别人已有东西的数量，而是确立自己的出发点。所有的独创性不会仅仅服务于独创者个人，它必将超越个人为他人所用。从有限的自我中发散出去，再被别人所用以后而产生的量级影响，你永远不会知道它有多大。演戏，找一个开始，一个自己的发声仪式，这是我们要学习的“作者意识”。

SUITE No. 4　剧团生活

无论怎样的表达，最重要的还是行动者有没有真正的自我和自我的生活，这是要靠那些非常纤细的、敏感的、真实的具体内容来连接的，比如一起创作、一起排练、一起吃外卖、一起演出……当这部分内容滋养生长起来，将是不可逆的，因为它们已经细化到了最小的单位。空疏、空泛的话语在慢慢失去它的效力，排练，就是将婴儿和儿童时代对合作的渴望重新发动起来。在亲密社会、近身关系之间产生的这种真正的生命文化共同体，可能更能够长久地安慰人心。要自己跟自己玩得起来，再找到伙伴一起玩，不需要假设对一个具体对象的挑战，需要抗争的只有使自身往下坠落的生活和社会关系，交给人们自己去合作才会有救。

SUITE No. 5　寻找自己的语言，成为自己的新药

又像是深处的涌泉，
歌人的歌唱时发自内心，
它唤醒心中神秘的感情，
不让它在那里酣眠。

在柏拉图以前，人们就知道语言有物质和非物质层面，有具有明显物质性的言说系统，也有非物质性的。除了明确如信号一样的语言标识，也有只属于人的回路，能够在各种感觉、印象之间建立交互联系，创制新的符码，完成新鲜的赋值和关联范围。当我们试图开口说自己的私体验，表达我们的一点关切与情怀时，该怎么入手？艺术语言的训练就是建立新的赋值和关联的能力，这非常重要。

语言是与时间共存的，我们每一次开口，都要“占据时间”。作为一种处在时间中的表述性活动，一种向前的运动，如果想要寻找自己的语言，就必须要去拥有自己的时间。因为拥有那个，就完成了一种神学性的开端，像是宗教、传说、生命本身历史的开端那样。那反而是每个刚刚涉足创作的人更容易做到的事。在“自我”时间里所做的一切，都是能够被自己解释的。关键在于怎样去训练自己“说”（也即行动），将新鲜的、私人的内容去变得更加公共，同时又不损害其独特性，不损害个人意图的犀利感，这样的语言，才是具有活力的。传统戏剧表演固有的“你做我看”已在渐渐消融，现代思想诞生自表象的破产、同一性的破产。在当代剧场艺术中，“沉浸性”和“参与性”的参与已成为惯例，在从“自我行动”蔓延到表演现场行动的条件下，所有参与者都被卷入不确定的情境当中，你不知道是在跟生活中的人打交道，还是跟演出者的表演打交道,空间内不再有一个稳固的认知界面。因此在“观”与“演”的临界面上,参与者发明了自己的时间,制造了自己的空间,从而搅乱线性的现实时间——那是权力的时间、资本的时间。

现在有了语言,我们开始吧……

没有主义，但有主张

——记文慧羁旅中的创作实践

2020 年 1 月，旅美日裔表演艺术家尾竹永子（Eiko Otake）来到北京，拜访中国编舞家和纪录片作者文慧。她跟随文慧探访了北京、南京、昆明，共同探访历史和个人记忆的痕迹。迫于当时疫情的危急境况，她俩中断了拍摄计划，但始终保持线上的联系。2022 年，她们基于在中国的驻留和后续的交流，共同创作了一部七十六分钟的纪录片，命名为"No rule is our rule"（没有规则就是我们的规则）。而这个命名似乎成了文慧自 2021 年离境去德国领取歌德文化奖章后生活的写照，她由此阴差阳错羁旅在德国，并持续不断在欧洲、北美创作演出新作。剧场作品《我 60》《新生育报告》相继完成，在德国、法国等地演出，纪录片 *No rule is our rule* 获得了 2023 年日本国际电影节最佳长篇纪录片奖。此刻，她与尾竹永子的联合工作坊正在美国杜克大学、耶鲁大学、卫斯理安学院相继展开。这一路走来的经历，非她有意规划，也不在预想内，确实是一条 no rule 之路。

与文慧相识数十年，你若问她秉持的是什么，她是决不会满足你的。回应这一类问题的方式，是她非常具体的剧场实践，以她处境性的思考。以往生活舞蹈工作室的每一部重要作品，都建立在扎实的田野调研、采访资料基础上。比如上演于 1999 年的《生育报告》，实际的准备工作从 1995 年就开始了。文慧在采访身边的女性时，发现生育体验是了解女性世界的一个重要切入点。于是在 1995 年至 1999 年间，她深入采访了几十名二十七至九十三岁的女性，把她们的现实经历和几位舞者的切身经历，那些来自田野调研和社会观察的素材，以及舞者的口述、舞蹈的语言、舞台空间的调度、实时影像采访的介入，统统融汇于剧场中。《听三奶奶讲过去的事情》（2012）则肇始于同名纪录片。2011 年，处于个人生活经历转折点上的文慧来到云南昆明易门县，与家族里的亲人“三奶奶”遭遇，与自己的家族史和中华人民共和国成立后的历史记忆遭遇，成就了两部纪录片和一部剧场作品。首演于 2015 年的《红》起念于 2013 年，历经两年多的采访，从北京到昆明，围绕当年全国上下上演《红色娘子军》的经历和其中舞者个人的经验，创作出这样一部重新思考历史和当下关系的作品。生活舞蹈工作室很少有概念先行的作品，几个比较观念性的作品，比如《100个动词》《与民工一起跳舞》等，也都是将先锋的观念碾磨细碎，与细密的日常行为交融一体。《100个动词》中，她用一百个动词探索一位女性一天的生活。从开始到结束，她将女性一天的生活会涉及的动作，转化为有节律的肢体来展现。《与民工一起跳舞》则是她有感于当时北京为召开奥运会而大兴土木，大量外来务工者涌入，而兴起这个概念，要邀请民工一起来舞。记录时代之变，概念似乎宏大，但文慧花了一周的时间与建筑工人一起做肢体练习，一起在施工空地上跪爬滚打，一起双眼对视，建立信任，建立一种常识基础上人与人的关系，再一起拨响身体的韵律。在牢固的常识基础上呈现飞扬的肢体形式，这种律动才有可能拥有叩动时代之弦的能量。

在为德国的公演《新生育报告》接受德国记者托马斯·芬克尔(Thomas Venker)采访时，文慧再次提到自己的创作方式："我总是告诉制作人和舞者，我的工作进度很慢，每部作品我几乎需要两年的时间。首先，我需要进行长时间的调研，比如采访很多人。这就是为什么有人对我说，我的工作就像社会学研究，我想了解人们生活中的具体情况。之后，我会与我的团队会面。在这个阶段，我有很多资料。这次排练时，我的舞者经常会感到压力，因为我们有太多的素材。所以后来我们不得不精缩、精

文慧与尾竹永子

缩、精缩，把时间越缩越短，最后只有一个小时。”①这样的创作方式，这些以“报告”为名的舞蹈剧场作品，使记者联想到美国作家、历史学家、演员和广播员斯特茨·特克尔（Studs Terkel）的生平事迹。斯特茨以口述历史而闻名，一生致力于搜集普通人的故事，描绘历史的真实面貌。他让受访者发声，深入剖析工人世界、大萧条、种族隔离的现实、美国梦的深渊以及其他许多揭示性场景。这种对社会政治经济现状，对我们身处的现实充满关切的态度，决定了作品根本性的气质取向，以及根本性的形式语言和美学。

“多提一些问题，少谈些纸上的‘主义’……”这是“五四一代”的著名学者胡适在当年一片西学东渐、救国救民的激进思潮中发出的警醒之言，他面对激荡的时代，采取了非常务实的态度，不愿被宏大的叙事席卷进去。张爱玲也在1944年笑着说：“时代的纪念碑这样的作品我是写不出来的”，她直言“人生的安稳一面有永恒的意味，它是人的神性，也可以说是妇人性”。②

这里的安稳，指的是务实不空蹈。反观文慧的no rule之路，一直就在呼应着这样的“妇人性”。只不过以

---

① 见 https://kaput-mag.com/stories_en/wen-hui-i-always-say-my-daily-life-is-my-technique/，2024年3月30日引。

② 张爱玲：《自己的文章》，选自《流言》，台北：皇冠出版社，1991年，第18页。

往更多是中国人的问题，现在则是人的问题，更明确说，是女人的问题。她受访时提到，留在德国数年，并非主动的安排，而是坦然经受的结果。她带着自我叙事的《我60》赴欧领奖演出，结束后因红码无法回国，慢慢演变成一种羁留在外的状态。2022年，在“养码”于慕尼黑小旅馆的孤独中，在那种等待的困滞感里，文慧决定要做点什么，把等待给重新安排掉。恰好她从播客里听到了徐州铁链女的事件，那种愤怒感驱使她开始投入《新生育报告》的创作。这一次和1999年首演的《生育报告》比起来，叙事更加国际化，四位舞者来自意大利、伊朗、泰国，在德国相会，带着各自成长背景里的身体叙事，在剧场里一起展现关于“谁在控制我们的身体”这个问题的表达。正好在那个时期，美国女性对于新堕胎法的抗议，伊朗女性的“头巾事件”，所有这些都浇铸在《新生育报告》里，支撑着舞者无论是口头还是身体的表达。

从1994年与当时的伴侣、纪录片导演吴文光共同创建中国第一个独立舞蹈剧团——生活舞蹈工作室开始，文慧就是以反映当下发生的事情为第一要务，提出“100%的生活，0%的艺术”。舞蹈剧场要表现的不是宏大的哲学主题或经典故事，而是我们当下的生活。接下来的近三十年，文慧一直秉承这个理念创作，面对生活，面对普通人的生活。普通人，在生活舞蹈工作室的作品里，是一个定位，而非描述对象。也就是说，作品要表现的不是人们的故事，而是他们与周遭的关系，他们跟身处的权力系统的关系。这权力系统作用在人的身体上的关系显现，就是文慧一直倡议的“身体档案”。被控制，还是反控制，脱离控制，还是在控制里找到缝隙逶迤前行，生活舞蹈工作室一直在践行着。文慧编排创作的主旨是身体记忆作为跨越时间和见证历史的重要文献，是身体作为社会编码的功用，因此扎实的田野调研和形式语言的提炼转化并行不悖，又互成为各自的边界，提醒彼此因为同一性而滑向过度化表达的那种危险趋势。

2011 年，忙于用作品表达他人境遇的文慧，在遭遇与伴侣分手的重创后，陷入了黑洞。经历十年慢慢地寻找、思考、重建，在 2021 年，她用最强的创作力度对准自己，拿出了《我 60》这个自传体剧场作品。带着生活被毁的极度挫败感，五十岁的文慧回到昆明老家，她和长居僻壤的三奶奶遭遇，在与她的亲密互动里生长出积极的、滋养自己的动力和资源。由自己，到三奶奶，到家族中的女性和这个世纪的中国女性，文慧开始织造中国女性一个世纪的光谱，把自己作为方法，而不是作为否定的对象或是超越的目标，用作为方法的自己拓展女性这个身份和定义，并发展出与周遭更具体而直接的关系。《我 60》的剧构是文慧的好友、纽约大学电影学教授张真，她帮助文慧一起，用中国二十世纪初的默片和有声片，梳理出中国妇女运动刚开初的女性形象，文慧个人的故事，三奶奶的故事，几层文本搅拌发酵，徐徐道出女性在六十一甲子时所拥有的视野，以及那个点位上视野中的风景。那些细密而具体的爱，不是通过宣言来传递，而是通过人生剧场，通过那些创造性的场景，让人看到女性的意识是怎样来的，女性自我觉知是怎样获得的，这些东西又指向了哪里，它们怎样作用于日常经验。跨越时空的交流油然而生，一个人的六十，一个人全部的自我积累，在凸显的同时被打开成为一个界面，于是更多的女性能站上去：二十世纪初由胡蝶、阮玲玉们扮演的，本世纪艾晓明、叶海燕们带动的，更多关于女人的故事得到了回应。在舞蹈的现场，文慧播放了在她被背叛的时刻，独自起舞于将要散伙的草场地工作室里的视频。遭逢痛苦或者困厄之际，人其实没有和解的能力。人们爱说的和解实则经不起推敲，内在大多只是貌似和解的转移和逃避。能够经受住它，已然是了不起的勇气。米歇尔·亨利给予苦痛经历很不同的意味，他说，"主体性，就是某种类型的经受"。[1] 经受住，并且以承受来做积极的回应，积极去与自己，与事件对话，才是绝对的主体性，才是生命感——它也可能是唯一的和解通道，教人去放下受害感，纾解无法言喻之苦楚的通道。这段至痛的影像很短，结束后文

① Michel Henry, *L'essence de la manifestation*, Paris: universitaires de France Presses, 2011(1963), pp. 593–595.

慧突然由静到动，像是对过去的清算，她切换了身体节奏，在帕蒂·史密斯（Patti Smith）《人民有权力》（“People Have Power”）的歌声里，肆无忌惮，恣意起舞。歌声消散，投影幕布半腾空，变成翻涌在头顶的巨浪，中国老电影继续投射在她上方，半截幕布有时是波浪，有时亦是火焰。她仰看上端影像里三十年代的知识女性、五十年代的铁姑娘、八十年代得开放风气之先的女孩们，有时与她们掀起的波涛嬉戏，有时与她们燃起的火焰躲让，与历史长河里的无数女性相携相亲。真希望她们可以更亲近，无限亲近，亲近到令文慧可以没心没肺、赤条条如婴孩，蜉蝣在亦母亦女的女性之河里。影像最后定格于1949年7月一张十位当红中国女演员的合影上，她们在七十年后，在文慧这位中国女演员的有生之年狭路相逢了。

且让我们停下来一起辨识这个相遇。阿兰·巴迪欧在《剧场狂想曲》里写道：

> 伟大的女演员比男演员更为稀缺。因为女性表演这件事本身就是在男性社会的中介下安排达成。她首先必须成为享有演员权利的“男”性之一，因此要带着这样一层使命不断夺回自己在舞台上的合法性。男演员，男性，是普遍性本身，他们总能在模棱两可的边缘保持稳定，在普遍性的极限处找到立足点。女演员则处于无界限之处，在虚空的边缘发挥

> 作用。许多女演员试图用简单的模仿来回应这个危境，她们用刻意的、屈从的、泪流满面的表演来交卷。也正因为如此，一个伟大的女演员产生的迷人效应就至为珍贵，因为那会比男演员更接近人性，那是人类行走在虚空边缘尚能稳固立足的地方。①

《我60》是文慧对同行的致敬之旅，更是作为女演员、作为女性的她的疗愈之旅。她坦然接纳自己，亦洒脱地将这段旅程展现出来，分众，以她的、以三奶奶的、以二十世纪的此时代的女性们的经历陪伴大家。这份陪伴不分性别，尝试激发、释放每个人的生命力，尝试让孤独的个体如微尘涌动于天地之间，成就生生不息的(小)世界图景(minor cosmpolitanism)。

年轻的时候，文慧不爱谈论自己，她的作品生猛有力，但许多内容与自己并不直接相关。年过六十，她反而开始从自己出发，从女性这个性别出发，创造和世界的关系。性别在她这里，不是标签，而是和自我一样的定位系统，是用来规避宏大编码的利器。她不竭而丰沛的创造力在此，她与多年伴侣分开的缘由也许也在于此。牢牢立身普通人中，立身于处境里，用她的话说，是“I follow

---

① Alain Badiou, *Rhapsody for the theater*, trs. by Bruno Bosteels with the Assistence of Martin Puchner, Verso press, p. 59.

my life. Where I am – I'm there. What I'm doing, I just do”。隔离在天津的酒店三周,她就跳了三周的舞。孤独的时候她在跳舞,痛苦的时候她在跳舞,无措的时候她在跳舞,坚定的时候她依旧在跳舞。无论在哪里,无论什么条件,她似乎都可以就地起舞,因为舞蹈是她生命政治的语言,是她对世界的主张。而语言与思想相携而行,语言是鲜活的,思想就葆有质感与活力。这样生活的同时,一位女性也就超越了性别,超越了内化在女性意识里的满是被动的“伤害感”,超越了父权社会对女性的主流刻板想象。问起与尾竹永子合作的体会,她提到永子近些年非常勇敢的表演行为,认为永子早就抛开了制式化场所,不再在剧场空间,而是在纽约的公墓里,在东京的下水道里,在福岛核辐射区,在怀俄明和加利福尼亚的广阔景观里舞蹈……永子名之“我邀请我自己”(I invite myself),她用身体和各种场所直接连接。我对这种现场艺术强大的形式感保持疑虑,但充溢其中的那种挑战年龄,突破边界的 no rule 之勇气,那种坚定地去相信什么,因而付诸行动去爱这个世界的浪漫精神,深深鼓舞了我。在颇为动荡且下行着的世界里,依然有人因为信任而想建立更多的信任,这是一种不让不躲对于世界的盎然爱意。我想这就是尾竹永子,这也是文慧,是一群这样的女性对于世界的主张。她们不谈主义,但决不放弃主张,她们拙于阐释,勤于行动,她们以绝对不与宏大合作的决心,给予世

文慧与尾竹永子在南京利济巷慰安所旧址陈列馆前合照

界、给予周遭具体又直接的爱。我因为接收到这样的勇气与爱意，由此而感受到信任，感受到安全，感受到我也可以，即刻出发。愿你也一样。

家国天下之公共空间与空间中的女性

——从夏衍早期五部戏剧谈起

夏衍早期的(至 1937 年)几部戏剧《都市的一角》(1934 年)、《中秋月》(1935 年)、《赛金花》(1936 年)、《自由魂》(1936 年)、《上海屋檐下》(1937 年),不是以女性为主要人物,就是女性占据相当大的篇幅。但仅凭此简单来谈女性主义问题,似乎还难以完全窥得夏衍创作里所指涉的整体文化语境。虽然以性别视角来阐释文本在当下不失为通行且有效的方法,但如果我们致力于使思想保持活力,着眼于同一时代下与戏剧的历史、二十世纪社会和政治的历史的关键连接,则会发现,隐没于这些女性身影后超越性别的"公共空间"问题。对这些公共空间的研究,借给研究者以不同的观照当下现实的途径,令我们更可探明那些连接点的意味所在。

国·公共空间

前面列举的五部戏剧中,发表于同一年的是《赛金花》《自由魂》这两部戏,题材相似,讲的是名人赛金花与秋瑾,在文本的时间上刚好有接续:《赛金花》一剧主要集中于1900年庚子事变至1905年;《自由魂》则从1900年写起,至秋瑾被杀。两位女性因为身份的关系,她们的活动轨迹都跳出了性别和家庭私空间的拘囿,展现出活跃于当时政治公共空间里的女性力量。这里用到的公共空间一词,与哈贝马斯的"公共领域"(public sphere)当然是不同的。有研究者指出,作为一个政治社会概念,"公"在中国最原始的意涵是朝廷、政府或国家,而"私"就是民间的意思。这层意义的"公"和"私"合起来,构成政府与民间。哈氏的"公共领域"一词是指社会生活中的一个领域,在这个领域中,人们能够形成类似舆论的意见。① 他认为在欧洲历史中,只有在资本主义战胜封建主义的启蒙思想时期,资产阶级公众领域才真正是一个形成公众舆论和价值共识的空间。而我用"公共"二字,更多是侧重于她们介入和参与的事情而言,她们进入的不是指向

① Jurgen Habermas, "The Public Sphere", *New German Critique*, No. 3, 1974, p. 49.

个人情感的私天地，而是关乎更多人利益和命运的大环境。在那个广义的公共空间里，有话语的共识和汇聚，有意见的表达，更有牵涉大多数人的实际决策。

赛金花与秋瑾牵涉的是怎样的“公”空间呢？赛金花介入了庚子之乱中对八国联军的调停斡旋，秋瑾更是为革命和理想舍弃家庭，终日奔忙。相比当时周遭的女性，两位女性走了完全不同的路线，这是命运的际合，也有时代变局的促力。比如《赛金花》一剧第四场中，赛被德国官兵带到了联军统帅瓦德齐面前，此时的场景恰发生在紫禁城仪鸾殿中，一个象征清王朝威仪和国家权力的地方。但国家统领弃城而去，这一地点已丧失旧日功能而还原为居住场所，因此也正是在这种巨大的变化和转换里，壁垒森严的社会等级突然裂开缝隙，一个妓女登堂入室，行走在最高权力统治者的居所，并受国家权力人物委托，担当斡旋者的重任。第六场有官员受李鸿章之托来说服赛金花出面斡旋一幕，言辞之间，如同换了主人和功能的仪鸾殿一样，妓女与重臣、女人的情面与国家的体统，也全都调换，“倡优”登堂入室，承担国民重责。如果在常规时期，这种状况绝无发生的可能，庙堂之上，何来女性身影（慈禧是异质的女性身份，有如贾母之于贾府，不属这里的女性范畴）。只有在非常的时刻——福柯所称“异类空间”（other place）产生的时刻，女性才走入了公领域，成为一个国民的象征，成为一个主体来行动。

秋瑾的生平就更证实了这一点。似乎只有在整个社会处于动荡与飘摇之际,女性才有了走向庙堂的可能性。除此之外,并无任何机会能够以主体身份参与公共事务。在清王朝将要倾覆之际,秋瑾作为革命党人,成为大通学堂的统领,参与各地革命军的联动,改造社会。甚至可以这么说,在公开空间里秋瑾戏剧所呈现的,根本不是女性角色。她办报纸,写文章,主持学校,骑马,射击,她是超越性别定义的主体。这么说倒并不意味着只要成天和男性打交道就是身处公共领域。《赛金花》第二场中,赛金花身着男装,并冠以“赛二爷”之称谓,出现在男人们为她摆的兄弟结拜酒席上。她在男人堆里,但她是个被“物化”的人,头顶“名妓”或“名媛”标签,为这一场风月闲情标注说法。秋瑾则不同。时值清末,传统的宗族社会濒临瓦解,儒家正统思想退出神坛,整个社会在政治、经济和文化等各个方面都开始由传统向现代转变,报业大兴,各式各样的思想都在报纸评论中得以向读者大众散播。这些评论在营建现代中国的公共性上发挥了重要的启蒙意义。秋瑾从日本回国后,办教育,编《女报》,到直接领兵起事,都是在这样的大思潮背景下,直接介入社会,将一种新的价值观重塑于日常生活之上。她在《女报》上书写《敬告姊妹们》:“这些花儿朵儿,好比玉的锁、金的枷,那些绸缎,好比锦的绳、绣的带,将你束缚得紧紧的!那些奴仆,就是管束您的牢头;丈夫呐,不必说,就是问官,狱吏……”[1]

但对于秋瑾这样的女性，只在女性话题上打转是远远不能满足的。她接着就放弃办报，赴绍兴办学，实践她改造国家的理想。她的行为虽然以失败告终，但是办报办学这些公共性的事情，对于建立一个自足的个体大有助益。她既不必像赛金花一样借助曲折甚至变形的方式来表达自己的意见，也能慨然在大通学堂学子面前堪当师表。早在东瀛留学期间，她就深入各类革命党人事务中。因此她的视野、她的思想意识就超越了一般的性别自觉，从要求男女平权，越而至希图天下的公平——“救一个是枝节，救千万人是根本！”[2]大约每一位经历世事的女性，都会无意识地流露出类似赛金花那样基于女性本位的慨叹：“大帽儿我不敢戴，宫廷的恩典，也轮不到一个班子里卖唱的女人……”[3]但能自天性良知的慨喟升至形而上的智性思辨，这就不是光凭阅历能达到的。这是从一个自然人成长至一个有公共性的人、有尊严感的人，而非总被伤害感笼罩的弱者、女人的道路。这条道路需要良好的教育、后天的历练，还有社会给予心智以成长空间。以同时代的境遇来说，秋瑾无疑是幸运儿，得到不

① 夏衍：《自由魂》（《秋瑾传》），《夏衍剧作集》，北京：中国戏剧出版社，1984 年，第 143 页。

② 同上书，第 136 页。

③ 夏衍：《赛金花》，《夏衍剧作集》，第 85-86 页。

可多得的教育之余，也得到有限的表达机会。但这种幸运基于非常态的环境、非常态的努力。秋瑾紧紧扼住了命运与历史之咽喉，抛下所有为女性下注脚的因素：婚姻、家庭、孩子等，她打定了主意只为新生活而生，而不为生活而活，付出生命的代价也在所不惜。和赛金花相比，秋瑾是真正的主体，一个积极参与负有使命的政治主体。

家·私空间

指认秋瑾的价值很容易，指认赛金花也不算难事。虽然夏衍在特定历史情境里将赛金花挪来借古讽今，也惹得质问连连，指责他将赛写成了一个“民族英雄”。对此夏衍回应：“我同情她，因为在当时形形色色的奴隶里面，将她和那些能在庙堂上讲话的人比较起来，她多少还保留着一些人性！”[①]然而，宏大历史里的意义好找，微小个体里的抒情难求。在个体的、具体的生活与整体的、抽象的历史之间，一直充满紧张。这种紧张感逼问我们，怎样去认识那些充满琐碎和庸俗的生活，和那里面的主流——女人们。

在与公对应的那个空间里，首先的代表是家居场所。

---

① 夏衍：《历史与讽喻——给演出者的一封信》，《夏衍研究资料》，会林、陈坚、绍武编，北京：中国戏剧出版社，1981年，第162页。

夏衍早期三部戏《都市的一角》《中秋月》《上海屋檐下》恰好都将场景转向了上海的街坊里巷，最代表市民生活的石库门房子里。戏里的人物悉数是小市民，家庭妇女们则更是市民气的代称。这三部戏里都有欢场女子，但她们并无赛金花这样的机缘，能僭越而为负有家国使命之人。《都市的一角》中的小舞女、《中秋月》里的李曼娜、《上海屋檐下》里的施小宝，她们是被侮辱与被损害的，是最底层百姓。她们既为最低，那么自有认为高于她们的。这一群人，却也同样是毫无机会的女性——困守家庭的女人们。在《上海屋檐下》一剧里，同住一个石库门内的各房客里，小学教员赵振宇之妻就总在言语中贬低揶揄另一个房客施小宝，只因某种道德上的优越感——“跟你说，咱们穷是穷，可是不清不白的钱买的东西，是不准小孩儿吃的！”①

这种只能以道德范畴来评判他人的方式，是弱者的不正义，它与外界突发性事件一样，都是对人完整性的破坏。当代德国伦理学者霍奈特（Axel Honneth）指出：“直到现在，在那些认为自己未能受到他人善待的人们的自我描述中，道德范畴依然占据主导地位，比如‘伤害’或‘羞辱’，它们都和蔑视形式，也就是拒绝承认的形式有着关联。用这种否定概念来称谓不公正的行为，这不仅是

① 夏衍：《上海屋檐下》，《夏衍剧作集》，第193页。

因为它有害于主体和限制了主体的行动自由,而且还因为伤害了他们在主体间获得肯定的自我理解。如果不潜在地涉及一个主体对他的同伴发出的承认要求,就根本无法有效地运用‘蔑视’和‘伤害’这样的概念。”[1]这些女性,外在施展没有空间,内中又没有相互认可的良性氛围,她们的冲突看上去是一些市井微词,但这种生活里面同样有对人尊严的破坏。无论内外,她们都得不到完整的存在感。

《中秋月》一剧里有个耐人寻味的细节。房东李太太看着两位房客杨小姐和程小姐的背影,自言自语:“赚这么二三十块一个月,就像登了天了,还讲什么恋……(叹气)国货公司关了门,看你们也像曼娜一样的上跳舞场。”[2]

李太太早年是妓女,后靠养女曼娜做舞女谋生。杨、程二位小姐则是百货公司的店员。李太太对待这两位的态度是一种非常微妙的旧式女性对待新都市独立女性的态度。比起同龄的舞女曼娜,杨、程二位自己租房在外,以薪水养活自己,自由支配自己的时间,是全然不同的人生。她俩的存在,仿佛就是对旧有秩序的冒

---

① 徐贲:《通往尊严的公共生活:全球正义和公民认同》,“前言”,北京:新星出版社,2009 年,第 1 页。

② 夏衍:《中秋月》,《夏衍剧作集》,第 23 页。

犯。那种压迫与占有的依附关系，李太太当年在里面着实滚爬了遍，现在她的养女曼娜也仍旧滚爬着。独立的女性之存在挑战了这种秩序，这令李太太有种不安。《上海屋檐下》里杨采玉对八年未见却突然找来的丈夫匡复这样说道：

> 在责备我之前，你得想象一下，这十年来的生活！我得自个儿活下去，我打定了主意，找职业吧，可是葆珍缠在身边，你想，有人肯花钱用一个带小孩的女人吗？你说，这世界上有我们女人做事的机会吗？冷笑，轻视，排挤，轻薄，用一切的方法逼着，逼着你嫁人！逼着你乖乖的做一个家庭里的主妇……①

杨采玉因而不得不与匡复的好友同居换来生存机会。面对这种私领域的困顿与人对独立赋予的自由感的渴望，秋瑾这样的女性是完成了类似哲学突破（breakthrough）的状态，从对自身不公平的慨叹转为对天下不公平的抗争；赛金花则加深了对不公和自身扭曲命运的体认；而在底层里终日打转的女人，本能的反应是抗拒，她们退缩到暗处，退到最黑暗里，缴出所有的主动性，任由外在因素摆布宰制，只成为人们喟叹女人之弱的微不足道的又一

---

① 夏衍：《上海屋檐下》，《夏衍剧作集》，第216页。

佐证。

《中秋月》里一鳞半爪的独立女性形象给予我们观察当时社会公共空间的机会。时代变化,这种空间的存在给予人经济独立的可能,才有了人格独立的可能,再而谈到主体的确立,公共空间的出现和拓展。这不仅仅是一个只针对某种特定人群比如女性的议题,更是一整个社会里鲜活个体的问题,事实上它的外延性和深层生发的能力超过人们对它的一般认定。而恰恰是那些蹇足于家中的女性,因为她们明显的缺失,给了人们更好的路径和视角,去观察和理解宏观社会背景和微观的百姓生活之间的关系,以及那些被动地卷入变动的洪流中的普通人的心灵。

公私之间·家国天下

社会的变化既发生在外部,也发生在家中,在男人身上,也在女人心里。差别只是变化的广度与深度。德勒兹在《卡夫卡:迈向小众的文学》一书里阐释主流文学与小众文学的差别时论道:

> 比较而言,主流文学里那些个体属性(家庭、婚姻诸如此类),与其他属性比如出身等一起构成叙述的环境与背景;相当多的例证显示,那些恋母情结之

> 类的说辞从来不是不可或缺或是绝对必要的一环，但在一个宏观的空间内会汇聚成为一个合力。而小众文字则彻底相反：它逼仄的空间驱动着每种个体化因素即刻与政治连接起来。个体属性因此变得更为必要、更不可缺、更被放大，因为一整个故事都在里面震荡不止。由此说来，家庭关系就与其他的关系——商业的、经济的、官僚的、司法的连接了起来，这种连接决定了它的价值。①

正因为这样，他推论说，“小众”的就是政治的，“小众文学”里的每一个事物都带有集体价值。德勒兹这一段阐释，是为了描述卡夫卡的一种独特写作文体的意义。他对“小众文学”的界定方式给予人们的启发远超文学话题，因为他在此中揭橥出主流与非主流之间微妙的权力互置关系。

何为主流？何为小众？何为重要？何为轻微？如何看待著名人物与卑微小人物的命运比重？当一个人被席卷入政治活动时，所有的个人信息会因政治事件本身足具存在感，此中最好的例子是赛金花。如果不是庚子之

---

① Gilles Deleuze &. Félix Guattari, *Kafka: Toward a Minor Literature*, trans. Dana Polan & Réda Bensmala, University of Minnesota Press, 1986, p. 17.

乱,遇到的对象不是瓦德齐,她这一番风尘际合不构成现在的话题性。但当秋瑾、赛金花立于历史之端时,其他的女人在做什么呢?在生活,在俗世里翻滚。我们将目光落在李太太、赵太太、黄太太之上,就会看到她们那些貌似微不足道的个人挣扎、心绪起伏,却因紧窄的生存空间的挤压,呈现出对人完整性的惊人破坏力。这些状态与那些状态,它们并存于同一个时空,就像经纬丝线织就二十世纪初期的中国历史,夏衍早期的创作里很好地完成了这样一种跨阶层的人类学考古式戏剧与媒介写作。作为当时一位怀有左翼思想的青年,他的写作无意中为我们留存了二十世纪初期上佳的社会文本。无论赛金花、秋瑾,还是那些家庭中的女性,放在当时的社会洪流中来看,她们的辗转腾挪,都因为有限空间而被放大,她们的整个人生都在内中震荡,而这样一种以散射的自然状态弥散在日常生活中的女性的无力感就与更大范畴里的话题建立起联系。这种联系一旦建立,我们就会发现,甚至这种无力感也不专属女性,它是那个时代下人们的共同特征。揭示出这一征兆也非终点,最终的指向还是社会与国家。

当下的人们对于历史与日常的话题已不陌生,多数已被网络信息训练得异常老到。人们不再会奉宏大为至上之物,相反来说,选择“草根”站位倒不失为一种有效的策略。这一点作为姿态无可指摘,但如果我们只停留在姿态上，而不花功夫去爬梳隐于事件身后的连接点，不去找寻存在于人们日常生活中的组织和运作社会生活的逻辑，不去让属于那个时代的文明于风尘草泽里抖搂出来，那么人类又以何物来见证自己呢？再回到我们最初的“公共空间”话题，“公共空间”里对应的是具有独立和完整人格的个体“公民”。在欧洲，民族国家形成的过程也是现代“公民”形成的过程，是哈贝马斯“公共领域”这个话题产生的过程。而在中国，抗战带起的民族革命话题，之后的阶级革命话题，一再席卷了本身就很有限的公共空间，裹挟着人们进入另一种国家话题中，人民与群众替换了“公民”这个字眼。包括剧作家夏衍本身，他之后的创作再次说明了这个趋向。通过对夏衍早期五部戏剧中女性与“公共空间”关系的追索，我们需要看到的是存在于每一个人心中的挣扎和隐秘，它们是我们了解这个社会后来的转型以及今天的变化的前提。

弥赛亚的背影

——论《西厢记》的思想性

谈到元杂剧,王国维的这一论说相当有名:

> 然元剧最佳之处,不在其思想结构,而在其文章。其文章之妙,亦一言以蔽之,曰:有意境而已矣。何以谓之有意境?曰:写情则沁人心脾,写景则在人耳目,述事则如其口出是也。古诗词之佳者无不如是,元曲亦然。明以后,其思想结构尽有胜于前人者,唯意境则为元人所独擅。①

他以"意境"二字描绘元剧特征与美学质地,精要概括为"写情""写景""述事"三面向。人们对于元杂剧,也

① 王国维:《王国维全集》,第十四卷,杭州:浙江教育出版社,2009年,第106页。

历来循此路向,多是谈论它的词曲之美,而恰忽略了里面更重要的东西,一种被书写的思想。戏剧的唱词,多半是人物的独白,是人物心迹的流露,杂剧里的唱词正是我们的线索,要谈论这一点,还是从经典的文本王实甫的《西厢记》之“乘夜逾墙”开始吧。

告白 Confession

王实甫的《西厢记》杂剧故事原本是唐人元稹的小说《会真记》,并在金人董解元的诸宫调《西厢记》基础上,把崔莺莺、张君瑞的故事改写成为杂剧,搬上舞台。王实甫对《会真记》做了很大的改动,将一个有始无终的悲剧故事改写为一个大团圆结局的美满爱情。但在这两个文本里,有关崔莺莺与张君瑞之间情爱的发生、推进至结合大体不差,基本是按照传柬、赖柬、佳期这样几个回合来铺陈。杂剧当然更为丰富,当中增加不少感情的细节,但在大的结构框架上是相吻合的。然而在这种吻合之中,却也有小处的不一致,而这不一致之处本身,也正是整个《西厢记》故事里最教人费思量之处。即俗称“赖柬”一折的张生因崔莺莺之诗句“乘夜逾墙”这一出。

“乘夜逾墙”属于《西厢记》第三本“张君瑞害相思”第三折,它为何难解呢?皆因张生因着莺莺那一首“待月西厢下,迎风户半开;隔墙花影动,疑是玉人来”。翻墙入

（明）闵齐伋编制《西厢记》版画“莺莺像”

（明）闵齐伋编制《西厢记》版画“乘夜逾墙”

园夜会意中人，未料却遭崔莺莺厉声斥退。这一折的构思颇为微妙，照说约人幽会的诗为崔莺莺所写，然而待到真碰面，女主角却勃然变脸，义正词严一番大道理斥责对方，令张生狼狈不堪。

> "张生，你是何等之人！我在这里烧香，你无故至此；若夫人闻知，有何理说！"
>
> "若不看红娘面，扯你到夫人那里去，看你有何面目见江东父老。"
>
> "先生虽有活人之恩，恩则当报。既为兄妹，何生此心？万一夫人知之，先生何以自安？今后再勿如此，若更为之，与足下决无干休。"①

蒋星煜曾说："任何改编本的演出，这一场戏都有轰动效应。"②但通常也如他文中分析所示，人们认为是张生错解了诗意，莽撞私会，致使莺莺出于身份和礼教而做此回应。更有萧腾鸿刊陈眉公评本认为此般场面实为莺莺之心机所为，"中紧外宽，亏这美人做出模样来，然亦理合如此，倘一逾即从，趣味便亦索然"。金圣叹在他的改

---

① 王实甫：《西厢记》，王季思校，北京：中华书局，1958 年，第 119 页。

② 蒋星煜：《西厢记研究与欣赏》，上海：上海辞书出版社，2004 年，第 139 页。

本里也将“乘夜逾墙”索性改为“赖柬”标目，意指莺莺发了约会简帖，张生应约而来，她却因多种原因而胆怯不认账。

我们知道，王实甫之《西厢记》以工整著称，是中国戏剧史上第一部篇幅最大、描写人物性格最细腻、排场最宏伟的作品。其中刻画之细密，布局之周密，都足堪称道。而在整个情爱婚恋故事里，“乘夜逾墙”是最为戏剧性的。因为在此之前，张生与莺莺已有“琴心挑引”“锦字传情”“妆台窥简”颇多来回，在此之后，则是修成正果的“月下佳期”，也就是说，促使崔莺莺走向决定性的一步：宽衣解带、交付身体于他人的，正是这一出。有意思的是，虽然这两人的情爱故事已发展出不少情节，但真正面对面实质性交流，也正是在这一出。

这一点着实有趣，在“乘夜逾墙”之前，虽然剧情在推进，两位主人公的爱情故事一直在发酵，但每一步都是有介质来依凭、过渡、推挡的，只是这介质前后颇有分别。最初“佛殿奇逢”，“他在那壁，你在这壁”，张生是隔着距离远远觑见，而莺莺则借着距离秋波回望，两人都“乍相逢记不真娇模样”。之后“花阴倡和”，两人隔着夜色、花阴、空庭以诗句隔墙酬和。罗兰·巴特说交流本身是一种触摸，恋人是用言语来触摸情偶，用具有独特魅力的辞藻将对方裹住——“那语句清，音律轻，小名儿不枉了唤作莺莺”。[1] 恋人之间的随后一出“清醮目成”，虽二人同在一个祭坛空间，却相隔重重人等，“可意冤家，怕人知道，看时节泪眼偷瞧”，“贪看莺莺，烛灭相消”。等到再次关联时是崔母毁了婚约，“杯酒违盟”时，崔莺莺与张生应崔母约会餐，这是二人实质性的一次晤面。甫一撞见，莺莺的反应是“倒躲，倒躲”。及至崔母毁了婚约，要求二人以兄妹相称，两人一个是“粉颈低垂，峨眉颦眉，芳心无那”，一个则“眼倦开软瘫做一垛”，虽同坐一桌，“咫尺闲如闲阔”，终也是无交集。这几折互通款曲的关目里，二人虽未有实质性接触，不过都有或远或近、处于间接的肢体交流。接下来莺莺隔室听琴，张生以琴曲挑心，隔空传递衷肠，“潜身在听在墙角东，原来是近西厢理结丝桐”。张生与莺莺“锦字传情”，互递书简，琴曲、书柬，反而隔远了身体的在场感，加重了对外在物件的可言说性的倚赖。也就是说，相比之前几折，此处二人的沟通更为间接了，虽然在此时，由于兄妹名分已定，二人沟通的迫切性反而加重了。

于是“兀的不是隔着云山几万重，怎得个人来信息通？便做道十二巫峰，他也曾赋高唐来梦中”，将个红娘“使将去，着将来”，紧张的步点踩踏到了揭晓的一刻，张生终于循着莺莺书简“待月西厢下，迎风户半开；隔墙花

---

① 王实甫：《西厢记》，第32、40、87页，第119-121页。

影动，疑是玉人来”而来。跳墙、搂抱，旦怒：

“张生，你是何等之人！我在这里烧香，你无故至此；若夫人闻知，有何理说！”

“若不看红娘面，扯你到夫人那里去，看你有何面目见江东父老？”

“先生虽有活人之恩，恩则当报。既为兄妹，何生此心？万一夫人知之，先生何以自安？今后再勿如此，若更为之，与足下决无干休。”①

这一叠声的质问和责难，大大出乎张生和观众的预料，我们似乎迎来了剧情的大逆转。莺莺面对意中人，操弄着她自身的对立面，用崔母的那一套言辞，来将张生大大羞辱了一番。她究竟是为何？不妨回头看看唐代元稹的传奇话本，又是否能提供一点答案呢。文中写道：

及崔至，则端服俨容，大数张曰：“兄之恩，或我之家，厚矣。是以慈母以幼子弱女见托。奈何因不令之婢，致淫泆之词，始以护人之乱为义，而终掠乱以求之：是以用托短章，愿自陈启；犹惧兄之见难，是用鄙靡之辞，以求其必至。非礼之动，能不愧心；特

---

① 王实甫：《西厢记》，第 119 页。

愿意礼自持,无及于乱!”[1]

当面以“礼”“义”大词责之,告诫张生做不失礼仪之事,活脱崔母的口气。张生于是绝望。然而数夕,张生临轩独寝,红娘却捧崔氏至。话本篇幅短小精要,情节转换更是不烦要言,然而人物行为的转变也更为突然,更缺乏行动依据。

有学者研究是出于张生错解了“明月三五夜”短诗的意图,将诗中的“玉人”当作自己,贸然应约,使莺莺人前恼羞成怒而为。[2] 论断公允,诚可信也。然而即便张生弄错,如果情种深种,爱人间不会无一丝体恤之心,非要莺莺来峻拒意中人。假设又如某些评本认为这般场面实为莺莺之心机所为,那么转隔一天之后,莺莺令红娘再传简帖,主动前往幽媾,则令人更为费解了。如果爱意已决,为何费心做此行止?是为了控制情感,或为自身一时的安危?这个莺莺,与那追求爱情、冲破封建礼教桎梏的莺莺,如何等同而语呢?无论如何,当面的振振有词与转头的主动许身之间,似乎过于突然。这样一位相国千金,在重重遮掩、闪躲、假处(“我待便将简帖儿与他,恐俺小姐

---

① 王实甫:《西厢记》,第200页。

② 蒋星煜:《解读“疑是玉人来”是研究〈西厢记〉的钥匙》,《西厢记研究与欣赏》,上海:上海人民出版社,2009年,第53–65页。

有许多假处哩"①——红娘语)之下做出如此大胆的行径,内中蕴含有何种未尽之言吗?

不妨再从她的告白来谈。如果我们将崔莺莺首次面对张生的发声,视为一种对爱情告白的方式,那么这经历毫无疑问不甜蜜。莺莺拒绝了张生的求欢,而且用的是崔母的立场下的口吻,而崔母却是信口毁了婚约承诺的封建秩序代表。让我用索福克勒斯的戏剧《安提戈涅》来探究一下这之中深藏的心理动因。在那部戏里,安提戈涅在克瑞翁面前告白说,她违反了他的法律,埋葬了她的哥哥坡里纳西斯(俄狄浦斯与母亲乱伦所生子女,在发起叛乱中与守卫城邦的哥哥埃提奥克勒斯决战而死。舅父克瑞翁下令不得安葬叛乱者,否则会被乱石砸死)。她挑战了克瑞翁的权力,违抗了他立下的法令,这个法令禁止任何人埋葬那具尸体。

克瑞翁:你低头望转地,承认不承认这件事是你做的?

安提戈涅:我承认是我做的,并不否认。

克瑞翁:(向安提戈涅)告诉我——话要简单不要长,——你知道不知道有禁葬的命令?

安提戈涅:当然知道,怎么会不知道呢?这是公

① 王实甫:《西厢记》,第103页。

布了的。

克瑞翁：你真敢违背法令吗？

安提戈涅：我敢，因为向我宣布这法令的不是宙斯，那和下界神同住的正义之神也没有为凡人制定这样的法令，我不认为一个凡人下一道命令就能废除天神制定的永恒不变的不成文律条，它的存在不限于今日和昨日，而是永久的，也没有人知道它是什么时候出现的。

我不会因为害怕别人皱眉头而违背天条，以致在神面前受到惩罚。我知道我是会死的——怎么会不知道呢？——即使你没有颁布那道命令，如果我在应活的岁月之前死去，我认为是件好事，因为像我这样在无穷尽的灾难中过日子的人死了，岂不是得到好处了吗？①

安提戈涅用言语嘲弄了克瑞翁的权威，但当她承认自己的所为，也就承认了那个权威对她的权力。照朱迪斯·巴特勒的分析，当她以一种男子气概的所谓骄傲来宣告什么的时候，她开始变得像克瑞翁，像她所欲反对和挑战的那一面。而另一方面，她在克瑞翁面前讲述，他就

① ［希腊］索福克勒斯：《安提戈涅》，《古希腊悲剧喜剧全集》，第二卷，张竹明、王焕生译，南京：译林出版社，2007年，第272页。

成了必须在场的听众，虽然言语中在强烈反对，但是如果没有这个听众在场，则这些言辞也不成立，也就是说，她通过告白更紧密地将自己和敌对者联系了起来。[1] 这情形正如同崔莺莺之于张生的宣告，首先她以自己一直反对的那种立场和口吻来斥责情人，俨然与情人划清了干系；其次她又因为这种迥异于之前的告白态度，将自己和张生更为紧密地连接了起来，张生成了她态度的直接受害者。而在这之前，因为崔母毁约背信，他俩同为礼教的受害人，同一站位，崔母则是唯一的归咎点（“这是俺娘的机变，非干是妾身脱空；若由得我呵，乞求得效鸾凤”[2]）。因此这一场告白，看似崔莺莺在撇清关系，实则正如安提戈涅一样，她使用她所反对的权力的规范来完成行为，因而是在挪用（appropriating）而已。安提戈涅挪用了克瑞翁的权力，崔莺莺则挪用了崔母的。这种挪用背后是对这个权威的承认，安提戈涅用这种承认来宣示主权，莺莺则用这种承认来保全自己某种行为疏漏中的安全感，挪用的内部是对权威的抗拒和吸收。

一旦通过这一场告白，莺莺将归咎之焦点无形中转换到了自己身上，以致旁观者红娘为张生连抱不平——

① Judith Butler, *Bodily Confessions*, Routledge, 2004, p. 167. 中译本见[美]朱迪斯·巴特勒《身体的告白》，《消解性别》，郭劼译，上海：上海三联书店，2009 年，第 171 页。

② 王实甫：《西厢记》，第 88、125 页。

“又来也！娘呵，休送了他人！”正如安提戈涅用对克瑞翁的告白换来致命的惩罚一样，莺莺用行为和言语招惹负疚的困境——“不是你，一世也救他不得”。她们为何要做出这种必定让自己招惹更大麻烦的事情呢？

巴特勒在这里引用了弗洛伊德在“有负罪感的罪人”一文里的言辞：弗洛伊德认为，有些病人会犯罪是因为这些行为是被禁止的，而“死刑是解脱”，他的解脱来自他找到了罪恶感的归咎点（his sense of guilt was at least attached to something）。弗洛伊德接着说，“罪恶感在罪行之前就已经存在了，它不是由罪行引起的；相反，罪行是因为罪恶感的存在而产生。”（1960年拉康在第七期研讨班报告《精神分析的伦理学》中对安提戈涅的悲剧性做了精神分析学解读的尝试，他用死亡驱力的理论来解释安提戈涅之所以要不顾生命危险而埋葬哥哥的原因。）拉康认为，安提戈涅的悲剧在于她认识到了自己是家庭乱伦的结果（她既是俄狄浦斯的女儿，也是他的妹妹），无法忍受在符号社会中不能立足的状况，从而产生了强烈的自杀冲动。对于安提戈涅来说，她主动领受克瑞翁的惩罚，是一种被模糊的负罪感所驱动的自杀行为，用告白来加速自己的死亡，最终从文化禁忌中解放出来，自由地与她的兄弟们躺在永恒中。而对于崔莺莺来说，未经父母之命自由恋爱那种模糊的负罪感则驱动着她直至面对恋人，也只会以她一直畏惧的力量来表达和扮演“莺莺”，在那一个瞬间成功地把负罪感掩盖起来且合理化。但回过头来看，这番告白制造的结果是将她自己推进至一个要为这个情爱事件负更大责任的位置上，而这一点又何尝不是崔莺莺在这段情爱关系中一直想突破和达到的呢？安提戈涅承认自己的罪行，招致惩罚而获取解脱，崔莺莺则是指认张生的罪行（其实也是自己的），谴责别人的罪而令自己处于失德背义之位置，从而走上了赎罪之路。

“乘夜逾墙”一折之后，莺莺着红娘又送一帖：

休将闲事苦萦怀，取次摧残天赋才。
不意当时完妾命，岂防今日作君灾。
仰图厚德难从礼，谨奉新诗可当媒。
寄语高唐休咏赋，今宵端得云雨来。①

（此处依王季思校注版，这里“今宵”“明宵”各处版本不同，各取一半。那是莺莺题诗时间不同，一种是幽会的前一天，一种是幽会的当天。在《六十种曲》本《西厢记》里就作“明宵”。）

莺莺此番用词毫不隐晦，前次是“玉人来”，这次是“云雨来”，结果就是“小姐必来”。

---

① 王实甫：《西厢记》，第128页。

摹仿与建构

青木正儿在《元人杂剧概说》里将王实甫与白仁甫同列为文采焕发的一派，并比较了两人的作品《西厢记》与《墙头马上》：

> ……白仁甫曲辞典丽，可与《西厢记》相比。而女主人公的性格，又比《西厢记》更为热情、果敢、意志坚强。①

一直以来有不少研究者将崔莺莺（《西厢记》）与李千金（《墙头马上》）做比较，她们一个是墙头马上私订终身的李千金，一个是月下西厢佳期暗合的崔莺莺，堪为女性冲破封建礼教追求自由的代表，有不少可比较处。二人虽然都为追求婚姻的自由而与封建势力顽强对抗，但李千金是“志量过人”敢于私奔的小姐，崔莺莺则如红娘戏言“假意儿多”，是性格含蓄、心思多变的闺秀。二人性格差异颇大，但行动导向相对一致，我们不妨认为这是相同的思想力量所致。对于这两位女性的差异，学者颇多

---

① ［日］青木正儿：《元人杂剧概说》，隋树森译，北京：中国戏剧出版社，1957年，第86页。

讨论。[1] 这类比较停留于性格差别所导致的行为差异，这是一种颇为主流也成规模的研究方式。但如果止步于此，则非但创作者的意旨用心被抹平，当中最为宝贵的思想之痕迹更将湮没至无形。性格迥异的两位女性，在遭遇性的爱情事件里，做出了相同的选择，在事件中发明了自己，启蒙了自己，她们的身上，有惊人相似的思想之痕迹，导致行动之结果。那么，教我们难以忘记的这一思想痕迹，到底指什么呢？

《墙头马上》一剧，李千金甫一出场，唱：

【点绛唇】往日夫妻，夙缘仙契。多才艺，倩丹青写入屏围，真乃是画出个蓬莱意。

短短一句，却蕴含了几层结构。首先它指出了一个先在的结构：围屏上画的才子佳人图——“往日夫妻”，也就是在今日以前的，或许就是一种通行的图式化的“神仙眷侣”图；再看第二个词，“夙缘仙契”，“夙缘”是以前的因缘，早于这凝固的才子佳人图的点而存在的一些故

---

① 相关论述有余霞：《试论两个典型的叛逆女性——李千金与崔莺莺性格的比较》，《太原大学教育学院学报》，2008 年 6 月，第 26 卷第 2 期，第 61-64 页；路迪：《崔莺莺与李千金反叛意识浅析》，《商丘师范学院学报》，2008 年 2 月，第 24 卷第 2 期，第 39-41 页。

事,一种情状,是往日的先在,这是第二重。“多才艺,倩丹青写入屏围”,因而被人们比如此一刻的李千金看到,并生羡慕之心,所以赞道“真乃是画出个蓬莱意”,表面上看是在赞叹成仙化道“蓬莱意”,但内中其实指向李千金的心曲:希望能有如画一样的超脱之爱,永恒之爱。接着婢女梅香指出:“小姐看着围屏,有个主意,少一个女婿哩!”李千金马上接唱:

【混江龙】我若还招得个风流女婿,怎肯还教费功夫学画远山眉?锦帐低垂,菡萏花深鸳并宿,梧桐枝隐凤双栖。这千金良夜,一刻春宵,谁管我衾单枕读数更长?则这半床锦褥枉呼做“鸳鸯被”!流落的男游别郡,女怨深闺![1]

由围屏的才子佳人图,到李千金这一番直白的感情渴望,可见她是泼辣性情。王季思在此处注语:“写千金情窦已开,故一见少俊便毅然与之私奔。但一如清人梁庭柟在《曲论》所批评的,‘偶尔思春,出语那便如许浅露’。”问题是,作为一个深居闺门、镇日劳于女工的少女,甚至在上巳节,游春踏青、郊游玩耍的节日,也只在自家

① 白朴:《墙头马上》,《中国十大古典喜剧集》,王季思校,上海:上海文艺出版社,1982 年,第 36 页。

园子赏玩的人，李千金何来爱情的经验以至于流露出如此浓烈的爱的呼告？她的情感饱满强烈到不是“初开”而是“已开”，缘何至此呢？

还是回到【点绛唇】来看。三月上巳，良辰佳节，梅香偕小姐出闺房赏春。小姐提醒梅香，觑着围屏上才子佳人、士女王孙。梅香遂问起为何围屏上都是这些人物。李千金遂唱【点绛唇】。在实际的演出版本中，例如1963年的昆曲电影《墙头马上》（由俞振飞、言慧珠主演）里，影片一开始就是李千金在描画团扇，然后梅香抢过来李千金手中的扇子，问扇子上画的是什么。李千金告知画的是卓文君和司马相如的故事。梅香好奇地问起卓文君和司马相如的故事，李千金耐心告知。梅香回说李千金像卓文君，继而与小姐表演起这两位人物来。这一版演出中没有唱【点绛唇】，但实际的意思已通过卓文君与司马相如的故事具象出来。它恰好补缀了文本的留白，好似文本的注解。也就是说，围屏上的人物，正是如卓文君与司马相如这类传奇，它们给予了李千金最初的情感教育，并锻造了她对情感的想象和表达的模式。在她还未真正进入一段感情之前，对一个夙缘仙契，以致写入丹青，并点化出蓬莱之意的情感佳话已有许多的设想。所以当她开口表达自己的情感诉求时，才会如此清晰，“我若还招得个风流女婿”，“谁管我……”通篇是从自己的诉求出发，她只等着她的司马相如呢，这是一个明确的空缺。

接下来的一句也很有意思。梅香说小姐消瘦了，李千金回说：

> 【油葫芦】我为甚消瘦春风玉一围？又不曾染病疾？近新来宽褪了旧时衣！害得来不疼不痛难医治，吃了些好茶好饭无滋味，似舟中载倩女魂，天边盼织女期。①

李千金还从未接触过男性，毫无情爱经历，但在她的言谈中，在她对自己情状的描述里，倩女离魂、牛郎织女，却都是恋人的比拟。李千金在恋爱之前，就已经爱恋了，她在摹仿那些先有的爱情故事。我们知道柏拉图在《理想国》卷十“诗人的罪状”里有著名的对于“摹仿”的论断，他说画家、工匠和诗人都是在摹仿一个“理念”而制造事物，有了床的理式，工匠制造出来，隔着一层，画家和诗人去摹仿这个床，则和真理又隔远一层。因为是这样对于摹仿的摹仿，摹仿和真实体隔得很远，它在表面上像能制造一切事物，因为它只取每件事物的一小部分，而那一小部分还只是个影像（对理式的影像）。而最容易摹仿的，又往往是人性中最无理性的部分，那些容易激动的情

① 白朴：《墙头马上》，《中国十大古典喜剧集》，第36页。

感和容易变动的性格，因为那些最便于摹仿。[1] 少女李千金摹仿着那些才子佳人故事，在春天的臆想中编织自己的故事，她是准备自己开演一出自己的戏剧！这方才墙头马上，“呀，一个好秀才也”，一见裴少俊便芳心暗许。然后是一发不可收的发柬、约人、私会，将一个马上摇鞭狂客立时变作自己情爱故事的男主角——正如柏拉图说的，情感的无理性部分是最易去摹仿的。

我们应该时刻牢记柏拉图在《理想国》中关于“摹仿”的三种实际范式，三张床的等级次序：先是画家的床，再是工匠的床，最后是上帝的床。李千金那里缺乏对于爱的真知识，全是二手的知识，是她与真实经验之差异，一捱入春，触机而发，开始依图索骥地一一扮演起来。但是演着演着，意外来了，看门的嬷嬷觑破了私情。在嬷嬷“见官司”“见老母”的威逼下，李千金做了个当下即刻的决断：

> 【二煞】我怎肯掩残粉泪横眉黛，倚定门儿手托腮，山长水远几时来？且休说度岁经年，只一夜冰消瓦解，恁时节知他是和尚在钵盂在？[2]

---

① ［古希腊］柏拉图：《柏拉图文艺对话集》，朱光潜译，合肥：安徽教育出版社，2007 年，第 76–95 页。

② 白朴：《墙头马上》，《中国十大古典喜剧集》，第 43 页。

每一句都卡点在此刻,而不寄望未来。我只要这一刻的得到和实现,以后“度岁经年”,谁知是怎样情境!于是,她拒绝了嬷嬷的第一个条件,“秀才求官去,再来娶你”,而选择第二件,“今夜就走”。到了私奔的这一刻,就全是此刻实时的个人决断,是个人担了个人的责,“我也肯过从肯耽待,便锁在空房、嫁在乡外”,就此断了依靠父母之心,全然走一条自己的路。差异消失了,她取消了种种此在的先设,交出了戏剧化事件中心的当下此刻。差异在恢复真实此在的自由的过程中抹去了自身。李千金从一个才子佳人故事的歌颂者,成了一个持之以恒的建构者,私奔,别家,归家,再被休,再荣归,开始坚持到底的爱情的冒险,并被别人铭记。

有行动力的个体,才是拥有主体性的个人。深闺中的李千金从爱的摹仿到爱的冒险的过程,不独只是她个人的孤例。因为我们看到,《西厢记》里就有最恰切的呼应。

之前提到,《西厢记》里直到“乘夜逾墙”这一折,才是崔莺莺与张生第一次实质性的会面。在这之前,或是隔着众人,或是隔着物件,二人从无实质的交集。相比李千金,有许多“假处”的莺莺并没有什么事先宣扬的情爱主张。但那只是她内敛性格所致,而非她萌动的心性所愿。她一样是躲在了桩桩件件影影绰绰的爱的影像后面,摹仿之物的后面,不敢正面来凝视爱情。莺莺第一次抒发思春之情是在“花阴倡和”一折中烧香时，两炷香，第一炷为母亲祈愿，“此第二炷……”，王实甫写她“做不语科”，这沉默令张生这个偷窥者，更看得分明，“小姐倚栏长叹，似有动情之意”。遂果敢高吟一绝，代为试探，才引出莺莺更直接的道白“兰闺久寂寞”。再接下来两人的接触是“琴”和“简”。婚事取消，张生以琴声来试探莺莺对自己的意愿，待莺莺月夜下走近窗轩，张生奏响“凤求凰”，莺莺不觉泪下，深深感应到琴声的诉求，是“令他人耳聪，诉自己情衷”。她的情感已强烈至谴责母亲“口不应的狠毒娘”。等到接了张生的简帖儿，那是开拆封皮、颠来倒去孜孜地看，遂写出一封回简“明月三五夜”。香、诗、琴、简，我们看到那个直接、坦白的莺莺全是在这些物件的后面袒露出来的，她需要这些假借之物来遮蔽自己的感情，有个推脱的可能。换句话说，她需要这种双重性，一方面是自己的真情意，一方面是做出来的假意儿，来维护自己的身份感。这种困于身份感的深深眷恋，造就了崔莺莺的认知差异，和她去摹仿的动因，因她依着身份的幻觉控制着自己的情感与举止。对于深闺中的她而言，扮演的那个闺秀莺莺可能完全来自她对母亲行为的认知和想象。李千金没有对情爱的真知，崔莺莺也是一样匮乏。可以说到“乘夜逾墙”为止，崔莺莺的这种双重人格的展示达到了顶峰。在她所处的这个强调礼教和身份的环境里，对自我的隐藏就成了最受推崇的美德了。

前一秒在孜孜看信,后一秒则怒叫"红娘!",切换十分自如。在"乘夜逾墙"里,当张生走近了她,做了一个强烈的动作"搂",一把从后面搂住她,冲破了她习惯的所有模式,失去推挡的空间,依凭的物件,她与他之间,空出了一个必须拿出个本真肢体来填补的一刻。这重大又转折的一刻到来时,李千金是一不做二不休地认了,直接私奔。崔莺莺恰恰相反,她在情急之下,祭出的非但是毫无新意的说辞,更令人意外地完全摹仿着自己狠毒母亲的那一套。她躲在母亲的那些言辞里,让语言自动在运行,而自己再一次隐遁起来。真身相对的一刻,她上演的,还是身份之表演。然而这也是最后一次,这一晚之后,眼前再无宝器能供她躲闪、滑移,就连同盟军红娘也不免嘟囔起来。因为她在对自己性情中最高贵的那方面撒谎——动情的一刻,那两个差异个体愿意互相给予和关联,两条命运搭接其中的一刻。而人在心灵里对于真理藏着一个慌,那是连自己都会厌恶的事。[1] 我们的双重性是人的能力的两种样态,自身的无可奈何和自身未能被实现的可能性。拖垮或者激发我们的,正是这一种未能被实现的可能性,即潜能。在潜能的促发下,这一种双重人格的表演终于戛然而止,我们迎来了莺莺小姐行动的那一幕,她再次向张生发出简帖,去够触她的真理了。

---

① [古希腊]柏拉图:《柏拉图文艺对话集》,第46、82页。

为什么需要摹仿？苏格拉底说，因为缺乏真知识，"如果对于所摹仿的事物有真知识，他就不愿摹仿它们，宁愿制造它们……他会宁愿做诗人所歌颂的英雄，不愿做歌颂英雄的诗人"。关于真知识或说真理，德里达补充说："它从来都有两种不同的意义，真理的过程一方面是敞开隐藏在淹没之中的东西（无蔽），揭去蒙在事物上的、蒙在现在实际存在的事物上的那个掩盖物，显示自身，产生自身；而另一方面，真理即和谐（同一或符合），即再现与事物（敞开的存在）之间的相似或平等关系之中，甚至在判断的表述中。"[①]真理来自误认，如果没有差异，就没有摹仿，如果没有摹仿，那么真理就无法被显现、被产生、被揭示，崔莺莺和李千金的主体性就无法被自己建构，甚至发明出来。主体是真理中的一个点，崔莺莺和李千金通过爱的冒险，发明了自己的意识形态，将一种属于自己的生活原创地构建了出来，这是人间的创造，也是境遇性的（encounter）瞬间，全然原创的一刻，在那一时刻那一步，她俩占在了这个点上，并且光芒四射。

---

① ［法］德里达：《文学行动》，赵兴国译，北京：中国社会科学出版社，1998年，第82页。

亵渎 Profanations

爱的偶然表象下，是某种不可归结于偶然的东西。

整一出《西厢记》，从“乘夜逾墙”到“月下佳期”，算是真正确定了这场风月佳话。莺莺的夜会行为，是整出的转折点。而这样一个经过莺莺小姐一百八十度大转变的戏剧性逆转，除了彰显出爱情惊人的勇力，还有什么不可归结于偶然的东西吗？

巴迪欧认为，戏剧之爱，在更强的意义上来说就是爱之爱，因为，没有这些爱情故事，没有自由恋爱对家庭专制的抗争，戏剧就没有什么好演的了。[①] 年轻人如何通过偶然相遇相知，如何通过计谋来摆脱父母安排的婚姻，在他看来，是一种偶然的爱对必然性法则的抗争。这种抗争，才真正动摇了统治秩序。而扑灭他们的爱，才是传统秩序的继续。依照巴迪欧的这种论断，王实甫又为何要安排一出女主角的转变戏码呢？这种先拒后迎，欲擒故纵的把戏，对于塑造一曲抗争专制秩序的赞歌有何助益呢？

可以不管戏本的情节，换个问题来问问为何要让莺

---

① ［法］阿兰·巴迪欧：《爱的多重奏》，邓刚译，上海：华东师范大学出版社，2012 年，第 117 页。

莺小姐背负这样一个“污点”。前文我们已经分析了崔莺莺告白的意味，和情爱境遇中摹仿与建构的身体，崔莺莺自身所能具有的动因都已剖析殆尽。但当我们跳开一点距离，再次打量我们的女主角崔莺莺，再一次捋一遍她在旋涡中心处的一举一动，作者的创作意图会更抢眼地浮现出来。确实，这一切都是剧作者王实甫的安排，是他一手安排了崔莺莺追求真爱路途上不够“磊落光明”的小插曲。王实甫之盛名，通常来自他的文采。青木正儿谓其“内容虽然不过是描写单纯佳人才子的恋爱，但其曲辞之典丽，能使读者心醉；并且结构波澜起伏，关目之佳者甚多”。[①] 这和一开始我援引的王国维论断如出一辙。而我为文的立论恰在于，《西厢记》创作中的思想性。崔莺莺当然顾不上反叛封建的大命题，她只是忙于当众隐藏感情，而又私下补救。王实甫依金人董解元《西厢记诸宫调》改作杂剧，但无论是王版还是董版，对于崔莺莺的出尔反尔，当面义正言辞，转身夜半上门都不做半点修饰。《诸宫调》中崔莺莺拒斥张生时，袭唐元稹《会真记》小说内容，言语颇多，强调一个非礼毋动。王依《诸宫调》，但让崔莺莺拒绝时话语更少，因而显言辞更厉，因而待到崔转身投怀，就更显情理的悖谬。似乎《西厢记》众作者在这里，随意地拿莺莺小姐开了个玩笑。可是又正因为这

① ［日］青木正儿：《元人杂剧概说》，第81-82页。

个玩笑，莺莺小姐把那个神圣的特权给嘲弄了，那个她无论在哪一个版本里都在强调的“礼法”与“大防”，被这样一个口是心非的行为给搁置了，消解了。这种消解里有颇深的游戏意味，这就类同于阿甘本所言的“亵渎”（Profanations）。

阿甘本认为宗教的对立面实际上不是对神的不信仰或无动于衷，相反它是“玩忽”（negligence），在事物和使用，在分离的形式和意义面前的一种自由而分神（distracted）行为。在这个意义上，“亵渎”或“污浊化”便是打开“玩忽”之特殊形式的一种可能性：它故意无视这种“分隔”，或者说，它特殊使用这种“分隔”。[①] 游戏将神圣之物重新使用，颠覆（倒转）了神圣行动的权力，游戏使得人类共同体（法律、政治、经济）中的神圣残余彻底无效化。游戏彻底地忽视那内嵌于共同体原始结构中的分隔（神圣、主权、阶层等），这种忽视意味着使用的一种新向度。崔莺莺小姐与她口中的神圣之物开了个玩笑，她没有被它们收编自己的生活，相反，这些说辞成了她的催情剂助燃器，将她更有力地发射到情人的怀抱。

然而亵渎带来的那种全新的使用，仅仅意味着分隔的消除吗？意味着偷情的方便？这显然不是阿甘本谈

---

① Giorgio Agamben, *Profanations*, trans. Jeff Fort, Zone Books 2007, p. 75.

"亵渎"用意所在。因此他用"生命之形式"(form-of-life)一词来指一种"完全不能同其形式相分隔的生命,在这种生命中,隔离出像赤裸生命这样的东西是完全不可能的"①,它完全拒绝被特权捕获、征用与控制。"生命之形式"的反面就是生命政治,就是对赤裸生命的捕获。"亵渎"之后,神圣之物无法拥有特权再随意征用生命,一种"生命之形式"的可能性出现了,这种"生命之形式"将形式(bios)融合在生命(zoē)里,超越了所有控制、捕获生命的分隔性装置(divisive apparatuses),人不再被词收编。因此也就是这么一个玩笑,一点做张做乔的虚张,崔莺莺成了独立的人,不受身份、礼教等封建主权命名的人,一个拥有了"生命形式"的人。倘若我们再深入抉发,我们甚至可以将这一种游戏特质指认到王实甫所处的那个大的时代,元朝的社会历史背景中去。但首先那应是另一篇文章的议题,其次将戏文的推理转至戏文之外,社会、历史因素,忽视了转换中间的问题,即创作本身的问题,将文学的政治推至社会的政治,极易导致问题的虚空,最后逃遁无形。

---

① Agamben, *Means Without End: Notes on Politics*, trans. Vincenzo Binetti and Cesare Casarino, Minneapolis: University of Minnesota Press, 2000, pp. 3–4.

弥赛亚的背影

回到我们最初的命题，关于元曲里的思想性。我以元杂剧《西厢记》崔莺莺的行为轨迹为线索，经由她之“告白”“摹仿与建构”“亵渎”三个环节来触摸她内中的思想轨迹，因而也勾勒出《西厢记》于佳人才子戏码之外结实的思想骨干。此中最重要的还是独特的生命形式的存在，它昭示了人的真正自由状态，它反抗被权力控制生命的各种方式，反抗被碎片化的可能，也反抗任何分隔或是神圣化的企图。这是一种极为弥赛亚主义的论调，阿甘本将之命名为“正在来临的共同体”（coming community），在这个共同体里，任何神圣或特权都将被终止，“俗世”与“神圣”——或者法律与主权——的分隔性结构完全被无效化（deactivated）。至关重要的一点在于，与以往我们谈起弥赛亚主义不同，它事关当下，而不是一种未来的乌托邦，它不是我们要去制造的未来，而是一种当下的闲置性与潜在性。毕竟我们的此时此刻，就是过去的未来。崔莺莺变了卦，转身走向张生的书房，那个背影，正是弥赛亚的来临。

附录　跨界融合纪录剧场《归零地》

剧情梗概：本剧以戒毒所吸毒人员的吸毒、戒毒、复吸经历为基础创作，以这个过程中发生的事件，聚焦戒毒的重要性，展现戒毒人员对社会生活的重新适应和他们自我搏斗的勇气，并通过吸毒探讨人的欲望，人的自毁和人的自由意志。本剧运用大量戒毒人员的真实访谈影像素材和实验性影像，以他们的真实经历，融合舞台的戏剧性创作，以更具现场感，更加沉浸鲜活的舞台感，倡导社会对戒毒人员的包容，更倡导自律和健康的生活，倡导爱的力量。归零地，Ground zero，原本是军事用语，指爆炸的中心，这里用来延伸为纪念那些遭受创伤以及在对人类的创伤施行救援和在重建过程中付出巨大努力的人。归零地是对欲望带来的人的毁灭的警戒、哀悼、纪念和疗愈之地。

舞台一侧设置斜坡、黄沙、投影幕布

人物表

陆新军(以下简称“陆”):男,吸毒人员,在戒毒所经受再教育,后解除

小梅:女,前女友、前妻

甲:男,戒毒所警官、戒毒伙伴、面试人员、邻居

乙:男,戒毒所警官、戒毒伙伴、面试人员、邻居

丙:女,戒毒所警官、戒毒伙伴、面试人员、邻居

丁:女,戒毒所警官、戒毒伙伴、面试人员、邻居

戊:女,戒毒所警官、戒毒伙伴、面试人员、邻居

戌:女,戒毒所警官、戒毒伙伴、面试人员、邻居

序　幕

【播放戒毒人员访谈影像

甲:你是怎么吸上毒的?

陆:那个时候感到压力很大,去酒吧玩的时候,朋友说,试试。

乙:当时不知道是毒品吗?

陆:他没说,我猜到了……

丙:既然猜到了那为什么还要吸呢?

陆:侥幸心理吧,总觉得我可以控制,我不会上瘾……

丙：还有两个月就要从这里出去了，有什么想说的吗？

陆：你们已经帮我彻底戒了，出去之后我一定好好做人，我再也不碰了！

戊：很多从这里出去的人都这么说过，但他们最后都复吸了。

戊：你会面对很多的困难，做好准备了吗？

陆：我准备好了！

甲乙丙丁戊戌：是吗？

陆：这两年这么难都过来了，没什么是我不能克服的！

【陆新军从铁门内出】

甲乙丙丁戊戌：戒除毒瘾，最终还是需要靠你自己。

陆：放心吧，我没问题！我，我没问题~~~（低头）

第一幕　出发

【明亮的房间，两张凳子，面朝观众

【陆新军翻着手里的账本，不停地按着计算器；甲在拖地，时不时用拖把挑衅陆新军

【计算器里发出的声音让陆新军的脸上露出了笑容，他在计算着自己的分数，计算着自己离开这里的时间。甲拖地，拖来拖去，不耐烦陆新军，起冲突

陆：你有病啊！

甲：算分呢？这么卷干吗呢，想提前出去啊？

陆：废话，你不想吗？

【**计算器**：2.3+1.4+0.3+1.3+1.7+……

甲：不容易。

【**计算器**：2.3+1.4+0.3+1.3+1.7+……

【在计算之中，两个人不断地重复着所内的动作，站起，领餐，坐下，抬头学习，站起，做操，坐下，躺下，站起等一系列动作——他们在重复着每一天的生活

【乙、戌、丙、丁、戌逐渐加入其中，伴随着计算器的加减声重复着以上的动作，他们像是陆新军和甲的影子

甲：时间过得真快。

陆：是的，在戒毒所两年了，我真想出去。

甲：你出去想做什么？

戊：我要大喝一顿。

乙：我要抽烟。

丙：我要找女人。

丁：我要打游戏。

陆：我要借点钱。

甲：你出去最想见谁？

丙：我妈。

甲：我爸。

戊：我姐。

乙：我奶奶。

丁：我哥哥。

陆：我前妻。（声弱）

戊：她要见你？

【计算器里响起“归零”的语音提示，动作停止

【陆新军从凳子上站起来，狠狠地张开双臂迎接阳光状

陆：自由！

甲：自由（学陆新军）

【其他人都默默地在周围坐下，消失在黑暗中

甲：兄弟，你第一次，是什么时候？

陆：你不是知道的嘛，好几年前了，那时候还小，不懂事。

乙：什么感觉？

陆：（笑）什么感觉你不知道吗？（突然间意识到）你什么意思？

甲：我知道那是什么感觉……

陆：我不记得了。

【在黑暗深处，出现陆新军的记忆，若隐若现

戊：兴奋。

乙：刺激。

戊：爽！

丙：无聊。

丁：绝望。

【众人笑声，陆新军狠狠地摔椅子，回忆消失

陆：傻逼！我不记得，也不想记得。

甲：是你一辈子都逃不掉的感觉。

陆：不好意思，他们帮我戒了。所以，我要出去了。

【甲拉住陆新军

甲：我们会再见面的。

陆：不，我们绝不会再见！

【陆新军甩开甲

第二幕　求职

【外拍影像：周围的喧闹声渐渐响起，逐渐有了烟火气，灶台的声音，孩童打闹的声音，汽车声，问候声，市井的声音终于回来了，陆新军出现，甲、小梅、乙、丙、丁、戊于街道中擦身而过。陆新军被女孩吸引，往前追赶，找，窜来窜去，女孩若影若现，最终消失。

【小梅出场，挡住舞台上的陆新军，两个人在人群中见面；小梅让他闭上眼睛，送给他一个礼物

【陆新军打开礼物，里面是一个笑意盈盈面具，戴上，周围也一片欢歌笑语。摘下，周围笑声停，人与人拉开距离，冷漠散开。只有陆新军一个人孤独地站在原地

【陆新军拿起面包咬了一口

陆：喂，石总是吗？我是前两天来面试的……对对对，那个结果出来了吗……（失望）啊，这样啊……不好意

思打扰了哈……哦,对了,你们还有其他岗位……(对方挂断)

【陆新军接着狠狠咬一口面包,吃得非常仔细干净,舔干净每一根手指

陆:(无奈)喂,你好……是,我是!(兴奋)好的,好的!明天来公司参加面试是吗?好!我一定准时到!

【掏出面具,戴上面具陆新军走在路上,路人们出现,他们有秩序地进行着自己的行动,他们坐地铁,吃早餐,行色匆匆

【陆新军想要融入人群,却因戴着面具,不能自如,跌跌撞撞,引来更多人侧目

【陆新军在地铁上挤到了别人

陆:不好意思。不好意思,让一让……

【陆新军在路上撞到了别人

陆:对不起……

【陆新军前去问路

陆:你好,请问这个地方怎么走?

【路人直接离开。众人集中于陆新军身上,慢慢下降下降,面具起,觉得疲累,偷偷摘掉面具,大喘一口气,四下里张望,感觉异样,赶忙将面具戴上

【丙出现在陆新军面前,她是公司面试官

丙:面试开始!

【戊递上纸笔

戊：登记一下。

陆：是。

【陆新军像是一个货物被人挑选，陆新军在努力地做着各种运动，俯卧撑、仰卧起坐、开合跳、波比跳、阶梯跑

丙：为什么要来我们公司应聘？

陆：因为贵公司的理念是我非常赞同的，非常适合我！

丙：你的优点是什么？

陆：诚实守信，身体健康，吃苦耐劳，脏活累活都可以！

丙：你的优点有点普通。

陆：公司要求的，我都会努力做到！

丙：你对将来的规划是什么？

陆：（停顿）努力工作，成家立业，过好日子！

丙：你能给公司带来什么？

陆：最忠实的员工！

丙：你对公司有什么要求吗？

陆：（大口喘气）没有！

【陆新军在运动中，越来越艰难，面试官们被他的真诚打动，开始纷纷为他加油打气鼓励

丙：恭喜你，成为我公司的一员！

【众面试官为陆新军的成功鼓掌欢呼

【他们为陆新军戴上了工牌；陆新军穿上了西装，挂

上领带

陆：谢谢，谢谢！

丙：来，进行最后的例行检查。

陆：例行检查？检查什么？

【陆新军开始恐慌，逐渐出现幻听

丙：公司要录用你，必须全身心地相信你，所以我们需要检查你所说的一切是否属实，检查你的过去是否清白干净。

【陆新军的耳朵开始出现了耳鸣，后面的话已经完全听不见了。影像为各个演员纯表情面孔，飘荡在背景墙上

【音乐起。影像出1949–2025历史文献图片，老电影质感

【面试官们上前极具仪式感地从他身上拿出了胶卷，那是他的记忆与过往的秘密，所有面试官戴上了白色的手套，开始仔细地检查着胶卷，细致入微，查看陆新军所有的档案

陆：没这个必要吧……各位老板，没这个必要吧……

【无人回应，继续检查

陆：（急切）不要这样，好吗？求你们了，不要这样……

【无人回应，继续检查

陆：（逐渐失控）你们在做什么？你们这是在做什么？！你们不可以这样！【逐渐摘掉面具

【面试官们见到陆新军的真容，如临大敌，整个面试会

场大乱。众面试官围坐一圈或站立身后

丙：你，吸过毒？

陆：不，我已经在戒毒所里戒掉了……

丙：所以，你吸过毒？

陆：我已经戒了！

丙：你吸过毒！

声音【众人（议论纷纷）：他吸过毒！他吸毒！他还在吸毒！他一定在吸毒！陆新军被捆绑。他挣扎】

陆：我没有，不是这样的！

【陆新军努力地希望解释，众面试官上前，将他的西装、鞋子、领带和衬衫统统扒下。陆新军被捆缚，奔跑，挣扎，面具脱落，狼狈地倒在地上。胶卷散落在地，一片狼藉

【众面试官冷漠离去，不顾陆新军的哀求

陆：我没有吸了，我戒了，我改了，不要拿走，我求你们，不要拿走，不要拿走！

【陆新军一次次冲向观众，拉回，冲向，拉回

【陆新军手捧面具，走向舞台前沿，呆坐

陆：他们都说浪子回头金不换，他们都说改过自新，是新造的人。我改了，我受罚了，你们就不能给我一个机会……我真的会做好的！你们为啥就看扁我，你们这是在歧视我！

【陆新军情绪渐渐激动

陆：我每天都在算，在戒毒所，我算我什么时候可以还

清账出来,重新开始;在外面,我算着还要多久才能回到从前。我也有眼睛,我的眼睛也是拿来流泪的。我也有感觉,也会被你冰冷的眼神刺伤。我已经归零了(戴面具),归零了(脱),归零了(戴),归零了(脱)归零了,归零了!

【越说越快,面具摘下,捧手上,哀伤地看着它

【影像:戒毒人员谈社会上的歧视现象……背影出镜】

第三幕　返回

【陆新军拿酒瓶,边喝边走进舞台

陆:白天?黑夜?不知道。昨天我又鬼混去了,喝了酒,我又玩上了粉。脑子乱,一片混乱,我从楼上直接跳了下来,腿断了。怎么回的家,不记得了。是,我是又吸它了,害人啊,它害人。我们从来骂它,可是你们去听过毒品怎么说了吗?

它说,人才是坏东西!我们难道不是人种出来的吗?冰毒和摇头丸难道不是人发明出来的吗?好吧,就算我是最坏的,你们把我灭了,收拾干净了,那还有香烟、酒精、赌博、性、电脑游戏、短视频、金钱、权力,你能逃得了毒品,你能逃得了这些吗?他们说,它会劫持人的大脑,会把你变成另外一个人。那个始乱终弃的,那个酒后乱性的,那个屡教不改的,那个满口脏话的都不是我,不是我。我跟你一样恨它,不,这个世界上没有人比我更恨它。

【陆新军倒地酣睡

小梅：还在睡吗？

【陆新军转身不理，手伸向酒瓶

小梅：继续睡吧，感觉你每天都在睡，但又无时无刻不是清醒的。

陆：你为什么要离开我？

【小梅沉默地收拾着地上的胶卷。

陆：为什么？！

小梅：我是工作需要出差……

陆：可是我刚出来。为什么我一出来了，你就要出差？是不是你已经有别人了？他是谁？

【陆新军做强势亲热状，小梅甩脱，陆新军语无伦次地大喊大叫

【沉默

小梅：你的脾气怎么这样？在里面的时候你可不是这样。你一周一封信，从没断过，嘘寒问暖关心人。出来以后你却动不动就怒，几句话就暴怒，写过的话统统都忘了。是不是找工作累了？别泄气啊，咱们最好是坚持一下，继续找找。一次不成功有很多原因的，不要放弃啊。

【小梅依然在收拾着地上的胶卷，小心翼翼地收好。

陆：你不会看不起我吧？

小梅：我从来不会。

陆：那你为什么要走？

小梅：我跟你说了是工作安排……

陆：你对我来说很重要！

小梅：我觉得眼前来说，工作对咱们俩更重要。

陆：不，你重要……你是我女朋友，我想和你在一起，你不会跟他们一样另眼看我吧？我会努力找工作的，相信我！我希望我们之间能有一个未来！我会……

我会找到一份好工作，将来，将来可以开一个店就在这里，不，老家也行！我做老板，然后，我们两年内结婚，生个孩子，以后可以去看海，去爬山，去过开心的日子……

【影像：女友梳妆

小梅：你疯了！你这是在干什么？我要的不是未来，我要的是眼前。我们面对现实好不好？不说远的，明天再努力努力继续找工作行吗？不要放弃好不好？

陆：你是在骗我，你也是在骗我。都是假的。你根本就看不起我，不接受犯过错的我。

【陆新军开始焦灼不安，以下陆新军小梅同步说话

小梅：你为什么这么想？为什么这么**钻牛角尖**？那你觉得什么是真的？我怎么做才是你说的真？

陆：我头疼，难受，心里那个黑洞又泛起来了。那个黑洞……我脑壳疼，我头晕。什么东西？它在控制我，它摇撼我，它攻击我……

【**影像**：妻子回忆丈夫离家吸毒时刻情景视频，与现场陆新军形成对话关系

妻子影像：我不想再跟他说了。

陆：我也不知道该和你说什么，我是该死，我有一颗世界上最硬的心！

妻子影像：我没有办法了。

陆：办法？你没有办法，我也没办法。我对自己无能为力。你们有办法吗？这个世界有办法吗？

小梅：你要去吗？你真的要去吗？（声音）

陆：你管不着！

【音乐的声音越来越大。影像里人与潮水交替上前，将陆新军淹没在其中。其他演员推黄沙车铺沙至一侧

【陆新军穿连体衣逐渐靠近黄沙，倒地，站立，挣扎，狂喜，癫狂，交替出现

【即时投影出现他的身体、脸部特写

【舞者出现，与陆新军肢体互动

第四幕　誓言

【黑暗中，铁门推至背景墙，铁栅栏中灯亮，陆新军出现其中，与现场陆新军对话

陆（铁门中）：你真还想进来？

陆（现场）：不想。

陆（铁门中）：那你为什么要复吸？

陆（现场）：什么都没意思，不知道，我不知道，不知

道,不知道,不知道……

陆(铁门中):你就是自私,你就只为自己考虑。

陆(现场):自私?谁不自私?这世界上谁不自私?你不自私?你们不自私?

陆(铁门中):你就不想想你年迈的父母吗?

陆(现场):谁想来到这个世界啊,这么混乱、肮脏、无聊!

陆(铁门中):你连孩子都不想吗?

陆(现场):他记得我这个爸爸就好喽,但愿他从来没有爹。

陆(铁门中):满嘴谎言,满嘴谎言。你真会找理由,你这啥都缺,就不缺理由!你吸了戒,戒了吸,表面上看起来,是别人给你的,其实,也是别人给你的,但最终,是你给你自己的。你就是个垃圾、人渣!

陆(现场):是,我是,我是。我是在逃避,可是逃避也是我的渴望。欲望是面镜子,那里面有最真实的我们。

陆(铁门中)

【以下为访谈视频,戒毒所内围绕复吸的采访

【六位演员成队列出,随台词做整齐肢体变化陆新军台侧击鼓

丁:还有两个月就要从这里出去了,有什么想对亲人说的吗?

甲:我已经彻底戒了,出去之后我一定好好做人,我

再也不碰了!!

戊:诚实守信,身体健康,吃苦耐劳,脏活累活都可以!

戊:成家立业,努力工作,过好日子!

丙:要老老实实,听我姐的话,再也不和狐朋狗友混了。

乙:要好好对我老婆,跟我老婆一起养大小孩。

【陆新军站在另一侧读信,给妈妈的信

陆新军读完,甲接着读给妈妈信,乙接甲读给外婆信,丙接乙给爸爸信……

【疯女人游荡,手持玫瑰,人群中哼唱,举玫瑰向陆新军。读信毕,撤人前往推动装置,渐次离开

【小梅在观众席喊话

小梅:撒谎,满嘴谎言,你满嘴谎言,这二十年我就这么被谎言圈住,现在依旧还在那谎言里!

【众人归位,齐声

丙丁:以前他们也这么说过,但是又进来了。

乙甲丙:以前我们也这么说过,但是又进来了。

乙甲丙:以前我们也这么说过,但是又进来了。

乙甲丙:以前我们也这么说过,但是又进来了。

陆:以前我也这么说过,但是又进来了。

【所有人往坡道上奔跑、停顿、滑倒、起立、再奔跑、再滑倒……陆新军反方向做同样动作;影像为熔岩火山,两

次往返后，陆新军落后于众人，与众人形成交错后，各自倒退方式再往返两次

【我说过，我们会再见的，只要你吸过一次，就再也没办法离开】（众人与陆新军交错时说）

【陆新军从队列中脱离，面对观众行走，众人倒走

陆：不！我不可以回去，我不可以再回去……

【有太阳必有阴影，当你第一次触碰它，就再也逃不掉了】（众人与陆新军交错时说）

陆：不，我要离开，我必须要离开。我见过太阳，也了解了黑夜，我不要被囚困，我的生活要自己做主……

【众人站立坡上，转身伸手做召唤状

众人：你离不开我们的

陆：我！不！信！

第五幕　新造的人

【前妻影像，投坡道、枯树，投背景布；乙推球出，在全场不停推球

陆：又剩下我一个人了，痛苦离开了一会儿，又在失望中撞击着我的心。这里很安静，在里面我总算可以认认真真、仔仔细细、正儿八经地和你们说一说我的事了。我想和你们说说我的前妻，小梅。汶川地震的时候，我俩被压在废墟底下，互相鼓励、打气。我疼得受不了，她紧

纪录剧场《归零地》剧照

纪录剧场《归零地》剧照

紧拉着我的手不松，被她拉着，我就不疼了。我们活了下来，我真庆幸，真心实意感激有活着的机会，老天恩赐给我额外的重新来过的机会。可就因为吸毒，我彻底失去了她。我爱她啊，我的全部世界现在都崩塌了！

像我这样一个人，已经没有资格倾诉了。可是我还是感到可怕的孤独，和你们一样感到孤独。你别笑，你们别笑，这并不好笑！人在孤独的时候不都一样的吗？我们都是同样可怜的不知道自己要什么的人！当然，你们比我强，谁都比我强。我的快乐早在第一次吸毒时就标上了最昂贵的价格。我妈说，我识字很早，很小就特别爱翻故事，读到兴头上都舍不得上厕所，尿了一裤子。你看，我就是这么任性！长大了，故事也满足不了我，提不起劲了。我贪婪，吸粉、溜冰都来，就是想快速要到那口鲜甜。他们跟我说，不要吸，不要吸，可我就是要吸，越说我越是要吸。我是有瘾，我有了瘾呐。难啊，真难啊，戒不掉。你没有瘾吗？你没有吗？你们都没有过一点瘾吗？我才不信呢。人是多么容易有个瘾啊，酒瘾、烟瘾、性瘾、钱瘾、戏瘾、官瘾、成名成家瘾、说风凉话瘾、瞧不起人瘾、抠手指瘾、捋头发瘾、眨巴眼裂巴嘴瘾……那么多选择呢，总有一款适合你！你，你是在躲我吗？别躲我躲得跟瘟神似的，你又是什么圣人？你的瘾合法，我倒霉，我的瘾它非法。你看，瘾也有歧视链呐。可是你记住了，人生自古谁无瘾，无瘾他就不是人！你们难道不觉得人在自己那点可怜的瘾里头，才啥都顺眼了，都舒坦了，都有盼头了吗？什么？你问我瘾是什么？我绞尽脑汁了，可是想不出来。人生那点乐子，不都在瘾里头嘛？

乙：最难的那关从你离开这里才开始。你准备好了吗？

乙：最重要的是靠你自己，你准备好了吗？

陆：我的听众，你们最好能够点头叹息，甚至陪我哭一会儿，最好是像小梅那样，笨笨的，但是会像样地大哭。我真的很想她。我真的想……再给自己一次机会，就一次，去拉一拉她那双柔软的手。为了喘口气，我却沉入了深海。我是瞎了！可我还是渴望看见黑夜的尽头。（跳上树杈）在懵懂的时候，我承受了命运的分量。这分量好重啊。这一片天地，我来来回回，徒劳奔忙一场空！

丙：瞎子，快过来帮我推球！

陆：我妈走了，现在小梅也走了，她们都走了，可是，它还在。它成了人生最重要，甚至唯一的课题。它还不断扩张，不打算给其他东西留下位置。余生的时间我不得不与它共处，与它搏斗。我根本就不是它的对手！彻底向它认输吗？不，不能，我不能。徒劳教会我，命运只有自己去扛。我的朋友们，帮帮我吧，教教我从现在起该如何生活！

完】

跋一　王音洁的“篝火”

在空旷的地方或野外架木柴燃烧的火堆。

——篝火

快两个月前，年度新作《无地的剧场：当代电影与剧场批评新论》出版不久，王音洁嘱我写一篇书评便转身去了东南亚。讶异中，我承应下来并再次翻起了书，篝火的意象瞬间闪出。《无地的剧场》虽未提及“火”，但相识以来，确是见她放过几次，这在日常有点特别，但与其文字世界并不违和。

一

第一次火，是在同学席丹妮和我的联展“原子偏移”现场。2019 年 11 月，展览开幕前夜，我们仨关了灯，随策展人划亮火柴，将手伸向中庭悬垂而下的帘幕。这真令人既期待又忐忑，结果却极为安妥（灭火器已备下），焰苗悠

展览开幕前的“烧荒”现场

悠,只熔出一些空洞,与想象中的摧枯拉朽相距甚遥……

王音洁执着而天真地在民国建筑里“烧荒”,是希望用这光焰召唤出这一空间内部的剧场性,以此抵抗充塞于周遭的平庸丝滑光鲜。特别是对一个即将开放的女艺术家展览来说,前置经验和标签都是如此现成。比如在这块带有疤痕和残损的幕布上,按计划循环投影展览短片(取景东河夜半到黎明的景象)、文慧老师早期舞剧作品《裙子》。不过,听说我们不在展厅时幕布常被撩起,抑或说担心作品被巨大影像“盖住”,“作法啊”,一个朋友说,好好看画不就够了。

展览结束不久疫情来袭,而今再想一切恍如隔世。不过策划群保留了下来,成为三人投诸各自想法、困惑、体识、感悟的“总体文本”。正像书中所示“讨论、争辩、直言以告,尝试去拥有共同的真实时间,言说者和倾听者呼吸着同样的空气”。

对王音洁而言,这必是“外剧场 / Off-Theatre”无数化身中的小小“一幕”,既是空间的,也是时间的,只要存在下去便不断在生成其自身。

二

第二把火,点在杭嘉湖腹地。我没有参与,但曾随王音洁和陆兴华、郁震宏老师一起探访过大麻镇野菱滩。

很难想象离“精装城市”杭州咫尺之遥，竟有如此一片水草丰茂之地。那里先前装扮成景点的几分努力早已失效，一番“野渡无人舟自横”的散逸和荒疏，早早预约了我们的“乡愁”。以其无名，以其“本地”的名义，王音洁想放一把火便是自然而然。

这把真正意义上的篝火，最终是在推文中看到的。隔着屏幕我的视角随无人机升空，将一切尽收眼底，那簇火光将文人画般的清寒意象点化得既真切又荒诞。

我想，置身野地的王音洁与邀我一起去看《繁花》、《浮士德》和《安提戈涅》的王音洁在本质上没有区别。“没有被动参与的观众，只有被解放的每一个人”，她从来不是寻常意义上的“观众”，希求的不是情境的幻想，而是因地制宜的创作力、生产力。

火，自有其身姿、风度，在此刻是她邀请的嘉宾，是她“谈话剧场”的剧情，篝火边的她，感受着热力升腾，真正要面对的是将自己抛入一个切断了惯常环境和惯常思维的地带，焦灼着、窒息着、调度着、驾驭着。这带出了王音洁的巫性，也彰显着她的智性。

三

去年秋天王音洁来说，要几个手写的字做字幕，“就像绣在布上”。她当然知道那种娟秀工整的“好”，但这

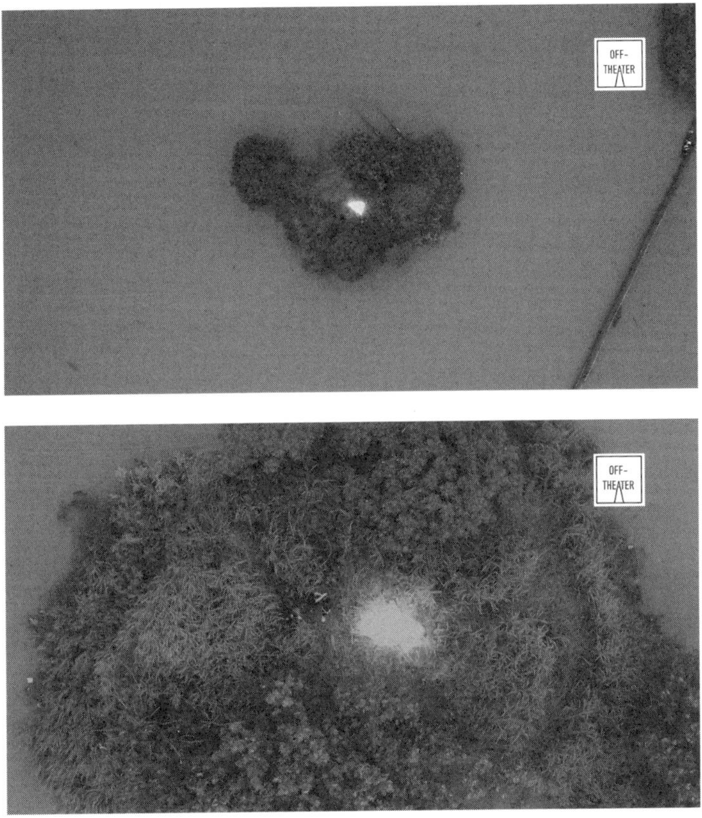

杭嘉湖腹地烧火航拍图

始终不是她要的。

抄完演职员名单,我便也成了题字组的一员。出于对她的了解,我对自己没有体款的字丝毫没觉得有什么可惭愧的;同时,作为一个彻底的外行,对《乡祭》的视频剪辑也做到"有什么说什么"。

这是直言吗?王音洁意属福柯论述,"直言指的是言说者和他所说的内容之间的一种关系。""直言者就是冒着风险说话的人",他具有言说的自由而选择坦率而不是说服,选择真理而不是谎言或沉默,选择批判而不是奉承,选择道德责任而不是自我利益和道德冷漠。

我只知她在和时间赛跑,在屏幕那端盯守,几次一觉醒来版本已迭代。果真,《乡祭》就在她晨昏颠倒、披肝沥胆中被"抢"了出来。在临平大运河边的城乡接合部,在一年收割即将结束、稻田行将消失的光景,在并无多余课时的教学计划中,以及时时失言的大小处境中,王音洁"扒拉"出一个戏剧"事件"。

我最为之打动的一幕是,女孩扭头用嘴将稻叶扯离茎秆,衔在唇中将之传递给同伴,同伴复复如是,口传而心授。这群形体、仪态、情绪、日程日后都将被T台走秀收编的孩子,在四合的夜色里、鼓声中,尚且是一堆堆祭火旁谨厚的原人。他们日后是否记得曾经的"王老师"?不得而知。我想或许这片稻田剧场的温热和那祭司的形象会消退得慢一些吧。

OFF-THEATER

稻田剧场肢体剧《乡祭・丰》剧照

四

从《复象与镜像：当代剧场与影像创作的流动图景》《被悬置的演出："场外说"谈话剧场合集》，到今年问世的《无地的剧场：当代电影与剧场批评新论》，王音洁连续三年有文论出版，在烟火燎烧的日子里，真佩服她的定力。我和丹妮参与了每个封面设计的讨论，每次都有些遗憾，但每次都让事情"过来了"。

听她说话和读她文字其实没太大区别，其语言自带文本气质、立体结构，其结果是——比较费脑。常常，湖边、操场上、城南旧巷里，原本懒散的闲聊不知怎地就变成讨论、问答、评论、剖白，冒思维火花、挖情感根源……而她逻辑的层层递进、态度的循循善诱，让人又不忍地想，真是走心，何以对"人"这一事物怀有如此巨大的热情和耐心呢？

不知不觉间，王音洁留言说快要回杭州了，手机里一齐涌来的讯息里还有体育盛事、巴以冲突、影讯速递，多久以后我们会说起这样的一天，将之称为宏大叙事抑或是自传书写？

在这样一天，我想到王音洁，如火在野，苍惘而热烈。

刘　颖

跋二　在“无地的剧场”呼唤，因为她“不满足”

潮新闻： 如果把王音洁作为一个个体来说，你从女青年走到了女中年，女性的中年好像是一个内涵有点复杂的概念，从创作上来说，是一个走下坡路的年龄，还是一个可以旺盛的爆发的年龄？

王音洁： 在人文学科领域，走下坡路和爆发，很难用一个外在化的标准来标示。因为这是一个与历史感，与一定历史长度的框架密切结合的复杂多样的评定过程。我个人来说，肯定不觉得自己是爆发，从来都习惯在“底层”趴着，应该也攀不到哪个高度了。但就女性的创造力来说，年龄与高低的关系，并非跟色衰的进度一样，绝然是正比。比如最近复旦大学陈建华老师出版的书《爱与真的启示：张爱玲的晚期风格》，就是重新评定张爱玲一直被视为创作衰退的晚年。所以回到我们的议题，下坡还是上坡，是一个历史框架的评定。门罗、安妮·埃尔诺也都是晚年获得了诺贝尔文学奖。当然这些都是文学的领域，学术研究的领域来说，这个情况比文学领域难很多，老而弥坚者少。当我们提老教授，脑补就是老先生，不会是老太太。但还是有的，比如桑塔格、阿伦特、玛莎·努莎鲍姆、朱迪斯·巴特勒、上野千鹤子、孙歌等中外女中楷模。

潮新闻：我记得杨荔钠的《妈妈》上映时，你也是这部电影的积极推进者，这几年的电影或戏剧舞台上，作品涉及女性话题时，是不是会让人无法冷峻？

王音洁：《妈妈》我参与了一些前期工作，算是这部电影的顾问。杨荔钠是好友，她说要拍一部老年女性知识分子的电影，而且在杭州拍，我非常兴奋，带着她采访杭州的退休女教授群体，也去看杭州那些我内心私藏的记忆之场，比如杭大新村、大学路图书馆、东河五柳巷、浙大玉泉等。能有机会把这些地方展现于大银幕，分享给更多的人，我特别高兴。对，我有一个很爱分享的性格，自己觉得好的东西，巴不得一堆同好一起，觉得快乐才增殖，不是增值。但是在为这部电影做调研的时候我也发现一个问题，那就是老年女教授很少，老年文科女教授更是少之又少。当时我就在想，这是为什么呢？首先是教授少，受教育的人少，女性受高等教育的就更少。那这么难得的机会，一般就会选特别实用的专业，不务虚，这就不会选人文学科了。然后呢，做了大学老师，能够经历时光的考验，得到专业长足的发展，能够升等的，又更少了。当年是如此，当下呢？人文艺术学科女生多，但在一个领域里有所得的还是一样地少。涉及女性议题的我有一种本能的代入感，最早我的剧场作品《游园·今梦》来自我的一篇谈艺术问题的论文，我好友说我是女性本位主义写作。这句话点醒了我，使我想把论文的idea变成剧场作品。不是难以冷峻，而是我能力有限，只能谈自己谈得清楚的，没想清晰的事情不敢去表达。

潮新闻：你参演了苏七七导演的电影《长谈》，演的是自己，展现的也是自己的真实处境，作为一名很难的中年女性，你是女儿，也可能会遇到两代人亲情关系上的问题，你也是母亲，也是妻子，也是职场女性，几乎这几年所有困扰女性的问题你都有可能遇上，这是否意味着观察者自己会掉进这样的“剧场”内部，也成为一名陈情者、表演者？这样一来，批评家可能就无法跟作品保持距离？

王音洁：至于中年女性的难，我在想，中年男性也是难的，老年女性也难，各个阶段，各种人，比难就跟比情怀似的，是伪命题，难以去比较。中年的困境在于难找理由，比起老少两头。少不更事，可以责难整个世界，老则更有理由归咎，出于生命本身发育生长的原因，两头都不太有控制力。中年不太好意思找理由，我们就是这两头的理由，只能是硬扛硬过了。你提到我们这种身陷其中的境况，确实，从名从实都最是人生血肉的在场。陷在此中,但并始终是自知的,不是沉溺。就是德里达说的,永远在“在场”与“不在场”之间,他说是游戏的状态。我理解是嬉戏于间,永远提醒自己不被各种受害人心理捕获。从被动承受,都朝向主动承担,去行动。无论是表演者还是批评者,都需要有一种分离的能力,所谓“在自己的身上克服这个时代”,才不会被时代的宏大叙事带走了。

潮新闻: 你的这场活动的主题很有意思,“我不是吃醋,我只是不满足”,本来是谈论托尔斯泰的安娜的处境的,那么我们的时代新女性和安娜很遥远吗?为何这句话又让人很有代入感?对情感的需求好像比男性大,这是否是女性的软肋?把这句话改为“我不是××,我只是不满足”,似乎更能引起女性的共鸣?现在有一种观点,只要女性抽离了感情,摆脱了所谓的“恋爱脑”,比如女性要去搞钱,搞事业才对,女性就真正强大了,这类观点也是简单粗暴得很,你怎么看?

王音洁: 当时我读《安娜·卡列尼娜》时就被这句很平常的话吸引,原因在于它明明那么平常,似乎就是说一个女孩在妒忌,在不开心而已。但是托尔斯泰为啥要用“不是……,只是……”,这里明明有个逻辑的层次转折,安娜在强调什么呢?我的“抵制简单化”女性雷达就开始发作了。仔仔细细读了之后,决定写一写心得。安娜强调自己不是吃醋,不是因为沃伦斯基不回家,流连社交,有了别的艳遇的小性子,这样认为她,她觉得是侮辱。她私奔是自我尊严的需要，爱情是个人意志的声张，是她极致的自我尊严的投射。“不满足”，是对尊严的不满足，是对尊重的需求没有得到正向的回馈的不满足——整篇文章我谈的是这个。就这一点来说，我们和安娜很近，不隔。你提到的这些观点，都还是把丰富的现实简单化扁平化也固化的观点，这些恰恰是我们出于女性主义立场要抵制的。

潮新闻：还有一个经常针对女性的词“PUA”，似乎女性作为性别之一，更容易被PUA，我们在生活中也常常听到这个词，作为一个女性艺术家你对此敏感吗？

王音洁：我对PUA没有什么研究，不过PUA的提法，我感觉总隐含着把某种责任或后果单方面归咎于他人的意味，这对我们每个人摆脱困境没有什么帮助。

潮新闻：《阁楼上的疯女人》这本书这几年反复被提到，这本书展现的是女性的危机？我偶尔看到最近一篇说老剧《欢乐颂》的文章，说最惨的不是樊胜美，而是辞职嫁人的那个普通女孩，等待她的将是一步步到来的危险境遇，我发现这是当下的一种普遍观念，当女性一步步退回到一人狭小的空间，是否意味着她接下来的处境会是危险的？

王音洁：“狭小”我想最重点不是指物理空间的小，而是观念的退缩还是开通。退回到一个人的空间，如果是隐退的独善其身，岂不快哉，会是人们羡慕的对象。去年的现象级电影《塔尔》,当塔尔这位世界顶级女指挥家因为丑闻被解雇失去地位时,她去了东南亚一所中学,埋头做起校园乐团指挥。看上去她是退缩到了一个很小的天地,她的处境反而是安全的,比起她在位高权重时。那会儿的她时刻在权力游戏里,耍弄别人,也损害自己。是什么令自己变得危险和狭小?是什么东西变小了?这些问题也许需要问一问自己。

潮新闻:我们来大胆假设一下,《狂人日记》里的狂人是女的,也意味着狂人具有了女性意识,那么狂人会喷出一些新的话语来吗?

王音洁:我曾经开玩笑说,张爱玲的《金锁记》就是一部反写的《狂人日记》,曹七巧,就是一个反写的女狂人。狂人是什么?是不在意任何通行的奏效着的道统教律的人。狂人一把扯下道统的面子,七巧属于撕了里子的。狂人如果是女的,就会是曹七巧那个疯子吧。

潮新闻:你觉得女性身份是一种固化的所指吗?在各种空间和社会环境中,你会在意并彰显自己的女性身份、女性立场吗?又是在什么样的空间的氛围中,摆出自己的女性身份是必要的?

王音洁:任何身份都不应该成为固化的所指。我不会在各种空间和社会环境中在意女性身份立场,比如和幼童们一起时,又比如女性自己的聚会。这说明什么呢?身份意识确实是处境化的一种存在,它永远和具体的定位、位置有关，和我们围绕着什么去组织话语和知识的实践有关。摆出女性身份最为必要的时刻，我以为是在抵制任何“固定化”“简单化”趋势的时刻。女性主义如果有一个可确定的点，它应该是一种具体化的思维或者知识。因此也没有单一的女性主义立场，因为我们的地图需要太多的维度去观照——这个隐喻才能着陆我们的愿景。

潮新闻：你的书中有一篇专门给了“路上的女人”，不仅是西方电影里的，在国内，大家最近也关注一位花甲之年的女性苏敏上路的，她不想再做得不到一点关爱的妻子和一直在付出的母亲角色了，她也成了一名“路上的女人”，但自她开车上路以后，她其实得到了很多的鼓励，她自己的进步也很大，学习自媒体，赚一点路费，她不再是一个“可怜的女人”，从前男人不断腾挪空间，哪怕古代考个试要花几年在路上，女人是一直在“守”的位置，六十年代新浪潮电影里的《流浪女》，跟现在上路的一代女性，本质上有什么异同？上路确实是新女性的一味解药吗？

王音洁：路上的女人，是谈《无依之地》这部电影的。我把它和另一部美国电影《温蒂和露西》一起比较来谈，因为都是女导演拍的流浪的女性。但是我是不太喜欢《无依之地》才写的路上的女人这一篇评论，我不喜欢什么呢？不喜欢它把我们常人面对日常的抵抗智慧，去浪漫化表现了。记得做微观历史学的专家王笛最近有一篇访问，他提到“时代面前，普通的人反抗就是每日吃一杯茶”。把这种反抗带着审美滤镜去放大后会有什么后果呢？大概就会有伍尔夫写的《莎士比亚的妹妹》那篇里的那种境况。就是你放大反抗的瞬间，在那种情氛调性下，她也去路上了，她也私奔了，可是与这个行为相挂接的一系列生活资源，并不具备。莎士比亚的妹妹（这是伍尔夫的虚构），一个和莎士比亚一样有才华的女性写作者，很快就熄灭了她的生命之火，被埋在了“大象和城堡”那里的十字路口。（依英格兰的传统，自杀以及犯案被处死的人只能埋在十字路口，以免亵渎墓地。英国于 1961 年通过法案之前，自杀和自杀未遂都属于犯法。）所以我写那篇评论的要义不是赞美这种反抗，而是想透视这种对我们常规生活的反抗行为浪漫化的举动，我们究竟更应该看到什么？体悟什么？是什么使我想反抗，在反抗，持续不停地、寻找个人意志的声张、不被任何事物褫夺地去反抗，哪怕那反抗只是每日吃一杯茶？这是我写文章的动因。上路也许是解药，但它只是一个寻找的理由，真正的解药在寻找的过程中。

潮新闻：你另一篇文章《说出属于我们自己的生命谎言》，主要是评《同学麦娜斯》的，里面很扎心的有当年同学“女神”成“神女”的剧情，四个男同学固然过得不好，但过得更不好的是否是那一个无法说出过程的女同学，也就是说，底层之外，女性还在底层下的底层，你对当代影剧作品中的这一类女性形象怎么看的?

王音洁:当代影视剧,还存在内外的差别,这个差别还蛮大的。最近几年来,国际电影节上,女性主义的元素越来越强大,越来越多女导演的作品获得最重要的奖项。她们的镜头里,给女性以本然的面貌,比如非常精彩的根据安妮·埃尔图小说改编的《正发生》。底层之下的底层,其实更多不是指实际的悲催,而是无法言说,找不到词,失语,那是最底层,因为不存在。华语电影这几年,也有朝这个方向在努力了,比如《妈妈!》《嘉年华》《我是你姐姐》等,有很多纪录片其实走得更远,更早就开始在这个路径上奔跑了,这些都非常值得肯定。另外一点,谈到“女性是底层的底层”这个说法,我认为是要警惕的。那里面有一种倾向是寻找被迷恋的完美受害主体,那会导致浪漫化或挪用较弱者的视野,又声称自己在从他们的位置看事物的一种视角。从“底部”出发来看事物既不容易学会,也不是没有问题的,观看者恰好“自然而然”地栖身在收容“被征服者”的巨大地下掩体里。“被征服者”的立场不是全然无辜的立场。

潮新闻:你很尊重并引为同道的女艺术家文慧,你们也共同合作了“乡祭”的作品,书中你谈到文慧的几个跟女性主题有关的作品,比如《生育报告》,还有十二岁就嫁人的三奶奶的故事,我们当代女性与三奶奶之间,究竟站着多少个李焕英?今天生育这件事正在被鼓励,同时又是看得见的女性困境之一。

王音洁：文慧是我的偶像。早年她是体制内的编舞者，东方歌舞团的。之后做现代舞蹈剧场的编导表演。你提到的《生育报告》就是一个很棒的舞蹈剧场作品，用肢体表达、个人讲述、实时投影等方式，对女性的生育和身体性状的改变做了次汇报。这就是舞蹈剧场，用身体为语言去表达自身或当前的关切。去年一年她在欧洲巡演《我60》这个作品，是对六十岁自己的审视和思想报告。我在文章中把她的创作称为“直言剧场”，用福柯死前再三提及的“直言”概念。刚刚得知她在疫情中完成的短片《没有规则就是我们的规则》入围东京国际短片电影节，你看她就是越老越坚定知道自己是怎么回事的一个女性，女前辈。《阁楼上的疯女人》里提到，女前辈很重要。因为就我们已知的文明史，前辈多半是男性，女性需要自己的榜样，而不是“女爹”。

潮新闻：我们前段时间的一场钱报读书会做的是80后女作家朱婧的书，她在书中呈现了80后一代女性的困境，那场活动的嘉宾、70后作家黄咏梅对此感叹道：一代又一代的女性，还是在那个困境里，好像时间没有走过似的，停在那里了。你怎么看？对艺术工作者来说，以艺术的方式多呈现这种真实的女性困境，你认为是一种积极的作为吗？那么一次次对女性身份的“寻思”和“打量”，对现实来说又能改变什么呢？

王音洁：一次一次的寻思和打量，是一个重写文本(palimpsest)的过程。palimpsest是个专有名词，它指“中世纪时，纸张和羊皮匮乏，人们会在已经存在的文本上重写新的内容，一个文本可以叠加在另一个文本之上，它并没有完全掩盖，而是让另一个文本留下了模糊或隐约可见的痕迹”。这么一种书写行为，有点像现在常说的超链接文本。学者们要研究古代文本，通常会使用先进技术，辨认底层文字进行解码。我总觉得这种一次次的打量，是出于每一次处境性的差异带来的体察，让人去“重复”，带着差异的重复，那就是尼采意义上的重复，是“新生事物的永恒回归”。或者说，就是激活它，使一个话题，一个路径，一个思考维度不成为死朽之物，不会被污名化或锈死掉。这就是它对现实的全部意义了，它使得女性的境遇永远不被自然化、内化为无法打捞无从察知的事物。从这样一个框架上来认识这个女性身份问题，我是乐观的。有没有从困境走出来？困境是拿来经历的，是走不出来的。这么想的人多了，就是共识意识正在增长的过程。和过去相比，关于女性问题的意识首先是有了，其次它占据公共议题的次数，逐渐增多。这些是好事。

潮新闻：记得有一次你说道：性别是重要的议题，但不是第一重要性的议题，性别问题之上的，还有其他的议题，比如阶层，从你的艺术实践来看，你的很多剧场实践与性别有关，比如《游园·今梦》，也有很多是无关的，比如《乡祭》，还有去年一直在做的稻田剧场，真正是“无地”的剧场的一种社会的、艺术的双重实践，稻田剧场你还会做下去吗？支撑你做这个“无地的剧场”的动因是什么？

王音洁：2013年《游园·今梦》的创作是我开始成为行动者的第一步。想对汤显祖写的女性情欲做一次CT扫描，想拆解了自己装配一下，用自己的方式把汤显祖的言语修辞爆破开，理解一下杜丽娘的自由意志。那个作品在南山路钱王祠里的一个庭院演出，当时是杭州国际戏剧节的开幕表演。《乡祭·丰》是去年在稻田里的演出。之所以去田里做一次表演，是因为去年下半年刚好我带的表演课结束，当时我在浙江理工大学工作，刚刚搬去临平新校区，学校周围还是村庄，有田地，有运河。那地方对于杭州来说实属难得，算都市里的村庄。我有学生住在校外，她曾经说，每次上课导航会给她一条新路，每天她骑着电驴都有一种找路的新鲜感，跟航海似的体验，电驴成了小船。你看，那地方还有催生诗意的能量。秋天结课后，周围一片稻浪，当时就忍不住了，就想去稻田里撒野。然后和学生们一商量，走！一扫疫情的低气压。我当时写了一篇文章《站立在大地上，建自己的剧场》，又是浪漫主义作祟！从庭院到田野，从杜丽娘到乡祭，确实是撒野撒开了。性情使然，只要有条件，一定会做下去。支撑我做“无地的剧场”动因，是perform，这个词是表演的意思,也是行动的意思。Performer,表演者,是一个大写的人,是行动者、祭司和斗士。这是格洛托夫斯基说的。《游园 · 今梦》是2013杭州国际戏剧节开幕戏。

潮新闻: 作为一名剧场实践者和研究者,你做跟剧场相关的事很多年了,可以说说这些年你主要的实践围绕什么?“无地的剧场”是一个你可以解释清楚的概念,还是一个要让观众自己阐释的开放的概念呢?

王音洁: 我跟剧场实践的关系发生在2012年,那会儿我刚结束美国的访学,艺术节看了一些当代剧场表演,就忍不住想练手了。我当时并不明白自己为什么而吸引,以为是因为喜欢戏剧,喜欢文学诸如此类。这么些年过去,我有点明白过来,原来我是喜欢被彼此见证的生活,公共的生活。喜欢和古希腊人一样,有一种被剧场这种形态组织和维系的公共生活,一种保持动态和开放的生活,喜欢有共识,有共同维护和铭记的记忆,喜欢彼此去接纳,而不是极化的社会生活。这大概很理想化,在阿伦特看来,如果现代社会能够去发掘古希腊的剧场生活,去借鉴和接续,把古典资源创造性转化到现代社会,是有可能的。她对剧场赋予了这样的寄望,我也是。因此你要说它是一个具体的戏园子不是?可以是,可以不是。它也不是给谁就能阐释,我说开放就能够开放的概念,这些都需要一种积极行动着的人,要一种状态。

潮新闻：因为你这些年的艺术实践跨界比较厉害，好像很难清晰地描述你正在做的事业？对，我觉得可以称之为“事业”，因为能感觉到一个关于当代剧场的“蓝图”什么的，你在这个部分上特别像一个不管不顾只要去创造，去燃烧的理想主义者的状态？

王音洁：我是有一点这种乌托邦主义倾向，这一点我近几年常提醒自己，要审视一下。打小我就对精神生活比较贪图，所以人生之路是这么走了过来。但也因为这样，我是不具创造性的事物就不喜，难免有另一个维度的狭隘。说实话浪漫主义的苦头也吃过不少，没有时时刻刻把它和现实生活区隔开，或者把它只封存在一种装饰感里，监管不力，时不时，它就流窜出来了。我的第二本书《被悬置的演出》是我这些年在公共场所里组织的谈话讨论活动的合集。我的老师陆兴华写的序言大概就回应了你的问题，他的题目是《想被真理折磨才作戏》。他说：“我们进入剧场，就是为了来受一些那一刻刻都不同的真理的折磨。剧场的敌人，是人的惯性下的懒惰。要阻止人这样懒惰下去，而首先一点，必须阻止作戏之人这样懒惰下去，要用搬来的景观，爆破大家最得意的那些既有立场，也揭露讳莫如深的既得利益。”那么作为投身剧场实践的人，只能不管不顾，把我们的生命时间每一个当下都敞开，让我们忙乎的一切都走向被热切期待的 opening night，一个个的当前才能都向偶然性充分敞开。不在剧场敞开，你还想去哪里？你还能去哪里？

潮新闻： 我有点好奇的是，我读过你的几本书，文字冷静、客观又有深度，有形而上的思想的维度，也时常会引用哲学方面的观点，使你的影评或剧评与当下的大多数同类评论很不同，你有自己的鲜明的特点，有自己的艺术史理论层面上的思维路径，你是一名冷峻的观察者，我甚至感到眼泪对你来说廉价了，这种情感牌打动本质上对你也是无法做功的，当你写一篇电影评论时，情感和思想的在场哪一个更重要，更先触发到你要写一篇观察文章？

王音洁： 写东西的动因来自"差异"。以前一位剧场界朋友说我很善于找冲突，其实我想修正这个词，我是对"差异"更敏感。差异是世界的本原，如果有本原的话。读艾略特的文论，那句"诗不是放纵情感，而是逃避情感"对我影响很大。他的意思当然不是日常字眼的逃离，而是有距离地去对待，始终葆有个人意志的能量，不被任何东西褫夺、带离、偏废。我还远不够冷峻，只是有一定的感知力而已。情感和思想，在我这里有点没法辨别，我情感的深厚程度，来自我的体察能力、体悟能力，来自思想。

潮新闻： 你在《北京青年报》上的专栏写了有多长时间了，一直是写电影吗？哪类电影会被你写到这个专栏系列之中？你去中国美院的电影学院工作了，以后是否将更多精力投入电影上面？

王音洁：《北京青年报》那个不是专栏，是北青艺评版。编辑和我相投，她是很棒的合作者，总督促我，但又从来给我自由。我写得很宽泛，戏剧、电影、图书评论都有，但以电影为主，因为相比别的两样，它更易于获得。不管哪类创作，只要它能够激发议题，我都会写，并且我要确保自己能带来一定的知识生产。进电影学院工作，与更多的同仁在一起，一定会更专注于电影的精研，也许还有电影的创作，这是我工作的本分。我对自己并不满意，还在撰写学术专著中。

杭州市文联文艺精品工程扶持项目